가면의 너에게 고한다

假 面 の 君 に 告 ぐ

가면의
너에게
고한다

假 面 の 君 に 告 ぐ

마이 지음 · 최재호 옮김

BOOK PLAZA

세상에..., 거짓말이죠?

· · ·

눈을 떠보니, 내 영혼이 다른 사람의 몸속에!

게다가 내가 1년 전에 살해 당했다고?!

1년 전

"이것으로 오늘 치료가 끝났습니다. 다음에는 오른쪽 안쪽에 있는 충치 치료를 하겠습니다. 그때까지 몸조리 잘하세요."

소다 신스케는 마지막 환자를 배웅하고 일어났다. 그런 다음 의료용 마스크를 벗으면서 안쪽에 있는 탈의실로 향한다. 항균 핸드워시로 손을 꼼꼼하게 씻고 나서 가운을 벗었다.

옆에서 옷을 갈아입던 동료 의사가 신스케에게 말을 걸었다.

"신스케! 오늘 한잔 어때? 이 근처에 지중해식 바bar가 새로 오픈했대."

"오늘은 힘들겠어. 집에 빨리 가야 하거든."

"흠, 할 수 없네."

"미안해. 다음에 한잔하자."

빠른 걸음으로 탈의실을 나선 신스케는 진찰실을 가로질러 대기실 앞을 통과한다.

"수고 많으셨습니다."

신스케는 접수대에 있는 간호사에게 인사하고, 자동문 밖으로 나왔다. 그리고 넓은 복도를 걸어서 엘리베이터 앞에 섰다.

신스케가 근무하는 우에스기 스마일 치과는 니시신주쿠에 있는 고층 빌딩 3층에 있다. 1층부터 3층은 음식점 등 가게들이 입점해 있고, 4층부터 12층까지는 기업들의 사무실이다. 2

년 전 완공 당시부터 잡지와 텔레비전에 나왔을 정도로 화려한 모습을 자랑했고, 유명한 맛집들이 다수 입점해 있어서 근처 직장인들로 늘 북적였다.

엘리베이터를 타고 1층까지 내려왔다. 라멘 가게 앞에 사람들이 줄을 서 있었고, 다른 음식점들 역시 사람들로 북적거린다. 시간은 밤 10시를 막 지난 참이었다.

신스케는 월급쟁이 의사로서, 현재 일하고 있는 우에스기 스마일 치과에서 2년 전 개업 때부터 근무하고 있다.

이곳에는 신스케를 포함하여 총 4명의 의사가 있는데, 아침 9시부터 오후 3시까지 오전 진료를, 오후 3시부터 밤 10시까지 오후 진료를 하고 있다. 그런데 보통 퇴근한 직장인들이 저녁에 몰려와서 평일 저녁 치과는 항상 붐볐다.

신스케는 지금의 이 치과로 옮긴 것이 정말 신의 한 수라고 생각했다. 건물도 깨끗하고, 점심에도 항상 맛있는 걸 먹을 수 있어서 좋았다. 게다가 무엇보다도 이 치과에 근무하지 않았더라면 사랑하는 그녀를 만나지 못했을 것이다.

회전문을 지나 밖으로 나왔다. 11월 들어 밤에는 제법 쌀쌀해졌다. 신스케는 지하철 오오에도선을 타고 도청 앞 역으로 향한다. 신스케의 집은 요요기에 있어서 평소에는 요요기행 지하철을 타지만, 오늘은 네리마행 지하철을 탔다. 여자 친구가 사는 히가시나카노 구에 있는 아파트에 가기 위해서다.

와쿠이 카즈사와는 2년 전에 처음 만났다. 첫 출근 날, 신스케는 치과 개원회의에 참석하기 위해서 신축 직후였던 지금의 빌딩 로비로 들어섰다. 거기서 한 여성과 엘리베이터를 같이 타게 되었다. 세련된 정장을 입은 그 여성은 눈에 띄는 미인이었다. 신스케는 당연히 그녀가 위층에 입주한 기업에서 일하는 커리어 우먼일 거라고 생각했다. 신스케는 동경 어린 시선으로 그녀를 계속 흘깃거렸다. 그런데 그녀가 자신과 같은 3층에서 내리는 것이 아닌가! 그녀가 자신이 일할 치과의 치위생사라는 사실을 안 신스케는 주먹을 불끈 쥐며 속으로 환호성을 질렀다.

그렇다고 그녀와 금세 친해졌던 것은 아니었다. 새로 문을 연 치과는 눈코 뜰 새 없이 바쁘기도 했고, 그녀에게 당연히 애인이 있을 거라고 생각해 반쯤은 포기하고 있었다. 그런데 개원 후 반년쯤 지난 어느 날, 용기를 낸 신스케가 그녀에게 술자리를 제안하자, 뜻밖에도 그녀는 흔쾌히 수락했다.

평소 카즈사는 말이 많은 타입이 아니었지만 정작 이야기를 나눠보니 말이 꽤 잘 통해서 신스케는 무척이나 즐거운 시간을 보냈다. 그다음 주말에 카즈사와 같이 영화를 보러 가기로 약속했고, 그로부터 한 달 후에는 카즈사와 정식으로 사귀게 되었다.

훗날 신스케는 카즈사에게 왜 데이트 신청을 받아들여줬는지 물어보았다. 그랬더니 그녀는 웃으며 이렇게 대답했다.

"어떤 운명 같은 것이랄까? 왠지 서로 잘 맞을 것 같다는 느낌이 들었어. 처음 회식으로 갔던 술집 기억해? 방으로 들어갈 때 신발을 벗는 가게였잖아. 그때 신스케가 신발을 반듯하게 벗어서 내 신발과 나란히 놓았어. 그걸 보고 이 사람은 왠지 나랑 잘 맞을 것 같다는 생각을 했었어."

이제 다음 달인 12월이면 카즈사의 생일에 맞춰 혼인신고를 할 예정이다. 연말연시에는 호주로 신혼여행을 떠날 예정이고, 1월에는 가족끼리 모여서 조촐하게 결혼식을 올리기로 했다.

히가시나카노구 역에 도착한 신스케는 긴 에스컬레이터를 타고 지상으로 빠져나온다. 오늘은 카즈사의 집에서 식사를 할 예정이다. 2달 전 결혼을 약속하였을 무렵, 그녀는 우에스기 스마일 치과를 그만두고, 이전에 일했던 이케부쿠로에 있는 치과로 자리를 옮겼다.

그때 저 멀리서 들리던 경찰차 사이렌 소리가 점점 가까워진다. 아니, 실상은 사이렌 소리가 가까워지는 것이 아니라 신스케가 그 소리에 가까이 다가가고 있었다. 하지만 그때까지는 사이렌 소리에 대해 별 생각이 없었다.

모퉁이를 도니 카즈사의 아파트 앞에 경찰차와 구급차, 그리고 구경꾼들이 모여 있었다. 신스케는 사람들을 헤치고 앞으로 나아갔다.

경찰 관계자로 보이는 남자들이 아파트 1층 출입구 부근에서 사람들을 통제하고 있었다. 그렇다고 해서 여기까지 왔는데 카즈사의 집에 들어가지 않고 돌아갈 수는 없었다.

현관 바로 앞에 도달한 신스케는 카즈사가 사는 6, 0, 2 패널 버튼을 차례로 눌렀다. 그때 누군가 뒤에서 신스케에게 말을 걸어왔다. 돌아보니 마흔 살 정도 된 정장을 입은 남자가 매서운 표정으로 서 있었다.

"602호에 사는 와쿠이 카즈사 씨를 아십니까?"

"네, 그런데요."

"가족이십니까?"

"가족은 아닌데, 뭐 곧 그렇게 될 사람입니다. 다음 달에 혼인신고를 하기로 되어 있거든요. 그런데 무슨 일이 있었습니까?"

신스케가 남자에게 물었지만, 남자는 대답하지 않았다. 그때 자동문이 열렸고, 남자가 안으로 팔을 뻗었다.

"자, 안으로 들어가시죠."

"가르쳐주세요. 무슨 일이 있었습니까?"

"저는 경찰청에서 나왔습니다. 선생님의 성함은?"

"소다 신스케입니다. 그보다 대체 무슨 일이…?"

남자가 엘리베이터에 올라탔고, 신스케도 그 뒤를 따른다. 6층 버튼을 누른 남자가 정면을 응시한 채 말했다.

"지금으로부터 약 1시간 전에 와쿠이 카즈사 씨가 변사체로 발견되었습니다. 타살일 가능성이 있기 때문에 수사가 시작되었습니다. 고인의 신원 확인을 부탁드립니다."

"네? 변사체라니…?"

놀란 신스케가 되물었지만, 남자는 무덤덤한 표정으로 침묵했다.

"자, 이쪽입니다."

정신을 차리니 어느새 엘리베이터가 멈춰 있었다. 한 걸음 앞으로 내딛던 신스케는 균형을 잃고 쓰러졌다. 무릎이 덜덜 떨리고, 온몸이 휘청거렸다.

"괜찮습니까?"

남자가 물었고, 신스케는 무릎에 손을 짚은 채 힘겹게 일어났다.

"괘, 괜찮습니다."

그렇지만 전혀 괜찮지 않았다. 마치 꿈속을 헤매고 있는 기분이었다.

복도를 걸어간다. 카즈사의 집 현관문이 열려 있고, 남색 옷을 입은 남자들이 들락거리고 있다.

그때 형사 한 명이 다가와서 설명했다.

"아파트 관리인이 처음 발견했습니다. 개 짖는 소리가 시끄럽다는 이웃 주민의 제보에 확인차 6층에 올라왔는데, 복도에 와쿠이 카즈사 씨가 기르던 개만 덜렁 있었다고 합니다. 관리인이 이를 수상하게 여기고…."

신스케는 발길을 멈추고 집 안을 들여다보았다. 카즈사가 평소에 즐겨 신던 오렌지색 슬리퍼가 놓여 있었다. 마트에서 산 신발로 신스케는 같은 디자인의 파란색 슬리퍼를 가지고 있다. 복도 안쪽에 거실이 있고, 거기에 카즈사로 짐작되는 여성이 누워 있었다. 그런데 카즈사는 하얀색 시트로 덮여 있었다.

"카, 카즈사…."

카메라를 든 남자가 하얀색 시트를 젖혔다. 다음 순간 신스케는 비명을 지르며 그 자리에 털썩 주저앉았다.

10일 전

잠에서 깼을 때 가장 먼저 보인 것은 하얀색 천장이었다. 여긴 어딜까, 카즈사가 잠시 생각한다.

'나는 뭘 하고 있었지?'

맞다. 퇴근하고 집으로 돌아왔었다. 신스케와 집에서 저녁을 먹기로 했기 때문에 중간에 슈퍼에 들러 장을 보고 돌아왔다. 그리고….

왼손 손목에 이물감이 느껴져서 보니 링거 주삿바늘이 꽂혀 있다. 여긴 병원일까, 그런데 병원으로 온 기억이 전혀 나지 않는다.

침대 옆에는 작은 선반이 놓여 있고, 그 위에 시계가 있었다. 시계를 보니 오전 10시였다. 커튼 너머로 부드러운 햇살이 비친다. 1인실인지 병실에는 카즈사의 침대만 놓여 있다.

일어나고 싶었지만 등이 침대에 딱 달라붙은 것처럼 움직일 수가 없다. 온몸에 근육통 같은 통증이 느껴진다. 등부터 허리까지가 딱딱하게 굳은 느낌이다.

카즈사는 간신히 상체를 일으켰다. 목을 돌렸더니 아픔이 느껴졌지만, 동시에 기분이 좋아졌다. 이제야 온몸에 서서히 피가 도는 느낌이다.

그런데 여전히 아무것도 기억이 나지 않는다. 요리 재료를 사와 냉장고에 넣은 것까지는 기억이 난다. 신스케가 좋아하는 새우를 가득 넣어서 그라탱을 만들 생각이었다.

그래, 그리고 그때 인터폰이 울렸다. 그리고 현관으로 가려고….

"모리 씨!"

병실 입구에 서 있는 간호사가 누군가를 불렀다.

나이는 카즈사 또래일까, 인상이 푸근하고 포동포동한 사람이다. 그런데 카즈사를 '모리'라는 사람으로 부르는 걸 보니 병실을 잘못 찾은 모양이다.

"모리 씨, 어디 아픈 곳은 없나요?"

병실로 들어온 간호사가 카즈사의 얼굴을 쳐다보았다. 간호사의 눈빛에 놀라움이 섞여 있다.

"지금 의사 선생님이 다른 환자분을 진찰 중이세요. 끝나는 대로 바로 오시라고 하겠습니다. 그때까지 안정을 취해주세요. 절대 안정을 취해야 해요."

간호사는 그렇게 말하면서 흐트러진 이불을 정돈했다. 그녀는 카즈사를 '모리'라는 환자로 완전히 착각하고 있는 듯하다. 덜렁대는 간호사네, 카즈사는 피식 웃음이 터져나왔지만, 그 웃음은 곧 얼어붙지 않을 수 없었다. 카즈사의 침대 위에 끼워진 이름표에도 '모리 치즈루'라고 적혀 있었기 때문이다. 이 병실에 침대는 하나, 그리고 그 침대에 누워 있는 사람은 카즈사뿐이다.

'내 이름은 '와쿠이 카즈사'이지, '모리 치즈루'가 아니다.'

아무튼 신스케에게 빨리 연락을 하고 싶었다. 신스케에게 자초지종을 물어보면 모든 것을 확실하게 알 수 있을 것이다.

'내 스마트폰은 어디에 있을까.'

"저, 저기요…."

입이 바싹바싹 말라 목소리가 나오지 않는다. 카즈사는 마른 침을 꿀꺽 삼키고 말했다.

"물 좀… 주세요."

"알겠습니다. 잠시만요."

병실에 홀로 남겨진 카즈사는 점점 불안해진다.

'내가 왜 입원했을까? 혹시 무서운 병에 걸린 걸까?'

돌아온 간호사가 물병과 컵을 건네주었다. 카즈사는 컵에 물을 따라 한 모금 마신다.

"모리 씨, 조금만 천천히 마시세요."

문득 컵을 든 자기 손이 평소와 다르다고 느껴졌다. 늘 끼고 있던 약혼반지가 없어서가 아니다. 원래 카즈사의 손가락은 더 가늘고 길었다. 집게손가락과 손바닥이 연결되는 부분을 본 카즈사는 깜짝 놀라지 않을 수 없었다. 원래 거기에 있어야 할 작은 점이 없었다.

놀란 카즈사는 물컵을 떨어뜨렸다. 간호사가 황급히 컵을 집었는데, 카즈사는 그런 간호사에게 고맙다는 말을 할 여유조차 없었다.

"거, 거울을 빌려주세요."

그렇게 말하는 자신의 목소리 역시 평소와 다르다는 사실을 이제야 알아챘다. 이건 자신의 목소리가 아니다.

간호사가 침대 옆에 있는 선반을 열고 손거울을 꺼냈다. 카즈사는 간호사가 건넨 거울을 받아 들었지만 차마 그것을 똑바로 쳐다볼 수가 없었다. 거울을 보면 큰일이 일어날 것만 같은 불길한 예감이 들었기 때문이다. 그렇지만 보지 않을 수도 없었다.

'대체 나는 어떻게 된 것일까.'

카즈사는 심호흡을 크게 하고 거울을 얼굴 앞으로 가져간다. 그때 귓전에서 간호사의 목소리가 들렸다.

"1년 만에 보는 거니까 어색하긴 하실 거예요. 하지만 걱정할 것 없습니다. 여기에 입원했을 때랑 똑같으세요."

놀라서 목소리가 나오지 않는다. 이건 꿈이다. 이건 틀림없이 악몽이다.

거울 속에는 처음 보는 다른 사람의 얼굴이 들어 있었다.

★

맥주병으로 가득 찬 큰 손수레가 신스케 앞으로 왔다. 신스케는 넌덜머리 난다는 표정으로 손수레에서 맥주병들을 들어 작업대 위에 올려놓았다. 작업대 앞에서 미리 대기하던 여자 아르바이트생들이 맥주병들을 택배 상자에 담아 포장한다. 그러면 다시 신스케가 가능한 한 허리에 부담이 가지 않도록 중심을 낮게 잡고 택배 상자를 컨베이어벨트에 내려 놓는다.

이곳은 네리마구 아사히가오카에 있는 '관동물류센터'라는 택배회사이다. 신스케가 여기서 일한 지도 벌써 두 달이나 지났다.

다음번 손수레에도 맥주병들이 잔뜩 실려 있다. 신스케는 남자 몇 명과 함께 계속해서 택배 상자를 컨베이어벨트 위로 옮겼다.

대형 백화점과 계약을 맺고 있는 이 물류센터에는 정규직 사원과 아르바이트생까지 합쳐 대략 50명 정도가 근무하고 있다. 그러다 1년에 두 번, 음력 8월 15일 추석 때와 양력 12월 연말연시에는 아르바이트 직원을 추가로 더 고용한다. 백화점에서 주문이 들어오면, 그 수량에 맞춰 여기 물류센터에 보관되어 있던 물건들이 포장되어 전국 각지로 배송된다. 지금은 11월 하순으로 한창 바쁜 연말 시즌이라 종업원 수도 200명이 넘어선다. 육체노동이라서 힘들지만, 그만큼 월급도 많다. 그래서 지원자들은 많았다.

"나는 나중에 연말 선물을 보내더라도 맥주는 절대 보내지 않을 거야."

"음, 내 생각도 그래."

아르바이트 대학생들의 대화를 엿듣던 신스케도 가만히 고개를 끄덕였다.

그때 오후 휴식시간을 알리는 안내음이 울려 퍼졌다. 그러자 작업 중이던 아르바이트생들이 하던 일을 멈추었다. 컨베이어 벨트 소리도 멈춘 물류센터 안은 조용해졌다.

3층에 있는 구내식당으로 간 신스케는 앉을 자리를 찾는다. 오늘 메뉴는 돼지고기 생강구이였는데, 맛을 음미하면서 먹기보다는 그냥 허기를 때운다는 생각으로 꾸역꾸역 입에 넣었다. 최근에는 무슨 음식이든 맛있다는 생각을 한 적이 없다.

5분 만에 식사를 마치고 식당을 나섰다. 식당을 나오면 곧바로 휴게 공간이 있고, 그곳에 벤치 몇 개가 놓여 있다. 신스케는 자판기에서 녹차캔을 산 뒤, 벤치에 앉았다.

"신스케 씨, 내일 밤에 시간 있어요?"

녹차를 한 모금 마셨을 때 누군가의 목소리가 들렸다. 돌아보니 파란색 앞치마를 둘러맨 남자가 서 있었다. 신스케의 앞치마는 검은색이었다.

"시간은 되는데…, 왜요?"

"일 끝나고 한잔해요. 괜찮죠?"

"네, 좋아요."

"오케이. 끝나고 기다릴게요."

남자는 그렇게 말하고 자리를 떠났다.

파란색 앞치마는 정규직 사원, 검은색 앞치마는 아르바이트생을 의미한다. 또 연말연시 기간에 특별히 한시적으로 고용된 아르바이트생은 녹색 앞치마를 착용하도록 되어 있다. 휴게실을 둘러보니 대부분 녹색 앞치마를 맨 사람들이다.

신스케와 조금 전 대화한 남자는 정규직 사원인 다케우치로 지금까지 그와 3번 정도 함께 술을 마신 적이 있다. 술자리 구성원은 대개 정해져 있는데, 다케우치 외에 오이카와라는 20대 남자가 함께했다.

두 사람 다 머리를 갈색으로 요란하게 염색하고 귀고리를 했다. 작업 시간 중에도 가끔 땡땡이치고 담배를 피우러 가거나, 몸이 안 좋다는 이유로 둘이 함께 연차를 낼 때도 많았다. 그래서 센터장은 그 둘을 벼르고 있다.

앞에 있는 벤치에 한 여성이 혼자 앉아 있다. 호리호리한 여성으로 눈매가 약간 치켜 올라갔지만, 미인이라 할 만한 이목구비의 소유자다. 녹색 앞치마를 매고 있기에 연말연시 아르바이트생이라는 걸 단박에 알 수 있었다. 여성은 책을 읽고 있었는데, 신스케의 눈에도 그 책의 제목이 보였다. 그 책은 치과조무사 수험서였다.

그때 여성이 고개를 들었고, 신스케와 시선이 마주쳤다. 당황한 신스케는 얼른 시선을 피했다. 그러다 다시 시선을 돌렸더니, 그녀가 앉아 있던 벤치에 스마트폰 하나가 남겨져 있었다. 신스케는 급히 스마트폰을 집어서 그녀를 쫓아갔다.

"이거, 두고 갔어요."

그러자 그녀가 돌아보았다. 신스케가 스마트폰을 건네자 여성은 고개를 숙였다.

"고맙습니다."

그렇게 말하더니, 그녀는 그대로 계단 쪽으로 향했다.

웅성거리는 소리에 시선을 돌렸더니 거기에는 흡연실이 있었다. 흡연실 안에서 다케우치가 한 손에 담배를 들고, 유리벽을 두드리고 있었다. 옆에는 오이카와의 모습도 보였는데, 둘 다 히죽히죽 웃고 있었다. 아마도 여성과 대화하는 신스케의 모습을 보고 놀리는 듯했다. 신스케는 어색한 미소를 보이며 휴게 공간으로 돌아와서 벤치에 앉는다.

그들과 어울리고 싶은 마음은 전혀 없었다. 하지만 그놈들은 신스케가 필요로 하는 정보를 가지고 있을 것이다. 그래서 신스케가 먼저 말을 걸었고, 술자리를 제안했다. 술값도 늘 신스케가 냈다. 신스케는 그들에게 돈 잘 쓰는 친근한 형님 역할을 연기했다.

신스케는 '그 놈'을 찾기 위해서라면 뭐든지 하겠다고 마음먹었다.

오후 8시가 넘었을 무렵, 신스케는 네리마구 사쿠라다이에 있는 집으로 귀가했다. 오늘도 녹초가 되었다. 처음 일을 시작했을 때만 해도 집에 돌아오자마자 정신없이 곯아떨어졌는데, 이제는 이 생활에도 나름 익숙해졌다.

신스케의 발치에서 카즈사의 강아지 '소라'가 울고 있었다. 신스케는 소라를 안고 간지럼을 태운다. 이렇게 소라를 안고 장

난을 치다보면 마음이 다소 안정되는 기분이다. 소라는 말똥말
똥한 눈망울로 신스케를 해맑게 쳐다보았다.

1년 전, 카즈사는 집으로 침입한 누군가가 휘두른 칼에 심장
을 찔리는 바람에 사망했다. 정확한 사인은 그로 인한 쇼크사
였다.

살해당한 카즈사의 아파트 1층에 설치된 CCTV에는 택배회
사 직원으로 위장한 한 남자의 모습이 찍혀 있었다. 사진이 찍
힌 시간은 오후 7시 직후로, 그 시간은 카즈사가 살해당한 시
간대였다.

그리고 사건 발생 일주일 후, 한 명의 남자가 용의 선상에 올
랐다.

그의 이름은 야타베 아키라.

네리마구에 있는 물류센터에서 근무하는 29살의 남자로, 키
와 몸집이 CCTV에 찍힌 남자와 비슷했다. 이케부쿠로에 살고
있는 야타베는 자칭 시나리오 작가 지망생으로, 아르바이트 일
을 하면서 시나리오 공모전 등에 응모하고 있었다. 카즈사가
일하는 치과에서 진료를 받은 이력도 있었기에, 경찰은 야타
베가 카즈사의 스토커였을 가능성이 높다고 판단했다. 실제로
야타베의 집에서는 카즈사를 몰래 찍은 사진도 몇 장 발견되
었다.

야타베는 자신이 카즈사와 사귀고 있다고 주장했다. 하지만
신스케는 야타베의 존재를 전혀 알지 못했고, 카즈사에게 들

어본 적도 없었다. 카즈사의 휴대폰에도 야타베의 휴대폰 번호 같은 건 저장되어 있지 않았다.

경찰들은 비정상적인 스토커 심리가 살해 동기일 것이라 판단하여 야타베를 집중 추궁했다. 하지만 결정적인 증거가 나오지 않았다. 정황증거만 있을 뿐, 그가 범행을 저질렀다는 결정적인 증거는 찾지 못했다.

혼자 사는 치위생사, 더구나 결혼을 앞둔 여성이 참혹하게 살해된 사건을 언론은 집중 보도했다. 그러다 어느 매체를 통해 카즈사의 사진이 유출되어 급속히 확산되었다. 또, 신스케가 사는 집까지 알려져 기자들이 여러 차례 신스케의 집 앞으로 몰려들었다. 신스케의 삶은 마치 폭풍 속으로 휘말려 들어간 듯했다. 신스케는 빨리 범인이 잡혀 죗값을 치르기만을 바랐다.

그러나 신스케의 희망은 산산조각 났다. 경찰이 야타베를 증거불충분으로 풀어줬기 때문이다. 신스케는 분노했지만, 그렇다고 어찌 할 도리도 없었다.

야타베가 석방된 후, 그의 모습이 신문에 게재되었다. 그가 아파트에서 나오는 모습을 포착한 사진으로, 후드티를 깊숙이 눌러 썼지만 웃고 있는 야타베의 입매가 언뜻 보였다. 그것은 비웃음이었다.

그로부터 다시 3개월, 다시 반년이 지나도 야타베가 범인이라는 증거는 나오지 않았다. 그러던 어느 날, 경찰이 신스케를 찾아와서 수사본부의 규모를 축소하겠다고 했다. 신스케는 안타까움에 가슴을 칠 수밖에 없었다. 경찰만 믿고 있다가는 야타베를 잡아 법정에 세울 수 없다는 사실을 통감한 순간이었다.

경찰이 야타베를 잡을 의지가 없다면 스스로 야타베를 잡을 수밖에 없다. 신스케는 그렇게 결심했다. 야타베를 법정에 세워 사건을 완전히 종결짓지 못하면, 여생 동안 평온한 날은 절대로 찾아오지 않을 것이다.

경찰은 야타베의 주소를 알려주지 않았다. 그래서 심부름센터를 통해 알아볼까도 생각했지만, 역시 다른 사람은 믿을 수가 없었다. 지금 믿을 수 있는 것은 자신뿐이었다.

야타베가 네리마구에 있는 물류센터에서 일했다는 사실은 이미 알고 있었다. 그래서 신스케도 이곳에 지원했고, 생각보다 순조롭게 아르바이트생으로 채용되었다.

하지만 야타베는 이미 퇴직한 후였다. 그럼에도 불구하고 분명 이곳에 그의 행방을 찾을 만한 단서가 있을 거라고 생각했다. 하지만 입사 후 두 달이 지난 지금까지 신스케는 아직도 야타베와 관련된 정보를 전혀 찾지 못했다.

"소라야, 그만 잘까?"

신스케는 소라를 바닥에 내려놓았다. 그러자 소라는 구석에 깔아둔 매트로 가서 누웠다.

카즈사가 죽은 후에 그녀의 부모님과 장례식장 등에서 몇 번 만났다. 카즈사의 아버지는 요코하마 시내에서 치과 두 곳을 운영하고 있다. 그런데 그는 예전부터 신스케에게 그 치과를 맡기고 싶어 하는 눈치였다.

"신스케 군, 너무 낙심하지 말게."

카즈사의 아버지는 신스케를 볼 때마다 위로해주었지만, 정작 본인도 딸이 죽은 충격에서 회복하지 못한 모습이었다.

신스케는 신문에 실린 야타베의 사진을 오려 한쪽 벽에 붙여 놓았다. 얼굴 부분만을 확대한 야타베의 사진 이마 부분에는 커다란 압정이 꽂혀 있었다.

9일 전

"…검사 결과, 특별한 이상이 없고 뇌파도 정상입니다. 단, 1년 동안이나 혼수상태였기 때문에 체력적인 부분은 걱정이 됩니다. 재활치료를 좀 하고 나서 퇴원하시는 게 좋겠어요."

의사가 그렇게 설명했다. 물론 의사는 모리 치즈루라는 여성에게 말하고 있다.

꿈이 아니었다. 카즈사는 '와쿠이 카즈사'가 아니라 '모리 치즈루'라는 여성이 되어 있다. 이전의 자신과는 완전히 다른 모습의 사람이다.

그러나 의식은 이전과 똑같았다. 카즈사는 자신이 와쿠이 카즈사라고 확신할 수 있다. 어린 시절의 기억도 전부 남아 있는 반면, 모리 치즈루라는 여성의 기억은 전혀 없었다.

'나는 나. 와쿠이 카즈사이다.'

이 기묘한 현상을 어떻게 받아들여야 할지 전혀 알 수 없었다. 누군가와 상의할 수도 없었다. 그런 얘기를 했다가는 다들 미쳤다고 할 것이다. 어젯밤에는 불안감에 잠도 거의 자지 못하고 눈물로 베개를 적셨다.

"오늘부터는 링거를 맞지 않아도 되겠네요. 식사는 꼭꼭 씹어서 드세요. 오후 회진 때 다시 진찰하러 오겠습니다."

의사와 간호사가 나갔고, 병실에는 카즈사만 남겨졌다.

잠에서 깼더니 완전히 다른 사람이 되어 있었다.

'나는 와쿠이 카즈사인데 왜 모리 치즈루가 되었을까.'

영혼의 체인지.

어젯밤부터 그런 가능성을 줄곧 생각했다. 카즈사의 영혼과 모리 치즈루라는 여성의 영혼이 완전히 바뀐 것이다. 그렇다면 지금 자신의 몸에는 모리 치즈루의 영혼이 들어 있을지도 모른다.

'내 몸은 어디에 있을까? 내 몸에 모리 치즈루의 영혼이 들어 갔다면, 분명 모리 치즈루란 사람도 당황하고 있겠지?'

카즈사는 신스케를 빨리 만나고 싶었다. 그러면 자신의 말을 믿어줄지도 모른다고 생각했다.

TV를 켰더니 아침 뉴스를 하고 있었다. 곧 취임 1주년을 맞는 도널드 트럼프 미국 대통령의 정책에 대하여 앵커들이 토론하는 방송이었다. 카즈사는 트럼프 후보와 힐러리 후보가 제45대 미국 대통령 자리를 놓고 치열한 선거전을 치렀던 것은 기억하지만, 트럼프가 대통령에 취임한 기억은 전혀 없다. 1년간 혼수상태로 누워 있었기 때문이리라.

"모리 씨, 잠깐 들어가도 될까요?"

어제 긴 잠에서 깨어났을 때, 처음으로 만났던 간호사가 병실로 들어왔다. 그녀가 카즈사, 아니, 모리 치즈루의 담당 간호사인 모양이다.

"남동생분이 오셨어요. 들어오시라고 해도 괜찮겠지요?"

"네? 동생이요?"

"어젯밤에 연락을 드렸더니 벌써 와 계시네요."

간호사가 그렇게 말하고는 병실에서 나갔다. 모리 치즈루의 가족이 모리 치즈루를 만나러 오는 건 당연한 일이다. 하지만 너무나도 갑작스러워서 카즈사는 마음의 준비가 되지 않았다.

'어떻게 하지?'

그때 간호사를 따라 한 남성이 병실로 들어왔다.

"저는 실례할게요. 천천히 말씀 나누세요."

간호사가 나갔고, 카즈사는 남성을 힐긋 쳐다본다. 나이는 20살 전후로 보였고, 도수가 높은 안경을 끼고 있다. 청바지에 노란색 더플코트, 빨간색 모자를 쓴 복장이 마치 신호등 같았다. 모자 바깥으로는 부스스한 머리칼이 삐져나와 있다.

남성은 곤혹스러운 표정으로 병실 안을 둘러볼 뿐 아무 말도 하지 않는다. 어쩐지 행동이 수상하고, 시선도 몹시 불안정하다.

"자리에 앉으실래요?"

카즈사는 저도 모르게 존댓말로 말을 걸고는 아차 싶어서 금세 고쳐 말한다.

"여기 앉아."

"고마워."

남자는 살짝 머리를 숙여 인사하고, 창가에 있는 의자에 앉았다. 그러고는 여전히 아무 말도 없이 TV만 쳐다본다.

이 남성이 모리 치즈루의 남동생인 것 같다. 다른 가족은 누가 있는지, 어디에 사는지, 남성에게 물어보고 싶은 게 많았지만 카즈사 역시 그저 침묵했다.

"그럼 나는 슬슬 가볼게."

모리 치즈루의 남동생이 금세 자리에서 일어났다.

'엥? 벌써 돌아가는 거야?'

카즈사는 안도했다. 낯선 남성과 같은 병실에 함께 있는 게 무서웠다. 다행히 그들 남매는 원래 이야기를 많이 나누지 않는 사이였던 듯하다.

병실을 나가려는 모리 치즈루의 남동생을 카즈사가 불러 세웠다.

"저기, 잠깐 괜찮을까요? …앗, 잠깐 괜찮아?"

모리 치즈루의 남동생이 의아한 눈빛으로 카즈사를 쳐다본다.

"혹시 내 소지품이 어디에 있는지 아니? 지갑이나 휴대폰 같은 것들."

그는 여전히 아무 말도 하지 않고 잠자코 창가로 걸어갔다. 그러더니 TV 아래에 있는 선반을 열고, 그 안에서 작은 상자를 꺼냈다. 호텔 같은 데서 보았던 귀중품 보관함이다. 그는 다이얼식 비밀번호를 맞추어 보관함 뚜껑을 연 뒤, 선반 위에 내려놓았다.

"고마워."

모리 치즈루의 남동생이 다시 병실을 나갔다.

침대에서 내려온 카즈사는 귀중품 보관함 속을 보았다. 가죽으로 만든 갈색 장지갑과 스마트폰, 그리고 흰색 G-SHOCK 손목시계가 있었다. 지갑 안에는 만 엔짜리 지폐 한 장과 잔돈이 조금 들어 있다. 손목시계는 움직이고 있지만, 고장이 났는지 날짜를 표시하는 숫자가 이상하다. 문자판에 표시된 날짜 숫자는 『9』였지만, 병실 달력을 보면 오늘은 9일이 아니다. 스마트폰 전원을 켜자, 배터리는 절반만 남아 있었다.

일단 손목시계를 왼손에 찼다. 남성용 시계이기 때문에 손목에 찬 느낌이 영 투박하다. 시간은 오전 10시가 다 되어가고 있었다. 카즈사는 커튼 틈으로 창밖을 내려다본다. 병원 현관이 보이고, 거기에 버스 정류장과 택시 승강장이 보인다. 이곳이 오오츠카 도립 병원이라는 것은 병실 복도 안내판을 보고 알았다.

'이건 꿈 아닐까. 꿈이 아니라면 이런 일이 일어날 리 없잖아.'

팔을 꼬집었더니 아픔이 생생히 느껴졌다.

이곳을 떠나는 것은 왠지 불안하다. 이곳을 나간다는 것은 마치 돛단배를 타고 망망대해로 나가는 심정이기 때문이다.

그렇다고 여기에 계속 있다 한들 아무것도 알 수 없다. 한시라도 빨리 신스케를 만나야 한다.

★

요즘은 계속 연말연시용 선물을 옮기는 작업중이고, 오늘도 그 일을 반복했다.

휴식시간을 알리는 벨이 울리자, 신스케는 곧바로 목장갑을 벗고 화장실로 갔다. 볼일을 보고 나서 계단 옆에 있는 벤치에 앉는다. 하루 2번, 오전 10시와 오후 3시에 각 15분씩 휴식시간이 주어진다. 계속해서 쉴 없이 일하기에는 몹시 고된 일이기 때문이다.

한 여성이 신스케 옆에 앉길래 그는 힐긋 옆을 쳐다 보았다. 어제 오후에 신스케와 말을 섞었던 여성이었다.

"어제는 감사했습니다."

그녀가 머리를 살짝 숙이고 말했다.

"아니요, 별말씀을요."

대화는 그것으로 끝났다.

그 여성은 오늘도 치과조무사 수험서를 무릎 위에 펼쳐놓고 있었다.

신스케가 치과의사가 되려고 생각한 건 엄마 때문이었다. 신스케가 3살 때 부모님이 이혼했는데, 엄마는 치위생사 일을 하면서 혼자 신스케를 키웠다. 그래서 신스케에게 치과의사는 어릴 때부터 친숙한 존재였고, 치과의사가 되고 싶다는 꿈까지 갖게 된 것이다. 올해로 55세인 신스케의 엄마는 지바 시내에 있는 치과에서 여전히 왕성하게 일하고 있다.

"인터넷 강의를 듣는 편이 좋아요."

신스케는 저도 모르게 그렇게 참견했다. 여성이 의아한 시선으로 쳐다보자, 신스케는 얼버무리듯 이렇게 말했다.

"아니 그게…, 치과조무사가 되고 싶으면 인터넷 강의를 듣고 자격증을 따는 편이 빠를 거라고 생각해서요."

예방 처치와 진료 보조를 하는 치위생사와 달리, 치과조무사는 국가 공인 자격시험이 없기 때문에 누구라도 치과조무사가 될 수 있다. 단, 민간 자격증이 있는데 이는 인터넷 강의로 취득할 수가 있다. 치과조무사가 하는 일은 환자의 접수와 진료 보조를 위한 전반적인 잡무들이다.

경계심 어린 눈빛으로 여성이 신스케를 바라보았다. 그런데 그 심지 깊은 눈빛이 카즈사의 모습을 떠올리게 한다.

"실은 제가 1년 전까지 치과의사였어요."

신스케의 말에 여성이 고개를 갸웃하고 물었다.

"치과의사 선생님이 왜 이런 곳에 계세요?"

"이런저런 사정이 있어서요. 치과조무사 경험은 있어요?"

"아니요."

여성의 목에 걸린 이름표에 '가지야마 미사키'라고 쓰여 있었다. 이름표를 물끄러미 보던 신스케는 그녀의 풍만한 가슴을 의식하고 시선을 얼른 피했다.

"생각보다 치과조무사 일은 힘들어요. 특히 처음 해보는 사람들한테는 힘든 세계고요. 생소한 용어가 난무해서 다른 세계에 온 것처럼 느끼는 사람들도 많습니다."

치과조무사 일을 시작한 뒤 몇 달 만에 일을 그만두고 떠나는 사람들을 숱하게 봐왔다. 치과는 대체로 좁은 편이라 탕비실과 탈의실 같은 설비를 갖춘 곳이 적었고, 스태프끼리 서로 푸념을 털어놓을 만한 장소도 없다. 그래서 스트레스가 쌓이기 쉬운 곳이다.

"뭐 좀 물어봐도 될까요?"

가지야마 미사키가 그렇게 물어왔고, 신스케는 고개를 끄덕였다.

"그럼요."

"저처럼 경험이 없는 사람은 어떤 치과를 노리는 게 좋을까요? '초보 환영'이라고 구인 광고를 올린 곳이 좋을까요?"

"글쎄요, 굳이 꼽자면 새롭게 개원하는 치과라고 할까요?"

"처음으로 문을 여는 곳이요?"

"네. 원장 성향에 따라서 경력자만 우대하는 원장도 있지만, 반대로 경력자를 원하지 않는 원장도 있어요. 경력자의 장점은 처음부터 곧바로 실무 인력으로 투입될 수 있다는 점이겠지요. 하지만 반대로 이전의 경험 때문에 의사의 치료 방식에 참견하는 친구들도 있다는 단점도 있고요."

예를 들어, 전에 일하던 치과에서는 약제를 나란히 놓았다고 참견하면서 치과의사와 트러블을 일으키는 치과조무사들도 생각보다 많았다.

"그리고 새로 개원하는 치과는 비교적 젊은 의사가 많아요.

또, 그런 원장들은 직원들과 함께 병원을 성장시켜가면서 환자도 늘려가고 싶어 하지요. 저도 나중에 제 치과를 개원하고 싶은 꿈이 있어요. 만약 제가 치과조무사를 한 명 고용한다면, 저는 경험이 없는 사람을 고를 겁니다. 만약 두 명을 고용한다면 한 명은 경력자, 다른 한 명은 경력이 없는 사람을 뽑을 거예요. 하지만 물론 이건 제 생각일 뿐, 모든 의사가 다 그렇게 생각하는 건 아니에요."

"그렇군요. 아무튼 많은 도움이 되었습니다."

미사키가 정중히 머리를 숙이고 말했다.

신스케는 떠나는 미사키의 뒷모습을 바라본다. 키는 165센티 정도일까, 말랐지만 가슴은 커 보인다. 신스케는 고개를 절레절레 흔들었다. 카즈사가 살해당한 이래 이성을 봐도 아무것도 느끼지 못했는데, 여성을 그런 시선으로 보게 된 것은 오랜만이다.

하지만 다른 사람과 제대로 된 대화를 나눠본 것도 오랜만이라 그것만으로도 기분이 좋아졌다. 그때 휴식시간이 끝났음을 알리는 벨이 울렸고, 신스케는 자리에서 일어난다. 신스케는 가지야마 미사키의 얼굴이 언뜻 뇌리를 스쳤지만, 그 모습을 뿌리치듯 자리를 박차고 일어났다.

★

지하철역 안을 걷는 게 이렇게 불안한 일일 줄은 처음 알았다.

카즈사는 신주쿠 역에 있다. 병원 환자복을 입고 있는 터라 사람들의 시선이 몹시 신경 쓰인다. 무의식중에 자꾸 눈을 내리깔게 되고, 등을 움츠리게 된다. 그 때문에 앞에서 걸어오는 사람과 몇 번이나 부딪힐 뻔했다.

병실은 생각보다 쉽게 빠져나왔다. 간호사들의 눈을 피해 병실을 빠져나온 후 단숨에 계단을 뛰어 내려왔다. 1층 로비를 통해서 밖으로 나온 뒤, 병원 앞에 있던 택시에 올라타 가장 가까운 역까지 가달라고 말했다. 그로부터 몇 분 후, 오오츠카 역에 도착해서 야마노테선을 타고 신주쿠 역에서 내렸다.

서쪽 출구로 나왔을 때 유니클로가 보여서 카즈사는 그곳에 들어갔다. 카즈사는 그곳에서 딱 붙는 청바지와 니트, 그리고 가장 저렴한 거위털 외투와 운동화를 구입했다. 직원에게 산 옷을 즉시 갈아입고 싶다고 하자 탈의실로 안내해주었다.

탈의실 안에는 큰 거울이 있어서 카즈사는 처음으로 자신의 몸을 찬찬히 살펴볼 수 있었다. 거울을 본 카즈사는 낙담했다. 거울에 본래의 자기 모습이 비치지 않을까 실낱 같은 기대를 했건만, 거울에 비친 사람은 역시나 전혀 다른 사람이었다.

키는 160센티 정도이고 마른 체형이다. 머리칼은 어깨까지 내려오는 정도이다. 이목구비는 수수했는데, 그것은 화장을 하지 않은 탓도 있었다.

'왜 이렇게 된 걸까.'

현기증을 느끼며 탈의실에서 나왔다. 손에 든 봉투에는 환자복이 들어 있다. 신스케는 편의점에서 산 봉투에 환자복을 담아 쓰레기통에 버렸다.

오전 11시 반이 지난 시간이다. 카즈사는 도청 방면으로 걸어간다. 게이오플라자호텔 교차로를 오른쪽으로 돌면 예전에 다니던 우에스기 스마일 치과가 바로 앞에 있다.

유리 회전문을 지나서 고층 빌딩 안으로 들어간다. 빌딩 중앙에 2층으로 이어지는 에스컬레이터가 있다. 1층 가운데 부분은 1층 바닥에서 2층 천장까지 뻥 뚫려 있어 층고가 매우 높고, 2층의 나머지 부분에는 가게들이 둥그렇게 늘어서 있었다. 가운데가 뚫려 있으니 마치 도너츠 같은 모양이다.

엘리베이터를 타고 3층에서 내리자, 낯익은 우에스기 스마일 치과 간판이 보였다.

자동문을 지나 치과 안으로 들어갔더니, 접수대에 사에키 미츠코가 서 있었다. 그녀와 사적으로 어울린 적은 없지만, 몇 번 함께 회식을 한 적은 있다. 사에키 옆에는 새로 입사한 것으로 보이는 한 여성이 서 있었다.

'사에키 씨!'

그녀의 이름을 부르고 싶었지만, 카즈사는 그 말을 삼킨 채 접수대로 향했다. 그러자 새로 입사한 여성이 말을 걸어온다.

"안녕하세요. 무슨 일로 오셨나요?"

"어 저기…, 그게….' 머뭇거리다가 카즈사가 용기 내어 말했다.

"신스케 선생님은 계신가요?"

"신스케 선생님…, 말인가요?"

그녀는 눈썹을 살짝 찌푸리더니 뭔가 골똘히 생각했다.

카즈사가 이어서 물어보았다.

"오늘은 오후 진료이신가요? 그러면 오후에 다시 찾아뵙겠습니다."

"아, 그게 저…."

"신스케 선생님께 어떤 용건이 있나요? 괜찮으시다면 가르쳐 주실 수 있을까요?" 사에키가 옆에서 끼어든다.

그런 질문은 충분히 예상했다.

하지만 카즈사는 그저 신스케가 오전 진료인지 오후 진료인지만 알면 된다. 그런 뒤에 치과 앞에서 기다리면 신스케를 만날 수 있을 것이다.

"신스케 선생님이 이전에 다른 치과에 계실 때 신세를 졌습니다. 신스케 선생님과 상의하고 싶은 일이 있어서요."

"그러시군요."

사에키는 고개를 끄덕였다. 그녀는 잠시 무언가를 곰곰이 생각하더니 곧 말했다.

"그런데 신스케 선생님은 이 치과에 계시지 않습니다."

"무슨 말씀인가요? 선생님이 다른 치과로 옮기셨다는 뜻인가요?"

"제 입으로는 말씀드릴 수가 없습니다."

사에키가 곤혹스러운 표정으로 고개를 숙였다.

카즈사는 속으로 사에키에게 말했다.

'사에키 씨, 저예요. 와쿠이 카즈사예요. 신스케는 어디로 갔어요? 여기를 그만두고 다른 치과로 옮겼다는 뜻인가요?'

그때 전화벨 소리가 울렸고, 새로 입사한 여자가 수화기를 집어들었다.

"네, 우에스기 스마일 치과입니다. …네, 예약하시겠습니까? 그러면 성함과…."

'어떻게 해야 할까.'

여기서 계속 버틴다 해도 신스케가 있는 곳을 가르쳐주지는 않을 것이다. 카즈사는 일단 접수대 앞을 떠났다. 하지만 이내 생각을 바꿔서 다시 사에키 곁으로 다가가 말한다.

"원장 선생님은 출근 하셨나요?"

"네? 원장 선생님이요?"

사에키가 다시 곤혹스러운 표정을 지었고, 카즈사는 그녀에게 미안한 마음이 들었다.

'미안해요, 사에키 씨. 당신을 곤란하게 만들 생각은 전혀 없어요. 나는 다만 신스케가 어디 있는지 알고 싶은 것뿐이에요.'

"죄송하지만 원장님은 출근하셨지만 지금 환자를 진료하실 수는 없습니다."

사에키가 다시 머리를 숙이며 적당히 둘러댔다.

'일단 원장이 지금 출근을 한 상태라는 것을 안 것만으로도 충분하다.'

"고맙습니다. 사에…."

카즈사는 저도 모르게 튀어나온 말을 가까스로 삼키고 우에스기 스마일 치과를 나왔다.

때는 이제 정오를 막 지난 참이라 점심시간이었다.

카즈사는 1층에 있는 햄버거 가게로 내려왔다. 점심시간이 막 시작된 직후인데도 가게 안은 벌써 절반 정도 자리가 차 있었다. 직원에게 한 명이라고 말하자, 바처럼 길게 늘어선 자리로 안내해주었다.

"주문은 어떻게 하시겠습니까?"

"햄버그스테이크 하나만 주세요."

"알겠습니다."

여기까지 오느라 지하철 요금을 냈고, 옷을 구입하는 데만 8천 엔 넘게 썼다. 지갑에는 이제 2천 엔도 남지 않았다. 사실은 돈을 아끼기 위해서 음료만 주문하고 싶었지만, 점심시간에 음료만 주문하는 건 실례라 생각했다.

카즈사는 옆에 앉은 남자의 얼굴을 힐긋 쳐다봤다. 턱에 수염을 기른 사십 대 남성으로, 스마트폰 화면을 보고 있었다. 그는 회색 바지에 파란색 셔츠를 입었고, 넥타이는 매지 않았다.

카즈사는 그 남자가 누군지 익히 알고 있다. 바로 우에스기 스마일 치과의 원장인 우에스기 나오야이다. 그가 이 햄버거

가게를 좋아해서 이틀에 한 번은 여기서 점심을 먹는다는 사실을 카즈사는 이미 잘 알고 있었다.

"오래 기다리셨습니다."

우에스기가 주문한 햄버거 더블 세트와 곱빼기 밥이 먼저 나왔고, 그 후 곧바로 카즈사가 주문한 햄버그스테이크가 나왔다. 우에스기가 햄버거를 먹기 시작했고, 카즈사도 나이프와 포크를 손에 들었다. 하지만 긴장한 나머지 햄버그가 무슨 맛인지도 모르고 입에 들어가는 것 같았다.

갑자기 자극적인 음식을 먹은 탓인지 위가 놀란 것 같았다. 절반 정도 먹던 카즈사는 이내 나이프와 포크를 내려놓았다.

신스케가 우에스기와 알고 지낸 지 벌써 10년이 넘었다고 신스케에게 들었다. 우에스기는 신스케가 처음으로 근무했던 치과에서 같은 월급쟁이 의사로 일했었다. 그러다 3년 전에 이 병원을 개원할 때, 우에스기가 신스케를 데려오기로 결정했다.

우에스기의 부모님은 후쿠오카에 빌딩 몇 채를 가지고 있는 건물주였고, 그가 치과를 차린 돈은 거기서 나왔다. 이 치과를 개원하는 데 필요한 비용은 일개 치과의사가 몇 년 모은다고 마련할 수 있는 금액이 아니었다.

우에스기의 식사가 끝나가는 시점에 맞춰 카즈사가 말을 걸었다.

"저, 혹시 우에스기 선생님 아니신가요?"

"네에?"

우에스기가 냅킨으로 입을 닦으며 대답한다.

"제가 우에스기입니다만…, 그쪽은 누구세요?"

"아, 저는 선생님의 치과에서 치료를 받은 적이 있습니다. 소다 신스케 선생님이 제 주치의였어요."

"그렇군요."

우에스기의 묘한 시선이 느껴진다. 그는 이혼남으로, 아이는 전처가 맡아 키우고 있다. 예전에 카즈사에게 같이 식사를 하자고 권한 적이 있었는데, 당시 신스케와 사귀던 중이라 거절했던 일이 있다.

"신스케 선생님께 이래저래 신세를 많이 졌습니다. 그런데 신스케 선생님은 지금도 원장님의 치과에서 일하고 계신가요?"

"신스케는 그만뒀어요."

때마침 직원이 디저트로 푸딩을 가져왔다. 이 건물에 입점한 음식점들은 대부분 점심세트에 디저트가 딸려 나온다. 직장 여성들을 끌어 모으려면 디저트는 필수이기 때문이다. 카즈사는 푸딩에 정신이 팔린 우에스기에게 말했다.

"선생님, 실은 할 얘기가 있어서 이곳에 왔습니다."

"그럴 줄 알았습니다. 아까부터 그쪽이 저를 쭉 지켜보고 있는 걸 알고 있었습니다. 무슨 용건인가요? 클레임인가요? 저희 치과 치료에 불만이 있다면 변호사를 통해서 해주세요."

푸딩을 다 먹은 우에스기가 자리에서 일어나려고 했다. 그러자 카즈사가 재빨리 말한다.

"잠깐만요. 제 이야기를 끝까지 들어주세요. 실은 제가 소다 선생님, 아니 신스케 오빠의 사촌입니다."

그 말을 들은 우에스기가 다시 자리에 앉았다. 카즈사가 계속 말한다. "실은 신스케 오빠와 연락이 닿지 않습니다. 휴대폰에 전화를 걸어도 받지를 않아요. 그런데 좀 아까 치과 접수대에 계신 분이 오빠가 병원을 그만뒀다고 해서 놀랐습니다. 원장 선생님, 오빠는 어디에 있나요?"

"사촌이시군요. 신스케에게 사촌이 있는 줄은 몰랐네요."

우에스기가 여전히 미심쩍다는 시선을 보냈다.

"그렇습니다. 저는 소다…, 소다 치즈루라고 합니다. 오빠를 만나러 지바에서 여기까지 왔어요. 숙모님, 그러니까 신스케 오빠의 어머님도 걱정하고 계세요."

"그렇군요."

'지바'라는 구체적인 지명을 듣고 나서야 우에스기는 카즈사의 이야기를 믿는 눈치였다.

"뭐, 그렇게 엄청난 일을 겪었으니까요. 그 친구가 우울증에 걸린 것도 이해가 갑니다. 그런데 나도 신스케가 여기를 그만두고 나서 지금 뭘 하는지 모릅니다."

'그렇게 엄청난 일?'

카즈사는 그 일이 뭔지 전혀 짐작가는 바가 없었다. 우에스기에게 물어보고 싶었지만, 괜히 물었다가는 우에스기의 의심을 살지도 몰랐다. 하지만 신스케가 치과를 그만둔 것과 자신의 일이 뭔가 관련이 있다는 것을 직감적으로 알아챌 수 있었다.

"오빠가 어디에 사는지 아시나요?"

"네. 그 친구가 사는 곳은 알고 있어요."

우에스기가 자신의 스마트폰을 테이블 위에 내려놓았다. 카즈사는 우에스기의 휴대폰 화면에 뜬 주소를 종이 냅킨에 메모했다. 신스케는 이전에 살던 요요기에 있는 아파트에서 이사를 했던지, 현재 주소는 네리마구 사쿠라다이에 있는 '늘푸른 빌라'로 되어 있었다.

"혹시 신스케를 만나게 되면 우리 병원으로 다시 돌아오는 것은 언제든 환영이라고 전해주세요. 나는 누구보다도 그 친구의 실력을 높이 평가하고 있고, 녀석을 도와주고 싶습니다. 그러면 소다 씨, 저는 먼저 가보겠습니다."

자리에서 일어난 우에스기가 계산대 쪽으로 걸어갔다. 카즈사는 손에 들린 종이 냅킨을 쳐다보았다.

'다니던 치과를 그만둘 정도의 일이 대체 무엇일까.'

빨리 알고 싶었지만, 한편으로는 그 사실을 알게 되는 것이 두렵기도 했다.

지금 자신은 전혀 다른 사람의 얼굴을 하고 있다. 그래서 신스케를 만나는 것이 망설여지기도 했다.

그래도 신스케를 만나고 싶었다. 만나기만 하면 진실을 알 수 있을 것이다.

그러다 카즈사는 자신의 계산서가 없어진 것을 알아차렸다. 우에스기가 카즈사의 것도 같이 계산한 것이다. 고맙다는 인사를 하려고 자리에서 일어섰지만, 우에스기의 모습은 이미 보이지 않았다.

★

"저 여자, 분명 신스케 씨한테 마음이 있어."

"틀림없어. 밥이라도 같이 먹자고 하면 쉽게 따라올 것 같은데."

"그렇겠지. 그러다 질리면 우리한테 돌려요."

신스케는 지금 에코다 역 근처에 있는 선술집에 있다. 대형 프랜차이즈 술집으로, 가게 안은 젊은 사람들로 넘쳐났다.

신스케는 다케우치, 오이카와와 함께 4인용 테이블에 나란히 둘러앉았다. 아직 밤 8시가 되기 전이지만 두 사람은 벌써 맥주와 칵테일을 다섯 잔 넘게 마시고 있었다.

"올해 연말연시 특수요원 중 넘버원은 역시 그 여자려나? 그 여자 이름이 뭐였지?"

"가지야마 미사키. 하지만 내 스타일은 아니야. 그 애 말고, 늘 야마구치 패거리랑 같이 있는 애, 걔가 괜찮은 것 같던데…."

"오오, 역시 보는 눈이 있네. 걔 이름이 리에지? 이케부쿠로에 있는 단과대학에 다닌다고 하는 것 같더라."

두 사람은 시종일관 여자 아르바이트생 얘기만 했다. 그런 그들이 한심하게 느껴졌지만, 신스케는 미소를 지은 채 두 사람의 이야기를 열심히 듣는 척했다.

"그런데 신스케 씨는 좋겠다. 별다른 노력 없이 가지야마 미사키랑 친해질 수 있어서."

"그래그래. 다음에 그 애랑 이야기할 기회가 있으면, 우리랑 같이 술 마시자고 꼬드겨봐요."

"이젠 얘기할 일이 없을 것 같은데요." 신스케는 그렇게 말하면서 생맥주를 한 모금 마셨다.

"그냥 깜빡 두고 간 스마트폰을 주워준 게 다예요. 그녀와 친해진 게 아니라."

야타베 아키라가 네리마구에 있는 물류센터에서 일했던 것은 틀림없다. 하지만 그가 현재 어디에 있는지 알아낼 단서는 아직도 얻지 못했다. 다케우치 패거리와 이렇게 어울려 다녀도 그들의 입에서 '야타베'라는 이름은 전혀 나오지 않았다.

1년 전, 야타베는 카즈사를 살해한 용의자로 조사를 받았다. 그리고 한때 언론에서도 마치 그를 범인처럼 보도했었다. 그런 의미에서 야타베도 유명인이라면 유명인이라, 두 사람 사이에서 그 이름이 화제에 오르지 않는 것이 도리어 이상했다.

"내일도 일을 나가야 하니까 그만 돌아갈까."

다케우치가 그렇게 말하면서 주머니에서 스마트폰을 꺼냈다. 그리고 문자메시지를 확인한다. 그러더니 옆에 앉은 오이카와에게 스마트폰을 건네면서 말한다.

"신스케 씨, 우리 내일 오후에 쉴지도 몰라요. 배탈이 날 예정 이거든요."

다케우치가 히죽히죽 웃는다.

"그러니까 잘 부탁해요. 내가 없어도 괜찮지요?"

신스케와 다케우치는 같은 조이다. 그런데 이렇게 바쁜 시기에 정직원이 빠지면 조 전체에 악영향을 미치게 된다. 하지만 다케우치는 그런 것쯤은 전혀 신경 쓰지 않는다. 정말 무책임하고 한심한 남자다.

다케우치는 방금 도착한 문자메시지를 보고 갑자기 쉬겠다는 말을 꺼냈다. 누가 보낸 것인지, 그 내용이 뭔지 궁금했지만 차마 그것을 대놓고 물어볼 수는 없었다.

"신스케 씨, 일이 그렇게 됐으니까 내일 잘 부탁해요."

다케우치가 계산서를 들고 일어났다.

"내가 낼게요."

신스케는 다케우치의 손에서 계산서를 빼앗았고, 두 사람은 고맙다는 말도 없이 계산대를 지나친다.

계산을 끝낸 신스케가 두 사람을 따라 가게 밖으로 나왔다. 두 사람은 에코다 역 방면으로 걸어갔다.

신스케의 집까지는 걸어갈 수 있는 거리라서 신스케는 홀로 걷기 시작했다.

그때 옆에서 인기척을 느꼈다. 옆을 보니 정장을 입은 남자가 신스케와 속도를 맞추어 걷고 있었다.

"저를 아직도 미행하는 겁니까?" 신스케가 남자에게 물었다.

"아닙니다. 혼자 있게 될 때를 기다렸습니다."

"여전히 저를 의심하는 겁니까?"

"아닙니다, 신스케 씨에 대한 의혹은 풀렸습니다."

남자는 무로후시 유키오 형사이다. 카즈사 사건이 발생한 날, 신스케를 안내한 형사였다. 지금도 가끔 신스케를 찾아와서 수사 상황을 보고해주는데, 처음에는 신스케를 의심하는 눈치였다. 다른 여자를 좋아하게 되어서 카즈사가 걸림돌이 되어 살해했을 거라고 짐작했던 듯했다.

"새로 하시는 일은 익숙해졌습니까?"

"네에, 뭐 그럭저럭."

무로후시는 신스케가 물류센터에서 일하는 것도 이미 알고 있다. 어쩌면 그는 신스케의 마음속도 훤히 꿰뚫고 있을 것이다. 이렇게 신스케의 주변을 얼쩡거리는 것도 틀림없이 신스케를 감시하려는 목적일 것이다.

"신스케 씨, 엉뚱한 짓은 하지 않는 게 좋아요. 고인도 그런 걸 바라지는 않을 겁니다."

"저는 평범하게 일하고 있는 것뿐입니다."

'경찰이 아무것도 해주지 않으니까 내가 움직일 수밖에 없잖은가.'

마음속에 품고 있는 생각을 입 밖에 낼 수는 없었다. 경찰을 불신하지만, 무로후시가 무능한 사람이라고 생각하지는 않는다. 오히려 사건이 일어나고 1년이 지난 지금까지도 사건에 관심을 갖는 형사는 무로후시뿐이었다.

"야타베는 지금도 저희 감시 아래에 있고, 계속해서 수사 중입니다. 신스케 씨, 뭔가 새로 알아낸 것은 없습니까?"

"딱히 없네요."

"그렇습니까. 아무튼 확실한 증거가 나오면 그를 체포할 생각입니다. 그때는 신스케 씨에게도 꼭 말씀드리겠습니다."

사건이 발생한 지 1년이 지난 지금, 미제사건이 될 것이라는 우려의 목소리가 경찰 내부에서 나오고 있다. 카즈사의 집에서 제3자의 것으로 보이는 지문과 모발을 채취했는데, 전부 야타베의 것과는 일치하지 않았기 때문이다.

따라서 카즈사의 집에 출입한 적이 있는 모든 사람을 대상으로 모발과 지문을 대조하는 작업을 지금까지도 계속하는 듯했지만, 용의자로 보이는 인물은 찾지 못했다.

"신스케 씨, 아무쪼록 몸조심하십시오. 저는 이만 가보겠습니다."

신스케는 무로후시가 모퉁이를 돌 때까지 기다렸다가 발걸음을 뗐다. 신스케의 집은 바로 코앞이었다.

카즈사가 살아 있었을 때는 그녀의 집에서 종종 주말 시간을 함께 보냈다. 저녁밥은 번갈아 만들었는데, 신스케는 카즈사가 만드는 새우그라탱을 정말 좋아했다. 그리고 카즈사는 신스케가 만드는 볶음국수를 좋아해서 잘 먹었다.

"내가 볶음국수 만드는 법을 배우게 되면, 다음부터 내가 볶음국수도 만들게 되잖아."

신스케가 볶음국수 조리법을 가르쳐주겠다고 하면, 카즈사는 고개를 저으며 그렇게 말했다.

집에 도착했다. '늘푸른 빌라'는 지은 지 30년이 지난 목조 다세대주택으로 1층과 2층을 합쳐서 8세대가 있는데, 정작 사람이 사는 집은 세 집뿐이다. 신스케의 집은 2층에 있는 203호실이다.

빌라로 들어서니 복도 계단에 사람 하나가 앉아 있었다. 이곳에 사는 누군가를 기다리는지 무릎을 모으고 고개를 파묻고 있었다.

신스케가 계단 가까이 다가가자 그 사람이 얼굴을 들었다. 머리 길이를 봤을 때 여자라는 걸 알 수 있었지만, 너무 어두워서 얼굴을 잘 알아볼 수는 없었다.

"실례합니다."

신스케는 몸을 비스듬히 기울여 여자의 옆을 지나간다. 그러고는 빠른 걸음으로 계단을 뛰어 올라갔다.

★

정신을 차리니, 카즈사는 낯선 마을의 어귀에 있었다. 어디를 어떻게 뛰어온 건지 전혀 기억나지 않는다. 자신을 쳐다보던 신스케의 얼굴이 머릿속에서 떠나지 않았다.

우에스기가 가르쳐준 늘푸른 빌라는 낡은 목조 건물로, 문패도 걸려 있지 않았다. 그래서 그가 어느 집에 사는지 알 수 없었다. 할 수 없이 계단에 앉아서 기다렸지만, 아무리 기다려도 신스케는 나타날 기미가 없었다. 기다림에 지친 카즈사는 무릎 위에 머리를 대고 잠이 들었다.

카즈사는 신스케와 영화를 보는 꿈을 꾸었다. 신스케와 함께 영화를 볼 때면 카즈사는 늘 잠이 들었다. 그의 어깨에 머리를 대고 꾸벅꾸벅 조는 것이 기분 좋았기 때문이다.

그러다 발자국 소리에 깨어났고, 고개를 드니 한 남자의 형체가 이쪽으로 다가오고 있었다. 카즈사는 그 실루엣만 보고도 그 사람이 신스케라는 것을 바로 알아차렸다. 하지만 계속 같은 자세로 앉아 있었던 탓인지 온몸에 쥐가 나서 곧바로 일어날 수가 없었다. 그러는 사이 그는 코앞까지 다가왔다.

"실례합니다."

신스케가 카즈사의 얼굴을 내려다보았다. 카즈사는 그의 무덤덤한 눈빛에 깜짝 놀랐다. 그것은 마치 길가에 굴러다니는 돌멩이를 보는 것처럼 무관심하고 차가운 눈빛이었다.

카즈사는 신스케의 이름을 부르고 싶었지만, 혀가 목구멍에 달라붙어 움직이지 않았다.

'신스케! 나야. 카즈사야. 나라고, 신스케!'

그렇게 외치고 싶었다. 하지만 그의 눈에 비친 자신의 모습은 생판 낯선 사람의 모습일 것이다. 얼굴도, 몸도, 목소리도, 머리 모양도, 하나부터 열까지 전부 바뀌었다.

카즈사는 자리에서 벌떡 일어나 늘푸른 빌라를 뛰쳐나왔다.

어리석었다. 신스케를 만나면 어떻게든 일이 풀릴 거라고 생각한 것은. 그에게 지금의 카즈사는 전혀 모르는 사람일 뿐이다. 말을 건다고 해도 상대해줄 리 없다.

'어떻게 해야 할까. 앞으로 나는 어떻게 되는 것일까.'

이렇게 불안한 기분은 평생 처음이다. 당장 오늘밤을 어디에서 지내야 할지부터가 걱정이었다. 병원으로 돌아가는 것이 가장 바람직한 결정 같지만 병원으로 돌아간다 해도 상황이 나아질 것 같지는 않다.

문득 요코하마에 있는 본가가 떠오른다.

'부모님은 어떻게 살고 계실까. 내가 없어진 것을 알고 걱정하고 있을까.'

터덜터덜 걷다보니 작은 공원이 나타났다. 카즈사는 공원으로 들어가 벤치에 앉았다. 지갑을 꺼내 남은 돈을 확인했더니 8백 엔 정도 남았다. 이 돈으로는 호텔에 묵지도 못한다. 평생 처음 와본 공원에서 혼자 밤을 지새워야 한다고 생각하니 서러움에 눈물이 투두둑 떨어졌다. 애초에 나는 정말로 와쿠이 카즈사가 맞을까, 그런 의문도 생겼다. 자신이 정말로 모리 치즈루라는 여성인데 뭔가가 잘못되어 와쿠이 카즈사라고 믿는 것은 아닐까.

문득 떠오른 생각에 카즈사는 스마트폰을 집었다. 신스케의 휴대폰 번호는 기억한다. 만약 스마트폰 잠금을 풀 수 있다면, 그에게 전화를 걸어볼 수도 있다. 예를 들어, 자신이 카즈사의 친구인 척하는 것은 어떨까, 그럼 뭐라도 힌트가 될 정보를 얻을 수 있다.

지갑 속에 있는 운전면허증을 꺼냈다. 모리 치즈루의 현재 주소는 오오츠카로 되어 있었다. 운전면허증을 통해 알아낸 그녀의 생년월일을 스마트폰 비밀번호로 입력해보았다. 하지만 틀렸다. 태어난 해, 집 번지수도 입력했지만 결과는 실패였다.

그렇다면 공중전화를 찾아보자. 최근에는 공중전화가 많이 없어졌지만, 그래도 찾아보면 어딘가에 있을 것이다.

그때 손에 들고 있던 휴대폰이 진동했다. 화면에는 '준'이라는 글자가 떠 있다. 전화를 받을 때는 비밀번호가 필요 없으니 일단 받아보기로 했다.

'준이 누구일까?'

모리 치즈루의 친구, 어쩌면 애인인지도 모른다. 카즈사는 쭈뼛쭈뼛 화면을 터치하고 스마트폰을 귀에 갖다댔다.

하지만 상대는 말이 없다. 아무 말도 하지 않는다. 할 수 없이 카즈사가 먼저 입을 열었다.

"여보세요?"

"누나, 지금 어디야? 뭐 하는 거야."

그제야 전화를 건 상대가 말했다.

상대는 오늘 아침에 병원을 찾아왔던 좀 특이한 청년이었다. 이름은 모리 준. 모리 치즈루의 남동생이었다.

모리 치즈루의 집은 오오츠카 역 북쪽 출구로 나와서 북쪽으로 1킬로 정도 더 간 곳에 있었다. 카즈사는 집 번지수를 확인한 후, 한 동짜리 원룸주택 앞에서 발길을 멈췄다. 벽에 모르타르를 칠한 4층짜리 원룸주택으로, 1층에는 편의점이 있었다.

모리 준과 통화를 한 뒤, 카즈사는 그가 사는 원룸으로 가기로 결정했다. 지금 카즈사가 의지할 사람은 모리 준뿐이다.

엘리베이터를 타고 3층까지 올라갔다. 그런 다음 준이 가르쳐준 303호실 인터폰을 눌렀는데 아무 반응이 없었다. 그래서 손잡이를 돌려봤더니 문이 열렸다.

"계세요?"

카즈사는 그렇게 말하면서 조심스럽게 안으로 들어갔다. 현관을 통해 들어가니 짧은 복도가 있고, 그 건너편에 거실이 보였다.

"들어와."

"실례합니다."

카즈사는 신발을 벗고 거실로 향했다. 책상 앞에 앉은 모리 준은 노트북 화면을 들여다보고 있었다.

집은 더러웠다. 벽에는 애니메이션 포스터가 덕지덕지 붙어 있었고, 바닥에는 DVD 케이스 같은 것들이 여기저기 널브러져 있다. 준의 노트북에서는 애니메이션 영상이 흘러나오고 있었다.

"지금 중요한 장면이야."

헤드폰을 낀 준이 카즈사를 힐긋 보고는 노트북 화면으로 다시 시선을 돌렸다.

'오타쿠인가.'

모리 준이라는 남자에 대해 아는 게 아무것도 없었다. 역시 잘못 온 것인지도 모르겠다. 계속되는 침묵에 슬슬 거북함과 무안함을 느낄 때쯤, 준이 헤드폰을 벗었다.

"미안해."

무슨 이야기부터 해야 좋을지 몰라서 카즈사는 일단 사과했다.

"내가 몰래 병원을 빠져나가서…, 여기에도 연락이 왔지?"

"응. 전화가 왔었어."

대화는 그것으로 끊긴다. 역시 여기서 나가는 편이 좋겠다고 카즈사는 생각한다.

"그럼 난 갈게."

"잠깐만!"

준이 불러 세웠다. 카즈사는 걸음을 멈추고 준을 쳐다보았다. 준이 게슴츠레한 눈으로 카즈사를 쳐다보며 말했다.

"누나, 어떻게 된 거야?"

"…."

카즈사는 대답하지 못했다.

"어떻게 된 거야? 왜 누나가 집 주소를 몰라? 이상하잖아."

반론할 여지가 없다. 아까 공원에서 전화를 받았을 때, 준이이 집 주소를 가르쳐주었다.

"역시 머리를 부딪쳐서 이상해진 거지? 병원에 다시 가는 게 좋겠어. 정밀 검사를 받자. 안 그러면 이대로…."

"시끄러워!"

카즈사는 저도 모르게 그렇게 소리쳤다. 댐이 무너진 듯 쌓여 있던 불안함과 스트레스가 한순간에 입 밖으로 분출해 나온다.

"나도 뭐가 뭔지 모르겠어. 모리 치즈루? 대체 그게 누구야? 나는 모리 치즈루가 아니야. 이 얼굴도, 이 몸도, 내 것이 아니야."

어느새 눈물까지 흘리고 있다. 하지만 카즈사는 개의치 않고 계속 이야기한다.

"어제 눈을 떴더니 이렇게 되어 있었어. 나도 영문을 모르겠어. 내 이름은 와쿠이 카즈사야. 내가 잠든 지 1년이나 지났다니 믿을 수가 없어. 대체 어떻게 된 건지 내가 물어보고 싶어."

하고 싶은 말을 다 토해냈더니 마음이 조금 안정되었다. 카즈사는 훌쩍이며 준에게 말한다.

"그러니까 난 당신이 누군지 몰라. 남동생이라고 해도 모르겠어. 난 모리 치즈루가 아니니까."

"그런 얘기를 어떻게 믿어?"

준이 눈을 크게 부릅뜬다.

당연하다. 당연히 이런 이야기를 믿어줄 리 없다.

'역시 병원으로 돌아가서 정밀 검사를 받아야 할까…'

머리를 세게 부딪쳐서 의식에 정말로 문제가 생긴 건지도 모른다.

"그럼 증명해봐. 당신이 내 누나가 아니라는 걸 말이야."

그 말에 카즈사는 곰곰이 생각에 잠긴다.

'내가 모리 치즈루가 아니라는 걸 증명하는 건 불가능한 일이야. 그렇다면…, 그 반대는 어떨까?'

자신이 와쿠이 카즈사라는 것을 믿게 만드는 방법이 더 간단할 것이다.

"부탁이 있어. 입안을 좀 보여줘."

"왜? 싫어, 그런 걸 왜 시켜?"

"한 번만 보여줘. 내가 모리 치즈루가 아니라는 걸 증명하라고 한 건 너잖아."

준은 잠시 침묵했지만, 곧 어깨를 움츠리고 나서 입을 벌렸다. 카즈사는 냉큼 준의 입안을 들여다본다. 책상 위의 스탠드를 켠 뒤, 불빛을 준의 얼굴 쪽으로 돌린다.

"음, 보자…. 오른쪽 아래 7번 제2대구치, 그리고 왼쪽 아래 6번 제1대구치에 충치 치료를 한 흔적이 있네. 둘 다 메탈 인레이. 왼쪽 위 5번이랑 6번, 그리고 오른쪽 위 4번이 새로운 충치

일 가능성이 있어. C2, 아니 C3인가. 아무튼 빨리 치과에 가는
게 좋을 것 같아."

"그만 됐어." 준이 잠시 입을 다물었다가 다시 말한다. "도대
체 어떻게 된 거야? 지금 무슨 말을 하는 거야? 영문을 모르겠
어."

"나는 치위생사야. 내가 지금 말한 건 거의 다 정확할 거야.
그래도 혹시 의심되거든 지금 당장 치과에 가봐. 내가 한 말이
랑 똑같은 말을 할 테니까."

"쓸데없는 소리 하지 마." 준은 그렇게 말하더니 고개를 돌린
다.

그러다 곧 준이 카즈사에게 다시 물었다.

"설마…, 진짜야?"

"그래, 정말이야. 나는 당신 누나가 아니야."

"설마 그럴 리가…."

"부탁이니까 좀 믿어줘. 한번 잘 생각해봐. 이런 얘기를 한다
고 해서 나한테 무슨 득이 되겠어?"

준은 대답 없이 생각에 잠기더니 고개를 아래로 떨구었다. 그
러다 이내 다시 고개를 들고 묻는다.

"즉, 당신은 내 누나가 아니고…, 다른 사람이라는 거지?"

"응. …이제 믿어주는 거야?"

"'이런 얘기를 한다고 해서 나한테 무슨 득이 되겠어?' 이런
말투는 우리 누나가 쓰던 말투랑 미묘하게 다르긴 해."

이제야 겨우 자신의 이야기를 믿어주는 인물이 생겼다. 카즈 사는 안도했다. 썩 미덥지 못한 사람이지만, 지금은 찬밥 더운 밥 가릴 때가 아니다.

"고마워."

카즈사가 감사의 말을 전하자 준은 뜻밖의 말을 했다.

"흔한 얘기니까."

'말도 안 돼.'

"픽션의 세계에서 흔히 다루는 모티프motif야. 이른바 '빙의' 라는 거지. 영혼이 옮겨가는 현상을 말하는데, 공포 영화에서 자주 쓰여."

영혼.

좀 아까 신스케가 자신을 쳐다봤던 눈빛이 떠오른다. 그 눈빛 은 냉랭했다. 그에게 와쿠이 카즈사를 보는 듯한 모습은 보이 지 않았다.

'나는 유령이 된 걸까.'

"과학적, 의학적으로도 전혀 근거는 없어. 하지만 일종의 트랜 스 상태라고 하는 것 같아. 그런데 아까 원래 이름이 뭐라고 했 지?"

"와쿠이 카즈사. 한자로 쓰면…"

카즈사의 이름을 다시 들은 준이 노트북 앞으로 가서 키보 드를 두드렸다.

그러다 카즈사를 물끄러미 응시했다. 그 얼굴에는 핏기가 사라졌고, 목소리 톤도 순식간에 낮아졌다.

"당신…, 이미 죽은 것 같아. 1년 전에 살해당했어."

말문이 막혔다.

'내가… 1년 전에, 살해당했다?'

카즈사는 이를 악문다. 그러다 온몸에 힘을 잃고 그 자리에 엉덩방아를 찧고 주저앉는다.

"괜찮아?"

준이 물었지만 대답이 나오지 않았다.

'거짓말이야. 그럴 리가 없어. 내가 죽었다니…'

"즉 와쿠이 카즈사는 1년 전에 죽었고, 당신의 영혼이 그대로 내 누나의 몸으로 옮겨간 거야. 인터넷에 당신이 살해당했다는 기사가 여럿 있어. 틀림없어. 누나가 사고를 당한 날이랑 당신이 살해당한 날이 같은 날이야."

준의 이야기가 카즈사의 귀를 그대로 스쳐 지나간다. 카즈사는 아직도 자신이 죽었다는 사실을 받아들이지 못했다. 하지만 준은 아랑곳하지 않고 계속 떠들었다.

"당신을 죽인 범인은 아직 잡히지 않은 것 같아. 용의자는 있었던 모양인데, 증거불충분으로 풀려났어."

카즈사는 비틀비틀 걸어가서 준의 노트북 화면을 보았다.

와쿠이 카즈사.

그 이름을 본 순간 머리에 강한 충격이 느껴졌다.

'정말로 나는 죽은 것일까?'

현기증이 나서 바닥에 무릎을 꿇고 앉았다.

'내가 죽었다? 그것도 살해당했다? 왜 그런 일이…?'

카즈사는 계속해서 스스로에게 물었다.

'나는 누구지? 모리 치즈루? 아니, 아니야. 나는 와쿠이 카즈사야. 그렇다면 준의 말대로 내 영혼이 생판 낯선 사람에게 옮겨갔다고 생각할 수밖에 없어. 인정하고 싶지는 않더라도 이것이 현실이야.'

얼굴을 든 카즈사는 마음을 강하게 먹은 뒤, 노트북 화면을 다시 들여다보았다.

기사에 따르면 카즈사는 1년 전 어느 날 살해당했고, 아파트 관리인이 그녀를 처음 발견했다고 한다. 복도에 남겨진 강아지를 본 관리인이 이를 수상히 여기고 카즈사의 집 안으로 들어갔다가 사체를 발견했다고 한다. 카즈사의 사인은 예리한 칼에 가슴을 찔려 발생한 쇼크사였다.

이케부쿠로에 사는 어떤 프리랜서 시나리오 작가가 용의자로 떠올랐지만, 남자는 경찰 조사에서 혐의를 완강히 부인했다고 한다. 증거도 없었기에 기소까지는 하지 못했다고 한다.

"인터넷은 참 유용해. 그 남자 이름도 바로 알 수 있거든."

준이 마우스를 움직이며 말했다.

"야타베 아키라. 당신을 죽인 용의자야. 이 자식 말고 다른 용의자는 없는 것 같아."

어디선가 들어본 적이 있는 이름이다. 기억을 더듬자 그 이름이 곧바로 떠올랐다. 때는 우에스기 스마일 치과에서 근무하기 이전이다. 당시 카즈사는 이케부쿠로에 있는 한 치과에서 근무하고 있었는데, 야타베 아키라는 그곳에 오던 환자였다. 그러다 딱 한 번 이케부쿠로의 카페에서 우연히 만나서 야타베와 대화한 적이 있다. 그때 5분 정도 야타베와 이야기를 나누었다. 하지만 그것이 다였다. 당시 그가 시나리오인지 소설인지를 쓴다고 했던 이야기가 언뜻 떠올랐다.

"이 사람, 당신 스토커였던 것 같네. 야타베의 집에서 당신 사진도 발견됐어. 그런데 당신 유명인이네. '얼짱 치위생사 살인사건'으로 검색하면 기사가 엄청 많이 나와! 사진까지 돌아다니고."

카즈사는 다시 노트북 화면으로 시선을 돌렸다. 5년 전에 스노우보드를 타러 갔을 때 찍은 사진이 보인다. 스키복을 입고 손가락으로 브이 자를 취한 사진이다.

'대체 누가 이런 사진을…?'

"사건이 발생한 지 1년이 지났지만, 아직도 범인은 잡히지 않았어. 어쩌면 미제 사건으로 남을지도 모르겠네."

그때 문득 떠오른 것이 있어서 카즈사는 준에게 물었다.

"만약 내 영혼이 모리 치즈루 씨의 몸으로 옮겨간 거라면, 모리 치즈루 씨의 영혼은 어디로 갔을까?"

"안 그래도 나도 그걸 생각해봤어. 우리 누나의 몸은 여전히 살아 있으니까 분명히 우리 누나의 영혼도 죽지 않았을 거야.

그렇다면 우리 누나의 영혼은 당신 때문에 일시적으로 어딘가에 갇혀 있지 않을까? 언젠가 우리 누나의 영혼이 되살아날지도 모르겠네. 물론 확실히 알 수 없지만…."

"누나는 어떤 사람이었어?"

"잔소리가 심한 누나였지. 늘 나한테 불평불만이 많았어. 빵집에서 일했는데, 언젠가 자기 가게를 열고 싶다고 했었어."

"누나는 무슨 사고로 병원에 입원한 거야?"

"육교 계단에서 발을 헛디뎌서 그대로 굴러떨어졌어. 지나가던 회사원이 발견해서 구급차를 불러줬대. 이 원룸 바로 근처에 있는 육교에서 그랬어. 아마 당신도 건너왔을 거야."

'아까 이 원룸으로 오는 도중에 건너온 육교를 말하는 건가? 설마 그런 곳에서 사고를 당하다니…, 모리 치즈루라는 사람도 참 운이 없구나.'

"누가 밀어서 떨어졌을 가능성도 있는 것 같아. 하지만 누나는 목숨을 건졌고, 그 바람에 경찰도 그렇게 공들여 수사하지는 않은 것 같아. 경찰 입장에선 살인 사건 같은 것도 아니니까."

모리 치즈루도 자신과 똑같은 처지라고 생각했다. 갑자기 불행한 일이 닥쳤는데, 그 범인은 아직 잡히지 않았다.

"그런데, 당신은 몇 살이야?"

"나? 서른하나. 앗, 아닌가. 1년이 지났으니까 서른둘이네. 네 누이는 나이가 어떻게 되니?"

"스물여섯. 허, 서른이 넘었구나. 그래서 말투가 그랬구나. 우리 누나는 '네 누이는 나이가 어떻게 되니?' 같은 그런 어른스러운 말투는 안 써."

카즈사는 대화의 힘이 참 대단하다고 생각했다. 자신의 영혼이 다른 사람의 몸으로 옮겨간다는 건 누구도 받아들일 수가 없는 일이다. 하지만 지금 자신이 이렇게 침착할 수 있는 건 그나마 모리 준이라는 청년과 대화를 하고 있기 때문이었다.

나는 살해당했고, 내 영혼은 모리 치즈루의 몸으로 옮겨갔다. 하지만 왜 이렇게 된 건지 그 이유는 전혀 알 길이 없었다.

★

뚜껑을 뜯고 컵라면에 뜨거운 물을 부었다. 다케우치와 오이카와와 함께 술을 마실 때는 보통 안주를 거의 먹지 않기 때문에 늘 배가 고팠다.

신스케는 카즈사와 공통된 취미가 없었지만, 맛집을 찾아다니는 걸 좋아하는 것만큼은 카즈사와 비슷했다. 보통 인터넷이나 잡지로 먼저 알아보고 그 가게를 찾아가는 식이었다.

음식 맛에 대해서도 카즈사와 의견이 일치하는 경우가 많았다. 음식에 대해서만큼은 죽이 척척 맞는 그들이었다. 그런데 카즈사는 신스케가 컵라면을 먹는 걸 늘 못마땅하게 여겼다.

"그런 거 먹지 말고, 좀 제대로 된 걸 먹어."

카즈사는 그렇게 말하면서 생면 라면을 삶고, 그 위에 야채를 고명으로 얹은 라면을 만들어주었다. 신스케는 종종 그 야채 라면이 그리웠다. 지금 이렇게 컵라면을 먹는 모습을 본다면 카즈사는 분명 화를 낼 것이다.

컵라면을 다 먹었을 때 즈음 휴대폰이 울렸다. 전화를 건 사람은 카즈사의 아버지인 와쿠이 마사유키였다.

"여보세요, 신스케 군인가?"

"네, 신스케입니다. 지난번에는 감사했습니다."

"나야말로 일부러 먼 곳에서 찾아와줘서 고마웠네."

일주일 전에 카즈사의 1주기 제사가 있었다. 신스케도 요코하마까지 가서 참석했다. 가족들끼리만 모여 간소하게 치른 제사였다.

"그런데 신스케 군, 내가 말한 건 생각해봤는가?"

제사가 끝나고 식사를 하는 자리에서 마사유키가 신스케에게 와쿠이 치과를 이어받겠냐는 제안을 했다.

카즈사는 외동이었다. 카즈사의 부모님은 하나밖에 없는 딸을 잃고 망연자실해 있었다. 마사유키는 아직 50대였지만, 지난 1년 사이에 급격하게 늙었다. 그는 뛰어난 치과의사인 동시에 요코하마 시내에서 두 곳의 치과를 갖고 있는 유능한 경영자이기도 했다. 그런데 모든 열정을 잃었는지 그 두 곳의 치과를 신스케에게 넘길 생각을 하고 있었다.

"정말 감사한 이야기입니다. 하지만 아버님은 아직 젊으십니다. 은퇴하기에는 너무 이릅니다."

"자네에게 나쁘지 않은 제안라고 생각하네. 당장 대답하라는 건 아니야. 어쨌든 나는 마음을 굳혔네. 조만간 향을 올리러 또 와주게. 자네가 와주면 카즈사도 기뻐할 거야."

"알겠습니다. 조만간 또 찾아뵙겠습니다."

"부탁하네. 그리고 다음 주 일요일에 도쿄에 갈 일이 생겼어. 괜찮으면 밥이라도 한 끼 같이하면 어떤가."

"죄송합니다. 다음 주 일정이 어떻게 될지 알 수가 없어서 힘들겠습니다."

"그래? 그럼 할 수 없지. 다음 기회에 하세."

"네, 알겠습니다."

통화를 끝냈다.

신스케는 컵라면 국물을 개수대에 버리고 소라를 무릎 위에 올렸다.

"소라야, 요즘 산책도 자주 못 데리고 나가서 미안해."

신스케는 소라의 등을 가만히 쓰다듬었다. 처음 이 집에 데려왔을 때 낯선 환경 때문에 소라는 짖기만 했다. 그렇지만 지금은 많이 안정된 모습을 보였고, 꼭 화장실 매트에서 볼일을 본다.

신스케는 소라의 등을 쓰다듬으며 다시금 다짐했다.

'한시라도 빨리 이 사건을 매듭지어야 해.'

★

"진짜 여기서 잘 생각이야? 자기 집에 가서 자면 되는데."

"하지만 내 마음대로 그 집에 들어가는 건 좀 그래."

"그게 더 이상해. 자기 집인데 뭐 어때?"

모리 치즈루는 이 원룸주택 4층에 살고 있었다고 한다. 남매가 같은 원룸 건물에 살면서도 각각 따로 원룸을 빌리다니 꽤 부유한 집 자식들인지도 모르겠다는 생각이 들었다. 이 정도 원룸이라면 집세만 해도 월 10만 엔은 족히 넘을 것이다.

"그럼 불 끈다."

준이 불을 껐다.

벌써 자정이 넘었다. 준은 창가에 있는 침대에서 자고, 카즈사는 바닥에 누워 담요를 덮었다.

"준 군은 평소에 뭘 해? 학생이야?"

준과 이야기하는 사이에 마음이 꽤 진정되었다.

카즈사는 이제 자신의 영혼이 모리 치즈루라는 여성의 몸속에 들어가 버린 것을 인정할 수밖에 없었다. 게다가 지금까지 모리 준이 밝혀낸 바에 의하면, 카즈사의 진짜 육체는 이미 죽었기 때문에 카즈사의 영혼이 원래대로 돌아갈 곳도 없다. 이렇게 타인의 몸을 빌려 살고 있는 것은 암담하지만 엄연한 현실이었다.

"응, 대학생이야. 지금은 휴학 중이지만…."

"왜? 공부를 따라가기가 힘들었어?"

"아니야. 1학년 때는 학교에 나갔었는데, 2학년이 되었을 때 갑자기 학교에 가기 싫어졌어. 그 뒤로 쭉 집에 있어."

"하지만 집하고 편의점밖에 왔다 갔다 하지 않는다면 불편하잖아. 음식도 잘 못 챙겨 먹게 될 텐데…."

"가끔 편의점 말고 근처에 있는 도시락 가게에도 가. 꽤 맛있는 가게인데, 누나는 거기서 파는 닭튀김 도시락을 좋아했어. 그리고 요즘은 인터넷 쇼핑이 잘 돼 있어서 집에만 있어도 별로 불편할 게 없어. 최근에 나온 컵라면들도 다 맛있고."

그러고 보니 신스케도 컵라면을 좋아했다. 신스케는 "가끔씩 너무 먹고 싶어져."라는 변명을 하면서 몰래몰래 먹었다.

그런데 대체 신스케에게 무슨 일이 있었던 걸까? 신주쿠에 있는 치과도 그만두고, 그렇게 낡은 연립주택으로 이사를 했다. 신스케와 사귀는 동안 돈이 없어서 힘들다는 말은 전혀 듣지 못했는데….

"준의 부모님은 어디에 계셔? 누나가 깨어났다는 걸 알고 계셔?"

"부모님은 안 계셔." 어둠 속에서 준이 말했다.

"내가 3살, 누나가 8살 때 교통사고로 돌아가셨어. 우리는 엄마의 오빠, 그러니깐 외삼촌이 맡아서 키웠어."

"그랬구나."

"사실 나는 너무 어렸을 때 일이라 기억도 잘 안 나."

카즈사는 모리 치즈루를 떠올렸다.

그녀는 빵가게에서 아르바이트를 했다고 한다. 지금은 휴학 중이라고 하지만 이전까지 준의 학비는 전부 누나인 치즈루가 부담했던 것이 아닐까.

"누나가 힘들었겠다. 일도 하면서 너까지 돌봐야 했으니까."

"그렇지도 않아." 준이 곧바로 대꾸했다.

"실은 이 건물 한 동이 다 누나 명의야. 아버지 명의였던 걸 누나가 상속받았어. 그래서 집세 수입만으로도 먹고살 수 있어. 내가 이렇게 여유롭게 지낼 수 있는 것도 전부 그 덕분이야."

"그렇구나."

그래도 은둔형 외톨이 생활을 계속하는 것은 문제가 있다고 카즈사는 생각했다. 그러나 그 생각을 굳이 본인에게 말하지는 않았다.

"1층에 편의점 있는 것 봤지? 그 뒤쪽에 작은 미용실이 들어와 있어. 누나는 나중에 그 미용실을 내보내고 빵집을 여는 게 꿈이었어."

"과거형으로 말하지 마. 네 누나는 아직 살아 있어."

"엇, 그러네."

"나, 너희 누나가 일했던 빵가게에 인사하러 가야 할까?"

"안 그러는 게 좋을 거야. 말을 맞추는 게 힘들테니까."

모리 치즈루에게는 친구들이 있고, 그녀가 깨어나기만을 바라는 사람들도 있을 것이다. 그들을 만나보는 것이 도리이긴 하지만, 자칫하다가는 괜한 혼란만 불러일으킬지도 모른다.

"그보다 누나는 내일부터 어쩔 셈이야?"

카즈사가 천장을 쳐다보며 말했다.

"내일은 여길 꼭 나갈게. 계속해서 준에게 민폐를 끼칠 수는 없으니까."

"민폐까지는 아니야. 그런데 어디로 갈 생각이야? 갈 데도 없잖아."

"있어."

이젠 행동해야 한다. 잠시라도 신스케의 곁에 있고 싶다. 신스케가 어떻게 살고 있는지 알고 싶었다.

"앗, 심야 애니메이션 녹화하는 거 깜빡했다. 누나, 불 켜도 돼?"

"응, 괜찮아."

준이 침대 위에서 몸을 일으켰고, 책상 위에 있는 전등불이 켜졌다. 카즈사는 왼쪽 손목에 차고 있던 손목시계를 풀었다.

시각은 12시 30분이 되어가고 있었고, 날짜를 표시하는 문자판에는 숫자 『8』이 표시되어 있었다. 오늘 아침에 병원에서 봤을 때는 분명 『9』였다. 날짜가 바뀌었는데 숫자가 줄어들다니, 역시 시계가 고장이 난 것 같다. 모리 치즈루가 사고를 당했을 때 받은 충격으로 고장이 났을지도 모른다.

카즈사는 머리맡에 손목시계를 놓고 담요를 뒤집어썼다. 눈물이 뺨을 타고 흘렀다.

'나, 진짜 죽은 건가.'

카즈사는 그런 생각이 들자 하염없이 눈물이 흘렀다.

울어도 소용없다고 자신을 타일렀지만 베개는 계속 젖어가기만 했다.

8일 전

신스케는 물류센터 뒤편에 차를 세웠다. 시각은 정오에 가까워졌고 슬슬 놈들이 빠져나올 때가 되었다.

오늘 아침 물류센터에 전화를 걸어 몸이 안 좋아서 쉬겠다는 뜻을 전했다. 다케우치와 오이카와도 오후부터 쉬기 때문에 다른 직원들에게 민폐를 끼치게 된다. 그래서 마음이 불편했지만, 그래도 오늘만큼은 꼭 다케우치 일행의 행동을 감시해야 했다.

신스케의 눈앞에 물류센터 주차장이 있다. 대형 트럭과 승합차가 보였고, 그 구석에 검은색 경자동차가 세워져 있었다. 다케우치가 최근에 중고로 구입한 차를 가끔씩 세워둔다는 걸 신스케는 알고 있었다. 그때 다케우치와 오이카와가 모습을 드러냈다. 두 사람이 자동차에 올라탔고, 그 모습을 지켜보던 신스케도 렌터카에 시동을 걸었다. 다케우치의 차가 출발하자 신스케도 차를 출발시켰다.

만일에 대비해 마스크를 쓰고 알 없는 뿔테 안경까지 꼈다. 혹시 마주치더라도 그들이 알아채지 못하기를 바랄 뿐이다.

미행의 목적은 오늘 두 사람이 무엇을 하려고 하는지를 알아내는 것이다. 물론 단순히 파친코에 갈 가능성도 크다. 예전에 술에 취해 말하기를, 평일에 연차를 내고 새로 생긴 파친코 가게에 간 적이 있다고 했었기 때문이다.

다케우치가 탄 차가 속도를 줄였다. 신스케도 브레이크 페달을 밟았다. 신스케는 다케우치의 차를 추월해 20미터 정도 더 간 뒤 차를 세웠다. 백미러로 살펴보니 차에서 내린 두 사람이 편의점에 들어가는 모습이 보였다. 5분 후, 그들은 편의점에서 나왔고 다시 차가 출발했다. 신스케도 그들을 다시 미행한다.

다케우치의 차는 이케부쿠로 거리로 들어선다. 그런데 다른 차들이 눈에 띄게 늘어나는 바람에 다케우치의 차를 놓칠지도 모른다는 불안감이 엄습했다. 만약 그들이 외곽고속도로를 탄다면 미행을 놓칠지도 모른다.

그러나 신스케의 우려는 다행히 기우로 끝났다. 다케우치의 차가 속도를 줄이더니, 대형 아파트 단지의 지하주차장으로 들어갔다. 15층 정도 되는 아파트인데, 다케우치와 오이카와가 이런 곳에 산다는 이야기는 들어본 적이 없었다. 신스케가 주위를 둘러보니 무인주차장이 보여서 거기에 주차를 한다. 그곳은 건너편에 있는 아파트 현관 출입구를 볼 수 있기에 그들을 감시하기에는 안성맞춤인 곳이다.

그때 주머니 속에서 휴대폰이 진동했다. 우에스기 나오야였다.

"신스케? 나야, 우에스기. 오랜만이네."

"아, 그동안 잘 지내셨습니까?"

카즈사 사건이 일어난 후에 신스케는 한동안 병가를 내고 쉬다가 결국 그만두었다. 사직서를 낸 이후 반년 만에 처음으로 우에스기와 통화하는 것이다.

"실은 어제 자네 사촌 동생이라는 여자가 날 찾아왔어. 자네가 사는 주소를 가르쳐달라고 말이야. 무심코 알려주었는데, 곰곰이 생각해보니 계속 신경이 쓰여서 말이지."

엄마 쪽에 사촌이 두 명이 있긴 하지만, 모두 신스케보다 나이가 많은 누나들이다.

"20대 정도로 보이는 젊은 여성이었어. 지바에서 왔다고 하던데, 혹시 짚이는 게 있나?"

"없습니다. 어떤 여성이었습니까?"

"그냥 수수한 느낌이었어. 그렇군, 아무튼 자네한테는 사촌 여동생이 없는가 보구먼. 내가 경솔한 짓을 했네. 혹시 폐를 끼쳤다면 미안하네."

카즈사 사건 발생 직후, 각종 언론사에서 신스케에게 전화를 하거나, 집까지 몰려온 일이 많았다. 하지만 이곳으로 이사를 하고부터는 그런 일이 없어졌다. 그리고 신스케는 휴대폰 번호까지 바꾸었다.

"잘 지내나?"

"그럭저럭 지냅니다." 우에스기의 질문에 대충 대답했다.

"돌아올 마음이 있다면 언제든지 연락해."

"네, 알겠습니다, 고맙습니다."

전화를 끊고 신스케는 사촌 동생이라는 그 여자에 대해 생각한다.

'기자였을까?'

만약 기자들이 다시 몰려온다면 다시 이사를 해야 할 것이다.

다시 아파트 출입구 쪽을 쳐다봤지만 평일 낮이라 그런지 오가는 사람은 거의 없었다. 신스케는 자동차 시트를 누이고 편한 자세로 잠복 감시를 시작했다.

★

"정말 괜찮아요? 더 좋은 집도 소개해 줄 수 있는데요."

사람 좋아 보이는 부동산 아저씨가 그렇게 말했다. 카즈사는 네리마구 사쿠라다이에 와 있다. 신스케가 사는 늘푸른 빌라를 관리하는 부동산을 찾아내 부동산으로 들어갔더니, 부동산 아저씨가 반겨주었다.

"이 집이 너무 마음에 들어서요."

"그렇다면 다행이네요."

무조건 신스케의 옆집으로 이사할 계획이다. 마음의 거리를 좁힐 수 없다면 하다못해 몸의 거리라도 좁히고 싶었다. 그러려면 신스케와 같은 빌라에 사는 편이 가장 좋을 거라고 생각했다.

타인의 몸에 영혼이 옮겨갔다는 사실에 익숙해진 것은 아니지만 혼자 고민하는 것보다는 어떤 행동이라도 결행해 보는 편이 정신적으로 편했다.

부동산 아저씨 말에 따르면 '늘푸른 빌라'에는 총 8세대가 있다고 했다. 하지만 현재는 3곳에서만 사람이 살고 있다고 했다. 내년 3월 말에 재건축 예정이기 때문에 보증금과 중개수수료가 없고, 월세만 한 달에 3만 엔 내면 된다고 했다.

"참고로 여쭙고 싶은 게 있어요. 2층은 어느 집이 비어 있나요?"

"현재 202호와 204호 두 집이 비어 있어요. 201호실에는 신혼부부가 살고 있고, 203호실에는 남자분이 혼자 살고 있어요."

"그렇다면 저는 204호실에 입주하고 싶습니다."

오후 2시 무렵, 카즈사는 계약 절차를 밟은 뒤 곧바로 신스케의 옆집으로 향했다. 선불로 낸 이번 달 월세는 모리 치즈루의 계좌에서 빌렸다.

"어쨌거나 당신 몸의 주인은 우리 누나니까, 당신도 우리 누나 돈을 쓸 권리가 있다고 생각해."

준은 그렇게 말하며 치즈루의 현금카드 비밀번호를 가르쳐주었다.

문을 열고 집 안으로 발을 들였다. 집은 곳곳이 상해 있고, 바닥도 먼지투성이였다. 잡화점에서 청소 도구를 사온 카즈사는 걸레로 바닥과 창문을 닦는다. 여기서 얼마나 지낼지 모르기에 카즈사는 이불과 세면도구 등 최소한의 생활용품만 사왔다.

남쪽과 동쪽으로 창문이 나 있고, 서쪽이 203호실과 이웃하고 있다. 창문을 열어 환기를 시켰다. 전기와 가스는 부동산 아저씨가 알아서 해주기로 했다. 아마 오늘 중에는 사용할 수 있게 될 것이다. 일 처리가 깔끔한 부동산 아저씨를 만나서 다행이었다.

고등학교를 졸업한 뒤 도쿄로 상경한 카즈사는 그 후 쭉 자취를 했기에 혼자 사는 것에 익숙하다. 그래서 낯선 곳에 이사를 오더라도 전혀 불안하거나 떨리지 않았다.

하지만 지금은 불안하기만 했다. 신스케와 어떤 방식으로 접촉해야 할지 모르겠다. 신스케에게 자신은 생판 낯선 타인이고, 다른 사람의 몸에 영혼이 옮겨갔다는 허무맹랑한 말을 그가 믿어줄 리 없다.

그런데 집이 정말 좁다. 신스케의 집도 이와 비슷한 구조일 텐데, 대체 그는 왜 이런 지저분한 곳으로 이사를 온 것인지 모르겠다.

카즈사는 열심히 청소를 한다. 형광등 갓이 먼지투성이라 그것을 닦고 싶었다. 하지만 너무 높이 달려 있어서 손이 닿지 않았다. 까치발을 해서 열심히 손을 뻗다가 결국 균형을 잃고 말았다. 비틀거리던 카즈사가 벽에 손을 짚은 순간 익숙한 울음소리가 들렸다.

'어? 설마…?'

카즈사는 벽에 귀를 댄다. 그리고 옆집에서 나는 소리에 귀를 기울였지만, 지금은 아무 소리도 들리지 않았다.

"소라야? 소라야! 너 거기 있지, 소라야."

카즈사가 벽을 두드리면서 소라의 이름을 불렀다. 그러나 옆집, 그러니까 신스케의 집은 고요하기만 하다. 하지만 결코 환청은 아니다. 분명 개 짖는 소리가 뚜렷하게 들렸다. 신스케가 개를 키운다면 그건 분명 소라일 것이다. 평소 성향을 볼 때, 소라가 아닌 다른 개를 굳이 키울 사람이 아니다.

'어떻게든 만날 수 없을까.'

소라는 5년 전에 분양받은 수컷 토이푸들이다. 이바라키 현까지 직접 찾아가서 분양받은 이래 쭉 함께 살아왔다.

카즈사는 모리 치즈루의 스마트폰을 꺼낸다. 지금 이런 상황에서 기댈 사람은 한 명밖에 떠오르지 않는다.

"여보세요? 나 카즈사야."

"누나? 무슨 일이야? 이사는 다 했어?"

준이 졸음에 겨운 목소리로 물었다.

"덕분에 잘 끝냈어. 그보다 상의할 게 있어."

대략 사정을 설명한 카즈사가 신스케의 집에 들어갈 방법이 없을지 물었다. 카즈사의 이야기를 들은 준이 어렵다는 듯이 말했다.

"그건 힘들어. 멋대로 들어가면 주거침입죄가 될 거고, 부동산에 말해도 맘대로 문을 열어줄 리 없어. 포기하는 게 좋을 거야."

"어떻게 좀 안 될까? 신스케 집에 분명히 내 강아지가 있는 것 같아."

"으음. 난처하네."

준이 잠시 침묵했다.

카즈사는 묵묵히 그의 말을 기다렸고, 곧 준이 입을 열었다.

"방법이 있긴 한데 딱 한 번밖에 쓸 수 없는 방법이야. 그래도 좋다면…."

"좋아. 가르쳐줘."

"알았어. 일단은…."

카즈사는 침을 꿀꺽 삼키면서 그의 말에 귀를 기울였다.

"모리 씨, 그게 정말이에요?"

부동산 아저씨가 계단을 올라오면서 카즈사에게 물었다.

"네에, 틀림없어요."

부동산 아저씨와 함께 203호 신스케의 집 문 앞에 섰다. 부동산 아저씨는 코를 킁킁거리더니 고개를 갸웃거렸다.

"가스 냄새는 안 나는데…."

"이래봬도 제가 알아주는 개코예요. 분명히 가스가 새는 것 같아요."

카즈사는 준이 하라는 대로 따르는 중이었다.

'잘 들어, 누나. 지금 필요한 건 누나의 연기력이야. 부동산 아저씨가 가스가 새고 있다고 믿게 해야 돼. 그게 중요해.'

"그런가? 나는 냄새가 전혀 안 나는데요."

부동산 아저씨가 다시 고개를 갸웃거렸다.

"만일을 위해서 확인해보는 게 좋을 것 같아요."

카즈사의 말에 설득당한 부동산 아저씨가 주머니에서 마스터키를 꺼낸 뒤 문을 열었다.

그때 카즈사가 갑자기 앞으로 몸을 내밀어 문 손잡이를 붙잡았다.

"제가 들어가서 보고 올게요. 아저씨는 여기서 기다리세요."

"아니, 하지만 그런 일은 내가….."

"괜찮아요. 무슨 일이 있으면 큰 소리로 도움을 요청할게요. 저한테 맡겨주세요."

카즈사는 미리 준비한 손수건을 꺼내서 코와 입을 막았다.

"그렇다면 나는 소방차를 부르는 게 좋을까요? 아니면 경찰을 불러야 할까요?"

부동산 아저씨가 난감한 얼굴로 물었다. 부동산 아저씨가 이렇게까지 심각한 반응을 보일 줄은 몰랐다.

카즈사는 고개를 저으며 대답했다.

"그, 그렇게까지는 안 해도 될 거예요. 일단은 제가 상황을 살펴보고 올게요."

집 안에 들어간 카즈사는 문을 닫았다. 그러자 카즈사를 발견한 소라가 몸을 낮추어 주위를 경계한다.

"소라야, 나야."

카즈사가 그렇게 말해도 소라는 계속 그르렁거렸다. 당연하다. 지금의 자신은 얼굴도 목소리도 예전의 자신과 다르니까.

"소라야. 나야. 카즈사야."

카즈사는 집 안으로 들어갔다. 카즈사가 새로 얻은 집과 전체적인 구조는 같았다. 집 중앙에는 목제 테이블이 놓여 있고, 테이블 위에는 노트북이 있다.

"모리 씨, 괜찮아요? 가스가 새는 게 맞아요?"

문 바깥에서 부동산 아저씨의 목소리가 들렸고, 카즈사는 문을 살짝 열고 답했다.

"역시 조금 새고 있었어요. 가스 밸브는 제가 잠갔고, 소방서에 연락할 정도까지는 아닌 것 같아요. 제가 바로 환기를 시킬 테니까, 만일을 위해서 아저씨는 다른 주민들에게 말씀 전해주시겠어요?"

"알았어요."

부동산 아저씨가 복도를 떠나는 것을 확인하자마자 카즈사는 다시 집 안으로 돌아왔다. 작전 성공! 나중에 준에게 고맙다는 인사를 제대로 해야 할 것이다.

소라는 계속 그르렁거렸다. 카즈사는 소라를 향해 휘파람을 불기 시작했다. 산책할 때마다 자주 불렀던 '비둘기 구구'의 멜로디를 들려주자, 소라가 고개를 갸웃거리며 어리둥절해 한다. 카즈사는 계속 휘파람을 불면서 소라의 목덜미를 쓰다듬었고, 이제 소라는 저항하지 않았다. 카즈사는 두 손으로 소라를 끌어안는다. 이 따스함이 사랑스럽다.

"소라, 소라야."

이름을 불렀더니 소라가 카즈사를 올려다보았다.

그런데 소라의 몸에서 안 좋은 냄새가 코를 찌른다. 신스케가 자주 씻기지 않았을 테니 그럴 만도 하다.

이렇게 계속 소라와 함께 있고 싶지만 그럴 시간이 없었다. 아쉬움을 간직한 채 소라를 바닥에 내려놓고 카즈사가 말했다.

"소라야, 또 보자. 반드시 또 만날 수 있을 거야."

집 밖으로 나가려던 카즈사는 한쪽 벽에 붙은 사진들을 발견했다. 전부 A4사이즈의 사진들로, 작은 사진을 확대해서 출력했는지 해상도가 좋지 않았다. 전부 어떤 남성을 찍은 사진들이었는데, 남자의 얼굴은 낯이 익었다. 인상이 조금 다른 것도 같지만, 예전에 본 그 야타베 아키라라는 남자다.

"신스케, 왜…?"

카즈사의 입에서 그런 말이 저절로 튀어 나왔다.

야타베 아키라의 이마 부분에 압정이 깊숙이 박혀 있었기 때문이다.

★

오후 6시를 지났지만 아파트 주변에서는 그 어떤 움직임도 없었다. 아직 다케우치 일행의 차는 주차장에서 나오지 않았다. 오후 1시에 아파트 안으로 들어갔으니 벌써 5시간 넘게 지났다.

다케우치 일행이 누구를 만나고 있는지 알 수 없다. 몇 차례 그들과 함께 술을 마셨지만, 다케우치와 오이카와는 사생활 이야기를 거의 하지 않았다. 자신에게 완전히 마음을 열지 않았다는 증거였다. 술을 잘 사주는 후줄근한 아저씨, 그런 정도로 자신을 생각하는 것 같다.

차 안에 켜놓은 라디오에서 저녁 뉴스가 나오기 시작한다.

"뉴스입니다. 어제 오후 8시경, 도쿄 고토구 카메이도에서 발생한 여대생 살인사건 용의자로 이웃에 사는 18살 프리랜서 작가를 체포했다고 경찰청이 발표했습니다. 용의자는 일방적으로 여성에게 호의를 품고 피해 여성의 속옷을 훔치는 등의 행위를 반복했다고 합니다."

'참혹한 뉴스다. 스토커 살인일까. 피해자의 가족과 연인, 친구들은 지금 범인에 대한 끓어오르는 분노를 품고 있겠지?'

신스케는 속으로 그렇게 생각한다. 그러다 다시 아파트 쪽으로 시선을 돌린다. 지나가는 사람들의 얼굴을 식별하기 어려울 만큼 이제 완전히 어두워졌다. 오늘은 이만 포기해야 할 것 같다. 그래도 이 아파트를 알아낼 수 있었던 것이 오늘의 큰 수확이라면 수확이다.

요의를 느낀 신스케는 차에서 내렸다. 아파트 옆 건물 1층에 편의점 간판이 보여서 그곳으로 들어간다.

안쪽 화장실에서 볼일을 보고 편의점 안으로 돌아온 뒤, 빵 2개를 들고 계산대로 향한다.

"뜨거운 커피, 큰 사이즈 컵으로 한 잔 주세요."

그러자 종업원이 종이컵을 주었다. 신스케는 종이컵과 봉투를 들고 커피 메이커로 향했다.

커피메이커 버튼을 누르자 커피 원두가 갈리는 소리가 들리더니 잠시 뒤에 추출구에서 커피가 나왔다. 그때 계산대 근처에서 목소리가 들려왔다.

"어묵이랑 무, 그리고 소시지. 그리고…, 킨차쿠(유부 속에 고기나 야채 등을 넣은 음식-옮긴이 주)랑 달걀."

계산대 앞에 선 남자가 통화하는 소리가 들린다.

"…다케가 집으로 돌아간다니까 한 명이 부족해. …그래, 우리 집. 아마 2, 3시간이면 끝날 거야."

'다케? 다케우치를 말하는 걸까?'

신스케는 남자를 조심스레 관찰했다. 그런데 하필 그 남자는 왼쪽 귀에 스마트폰을 대고 있어서 옆얼굴이 잘 보이지 않는다.

"기다릴 테니까 부탁한다."

그 남자가 귀에서 스마트폰을 뗀 순간 신스케의 얼굴이 확 달아올랐다.

'놈이다! 드디어 야타베 아키라를 찾았다.'

수염을 짧게 기른 야타베는 검은색 점퍼를 입고 있었다. 집에 야타베 사진을 붙여놓고 매일 밤낮으로 보던 터라 다른 사람을 야타베로 착각할 리 없었다.

'이 자식은 틀림 없이 야타베다!'

커피가 다 나온 것을 알리는 소리가 삑 울렸다. 그 소리가 너무 크게 느껴져서 당황스러웠다. 신스케는 떨리는 손으로 겨우 컵을 빼낸 뒤 테이블 위에 올려놓았다.

계산대로 다시 시선을 돌리니 야타베가 계산을 하고 있었다. 점원이 잔돈을 꺼내 그에게 내밀었다.

신스케는 편의점을 나와 옆 가게 안으로 이동했다. 창가에 있는 카운터 자리에 의자 세 개가 놓여 있다. 신스케는 그중 한 자리에 앉아 두 주먹을 불끈 쥔다.

눈앞에 카즈사를 살해한 용의자가 있다. 신스케는 흥분을 가라앉히고자 노력했다.

그때 놈이 가게 앞으로 다가왔고, 신스케는 얼굴을 약간 숙인 채 전방을 주시했다.

하나, 둘, 셋…, 속으로 10까지 셌다. 그러고는 신스케도 다시 가게를 나왔다.

야타베가 아파트 출입구로 들어가는 모습이 보였다. 그가 아파트 안으로 완전히 들어가는 것을 확인하고 나서야 신스케는 무인주차장으로 돌아갔다.

신스케는 빠른 걸음으로 무인주차장에 세워둔 렌터카 운전석에 올라탔다. 그러고는 자동차 시트에 기대어 정면에 있는 아파트를 올려다보았다.

카즈사를 살해한 가장 유력한 용의자로 수사받았지만 용케 풀려난 자, 바로 그 남자가 이곳에 살고 있다.

★

오후 7시가 지난 시각, 계단을 올라오는 누군가의 발소리가 들렸다. 벽이 얇게 설계된 탓인지 집 안에서도 문 바깥의 소리가 잘 들린다. 카즈사는 그 소리에 귀를 기울였다. 옆집 문이 열렸다가 닫히는 소리가 났다. 아무래도 신스케가 집에 돌아온 모양이다.

몸을 벽에 대고 다시 귀를 기울인다. 소라의 울음소리와 함께 신스케가 소라에게 뭐라고 말하는 소리가 들렸지만, 그 내용까지는 알 수가 없다. 그러다 문득 자신이 남의 집을 도청하는 범죄자가 된 것만 같은 기분에 카즈사는 벽에서 귀를 뗐다.

가스와 수도를 사용할 수 있게 되었다. 하지만 가구라고 부를 만한 것은 없다. 전자레인지나 냉장고 같은 가전제품은 사지 않았다. 점심은 편의점에서 산 도시락으로 해결했는데, 혼자 먹는 도시락이 너무 맛이 없어서 저도 모르게 눈물이 나올 뻔했다.

'나는 정말 뭘 하고 있는 걸까.'

카즈사는 쓸쓸하게 웃었다. 일단 신스케의 옆집으로 이사를 오긴 했지만, 앞으로 어떻게 해야 좋을지 몰랐다.

'카즈사는 말이야, 돌다리를 안 두드려보고 막 건너는 타입이
지.'

이전에 신스케가 그런 말을 했었다. 카즈사 스스로 생각하기
에도 가끔씩 앞뒤 생각하지 않고 행동해서 주위를 놀라게 할
때가 많았다. 중요하면 중요한 일일수록 그런 경향이 더욱 강
했다. 시험과 취직 등 인생의 큰 전환점에서 누구와도 상의하
지 않고 자신의 느낌대로 결정해왔다. 이번에도 그렇다. 신스케
옆집으로 이사를 오는 것 역시 앞뒤 재지 않고 즉각적으로 행
동했다.

신스케의 집 문이 열리는 소리가 들렸다. 카즈사는 살짝 문
을 열고 밖을 내다보았다. 신스케가 소라를 데리고 복도를 걸
어간다. 신스케와 소라의 모습이 시야에서 점점 멀어지자, 카
즈사도 곧바로 신발을 신고 밖으로 나왔다.

카즈사는 약간의 거리를 두고 신스케와 소라의 뒤를 쫓는다.
두 사람이 모퉁이를 돌자, 카즈사는 빠른 걸음으로 걸어가 담
장 뒤에 숨어서 얼굴을 삐죽 내민다.

어떤 건물 앞에서 발길을 멈춘 신스케는 전봇대에 소라의 목
줄을 연결한다. 그러고는 소라를 두고 건물 안으로 들어간다.
그 앞에 무인세탁소가 있고, 그 옆에는 목욕탕이 있다. 세탁기
가 돌아가는 동안 신스케는 목욕을 할 요량인 것 같았다.

카즈사의 예상대로 무인세탁소에서 나온 신스케가 목욕탕
안으로 들어간다. 그제야 카즈사는 구구 휘파람을 불면서 소

라에게 다가갔다.

'신스케도 참, 이런 곳에 소라 혼자 내버려두다니.'

"소라야, 혼자 이렇게 얌전히 신스케를 기다리고 참 기특하네."

소라는 카즈사의 얼굴을 올려다보았다. 그런데 그 모습이 마치 '고마워!'라고 대답하는 것처럼 보였다.

자리에서 일어난 카즈사는 방금 전 지나친 편의점을 향해 달렸다. 신스케는 목욕하는 시간이 짧은 편이라 서둘러야 한다.

편의점에서 쿠키를 산 뒤, 다시 돌아왔다. 소라의 코앞에 쿠키를 내밀었더니, 냄새를 맡은 소라가 꼬리를 흔들었다.

"맛있니? 소라야, 밥은 잘 얻어먹고 있어? 불편한 건 없고?"

쿠키를 세 개 정도 먹였을 때 머리 위에서 익숙한 목소리가 들렸다. 고개를 들자 그곳에 신스케가 서 있었다.

"저기, 제 강아지한테 무슨 볼일이라도…?"

"앗, 죄송해요. 너무 귀여워서 저도 모르게 그만…." 쿠키 봉지를 신스케에게 보여주며 말한다. "쿠키를 줬어요. 함부로 이런 걸 줘서 죄송합니다."

"음? 모리 씨?"

신스케가 불쑥 모리의 이름을 말하는 바람에 카즈사는 깜짝 놀란다. 신스케도 약간 놀란 얼굴로 카즈사를 쳐다보았다.

"역시 모리 씨가 맞네요. 그런데…, 어떻게 여기에? 이 근처에 사시나요?"

'어떻게 된 거지?'

카즈사는 혼란스러웠다.

'신스케와 모리 치즈루가 아는 사이였던 거야?'

그렇다면 상황이 좋지 않다. 모리 치즈루와 신스케가 원래 아는 사이라면 함부로 아무 이야기나 할 수 없다.

카즈사는 필사적으로 머리를 굴린다. 그러다 어설피 이야기를 꾸미기보다는 어느 정도 솔직하게 털어놓는 게 좋을 거라 판단한다.

"죄송합니다." 카즈사가 머리를 숙이며 말했다. "실은 제가 1년 전에 사고를 당해서 기억이 거의 남아 있지 않습니다. 그래서 당신이 누구인지 잘 모르겠어요. 어디선가 본 적이 있는 것 같긴 하지만요."

"그, 그랬군요."

신스케는 당황했지만, 딱히 카즈사의 이야기를 의심하는 것처럼 보이지는 않았다.

"저는 소다 신스케라고 합니다. 이전에 니시신주쿠에 있는 치과에서 당신 이를 치료한 적이 있습니다."

"아, 그런 거였군요."

모리 치즈루는 신스케의 환자였다. 생판 모르는 사람에게 영혼이 옮겨갔다고 생각했는데, 신스케가 아는 사람이라면 어쨌든 자신에게도 인연이라면 인연이 있는 사람이다.

"작년 가을쯤에 충치를 치료했습니다. 가벼운 충치였기 때문에 3번 정도 통원 치료를 했을 겁니다. 어떻습니까? 이는 괜찮으십니까? 오른쪽 아래 어금니였던 것 같은데요."

"괜찮습니다."

"다행입니다. 이 근처에 사십니까?"

"네, 뭐."

"아, 잠깐 실례하겠습니다."

신스케는 그렇게 말하더니, 무인세탁소에 들어가서 세탁이 끝난 옷을 챙겨왔다. 그러고는 소라의 목줄을 풀고 걷기 시작했고, 카즈사도 신스케의 뒤를 따랐다.

"강아지가 귀엽네요. 이름이 뭔가요?"

신스케가 카즈사를 흘긋 보더니 대답했다.

"소라입니다."

"흐음, 소라구나. 예쁜 이름이네요."

카즈사는 무릎을 꿇고 손을 펼쳤다.

"소라야, 이리 오렴."

그러자 소라는 망설임 없이 카즈사에게 뛰어왔다. 소라의 머리를 쓰다듬던 카즈사는 문득 신스케의 시선을 느끼고 돌아보았다.

"왜 그러세요?"

"아…, 아니에요." 신스케가 발치에 있는 소라를 보며 말한다.

"소라는 저 말고 다른 사람을 잘 따르지 않는데…, 이런 모습을 보니 신기해서요."

'그야 내가 주인이니까.'

카즈사는 그 말을 속으로 삼켰다.

"예전에 토이푸들을 키운 적이 있어요. 그래서 그런지도 모르겠네요."

"토이푸들을 키웠던 건 기억하시는군요."

신스케의 말에 당황한 카즈사가 냉큼 대답했다.

"네, 단편적인 기억은 남아 있어요."

"그렇습니까? …아무튼 저는 이만 실례하겠습니다."

덮밥 가게 앞에 멈춰 선 신스케가 전봇대에 다시 소라의 목줄을 묶는다. 오늘은 여기서 저녁을 먹고 집에 갈 생각인가 보다.

가게 안으로 들어간 신스케가 무인 식권 발매기 앞에 섰다. 카즈사는 잠시 길을 걸어가다가 다시 발길을 멈췄다. 뻔뻔한 여자라고 생각할지도 모르지만 여기서부터는 적극적으로 행동해야 한다.

카즈사도 덮밥 가게 안으로 들어갔고, 카즈사를 발견한 신스케가 의아하다는 얼굴을 한다. 하지만 카즈사는 아랑곳하지 않고 말했다.

"저도 배가 고파서요. 같이 먹어도 될까요?"

★

오늘 하루는 큰 수확이 있었다. 다케우치와 오이카와를 주목한 것은 정답이었다. 집에 돌아온 신스케는 맥주를 들이켜며 생각한다. 지난 두 달 동안 물류센터에서 고생한 보상을 받았다. 야타베 아키라는 분명히 그 아파트에 살고 있다. 몇 호에 사는 것까지는 알 수 없지만, 놈이 사는 아파트를 알아낸 것만으로도 큰 진전이라 말할 수 있다.

"저, 소고기 덮밥은 오랜만에 먹어요. 잘 먹겠습니다."

모리 치즈루는 소고기 덮밥을 먹기 시작했다. 그녀는 신스케가 1년쯤 전에 치료한 환자인데, 요즘 젊은 여성 같지 않게 수수하고 검소한 스타일의 여성이었다.

모리 치즈루의 모습에서 꿍꿍이 같은 것은 찾아볼 수 없었다. 따라서 모리 치즈루를 집 근처에서 만난 것은 우연이겠지만, 그래도 그녀를 경계해서 나쁠 것은 없다고 신스케는 생각한다.

"저기, 소라 말인데요."

치즈루가 불쑥 말을 걸어왔다.

"왜요?"

"털이 좀 지저분하던데, 강아지 전용 샴푸로 씻겨주고 있나요?"

"…아니요."

"강아지는 전용 샴푸로 털을 씻어줘야 해요. 실내에서 키우시지요?"

"네."

"그럼 더욱 그렇게 해줘야지요."

그 말에 신스케는 조금 짜증이 났다.

'개를 어떻게 키우든 그건 내 마음이 아닌가.'

신스케는 약간 욱해서 이렇게 말했다.

"지인이 맡긴 개라서요. 개를 돌보는 방법을 잘 모릅니다."

"그렇다면 더욱 잘 돌봐줘야지요."

"알겠습니다. 그보다 모리 씨, 지금도 빵집에서 일하십니까?"

신스케는 모리 치즈루가 빵집에서 일하는 걸 기억하고 있다. 고작 3번 정도 얼굴을 본 사이지만, 이야기를 나눈 적이 있기 때문이다.

"지금은 휴직 중이에요. 실은 오늘 막 이 근처로 이사를 왔어요. 전에 이 근처에 살았던 적이 있었는데 뭔가 기억이 돌아올 계기가 될 것 같아서요."

'어제 그 여자였나…?'

무로후시 형사와 헤어지고 집으로 돌아왔을 때 계단에 여성 한 명이 앉아 있던 게 그제야 기억난다.

"혹시 이사한 곳이 늘푸른 빌라인가요?"

"맞아요. 어떻게 아셨어요?"

신스케는 대답하지 않았다.

'이전에 치료했던 환자가 나와 같은 빌라로 이사를 온 게 과연 우연일까?'

언론사에서 그녀를 고용했을 가능성도 생각해보았다. 하지만 그렇게 번거로운 방법까지 쓸 것 같지는 않았다. 게다가 매일매일 흉악 범죄 소식이 들려올 정도로 취재거리는 많다. 카즈사의 살인사건을 아직까지 취재할 필요가 있을까.

"사실 저도 늘푸른 빌라에 삽니다. 안 그래도 어제 당신을 본 것 같아서요."

"어머, 정말요? 그렇구나."

신스케는 다시 묵묵히 덮밥을 먹기 시작했고, 두 사람 다 말 없이 식사에 집중한다. 신스케는 남아 있던 맥주까지 다 마신 뒤 자리에서 일어났다.

가게를 나온 신스케가 소라의 목줄을 풀고 걷기 시작했다. 모리 치즈루도 뒤따라 가게에서 나왔다.

소라는 뒤따라오는 그녀가 영 신경이 쓰이는지 안절부절못하는 모습이었다. 그런데 소라가 이렇게까지 다른 사람을 따르는 모습은 처음이었다.

둘은 늘푸른 빌라에 도착했다. 그녀는 신스케를 따라 계단을 올라온다. 그리고 계단을 다 올라왔을 때 그녀가 말했다.

"저기, 죄송하지만 부탁이 한 가지 있어요."

"뭔가요?"

"제가 소라의 아침 산책을 시켜도 될까요?"

"네? 소라 산책을요?"

"네. 새로 이사를 온 참이라서 사실 너무 외롭고 불안해요. 그런데 소라를 보고 있으면 마음이 안정되어서요. 산책은 매일 아침에 하시나요?"

"네."

실제로 신스케가 소라를 산책시키는 건 3일에 1번꼴이다. 또 비가 계속 내릴 때면 일주일 이상 못 갈 때도 있다. 하지만 신스케는 굳이 그런 말은 하지 않는다.

"부탁드려요. 내일부터 제가 소라 산책을 맡을게요."

특이한 여성이라고 생각했다. 하지만 신스케 입장에서도 거절할 이유가 없었다. 무엇보다 소라가 그녀를 좋아하고 따르는 눈치였다.

"알겠습니다. 좋아요."

"정말인가요? 고맙습니다."

모리 치즈루의 얼굴이 환하게 반짝였다. 전형적 미인이라고할 수는 없지만 웃는 얼굴이 귀여워 매력적인 여성이다. 그녀가 문에 열쇠를 꽂으면서 인사를 했다.

"신스케 씨, 안녕히 주무세요."

그러고는 집 안으로 들어갔다.

"소라야, 친구가 생겨서 좋겠네."

신스케가 그렇게 말하자 소라도 살짝 고개를 끄덕이는 것 같았다.

7일 전

"산책은 매일 아침에 하시나요?"

"네."

신스케는 선선히 그렇게 대답했지만, 카즈사가 보기에는 그렇지 않았다.

아침 7시, 신스케의 집 문을 노크하자 그가 얼굴을 내밀었다. 신스케도 산책에 같이 나설 기색이었다. 아무래도 낯선 사람에게 자신의 강아지 산책을 맡기는 게 불안했나 보다.

신선한 아침 공기에 기분이 좋아졌다. 이렇게 신스케와 걷고 있으니 카즈사는 예전의 자신으로 돌아간 것 같은 느낌이 들었다. 여차하다가는 신스케에게 예전처럼 반말을 할 것 같아서 의식적으로 깍듯이 존댓말을 사용한다.

"지금도 신주쿠에서 치과의사로 일하시고 계신가요?"

"사정이 있어서 치과의사는 그만두고, 지금은 이 근처에 있는 물류센터에서 일합니다. 연말연시 선물을 전국으로 발송하는 일이에요."

카즈사는 깜짝 놀라지 않을 수 없었다. 그가 왜 치과의사라는 직업을 버리고 물류센터에서 일하는지 그 이유를 전혀 짐작할 수가 없었다.

앞쪽에 공원이 보였다. 처음 이곳에 찾아왔을 때 들렀던 바로 그 공원이었다. 공원 안으로 들어간 둘은 벤치에 나란히 앉았다.

'왜 신스케는 치과를 그만뒀을까? 왜 물류센터에서 일하고 있을까?'

그렇지만 그것보다 더욱 궁금한 것은 어제 신스케의 집에서 본 야타베의 사진이다.

'대체 신스케는 무슨 일을 꾸미고 있는 것일까.'

"저기, 모리 씨. 기억이 없어졌다고 하셨는데 혹시 머리를 세게 부딪치셔서 그런 건가요?" 신스케가 물었다.

"네, 육교 위 계단에서 굴러떨어졌대요. 그때 머리를 세게 부딪쳤고요."

"정말 아무것도 기억 못하세요?"

"네. 제 이름 같은 건 기억나는데 말이지요."

'그것 참 편리한 기억상실이지?'

카즈사는 속으로 쓴웃음을 짓는다.

"흐음, 빨리 회복하면 좋겠네요."

"저도 그래요."

다시 대화가 끊긴다.

그는 카즈사를 이전에 치료해준 환자로만 알고 있다. 이 단계에서 "나 사실은 카즈사야!"라고 고백한다 해도 신스케는 결코 믿지 않을 것이다. 그러니 좀 더 마음의 거리를 좁힐 수밖에.

"제안할 게 하나 있어요." 카즈사가 용기를 내어 말한다.

"소라를 애견미용실에 데려가지 않으실래요? 털을 예쁘게 잘 라주고 싶어요. 안 될까요?"

"안 될 건 없지만, 제가 너무 미안해서…" 신스케가 조심스럽 게 말한다.

모리 치즈루와 만난 지 벌써 3년이 됐다. 처음 만났을 때부터 줄곧 그녀의 시선을 느껴왔던 신스케는 그녀가 자기한테 마음 이 있는 게 아닌가 어림짐작을 했었다. 어쩌면 애견미용실에 데려가겠다는 것 역시 자신과 가까워지기 위한 핑계가 아닐까.

"신스케 씨, 소라의 냄새를 맡아보세요."

"네?"

"지금 당장이요."

소라의 몸 냄새를 맡은 신스케가 얼굴을 찌푸리고 말했다.

"고약하네요."

"그렇죠? 강아지들도 깨끗한 걸 좋아해요. 게다가 신스케 씨 는 집 안에서 강아지를 키우잖아요. 소라 털에 병균이 있으면 신스케 씨의 옷에도 묻을지 몰라요. 또 그런 균이 신스케 씨의 손에 묻어서 입 안으로 들어갈지도 모릅니다."

카즈사의 협박이 먹혔는지 신스케가 떨떠름한 표정으로 고 개를 끄덕였다.

"알았어요. 안 그래도 내일은 토요일이라 쉬는 날입니다. 내 일 소라를 애견미용실에 데려가도록 하지요. 거기서는 강아지

전용 샴푸로 털을 씻겨주나요?"

"네. 그럼 제가 예약해둘게요."

"그럼 부탁드립니다. 저는 이제 슬슬 돌아가서 출근을 해야 합니다."

신스케가 자리에서 일어났고, 카즈사도 따라서 일어났다. 왔던 길을 되돌아갈 때는 출근하는 회사원들과 고교생들로 거리가 북적했다.

앞에서 걸어가는 신스케의 뒷모습이 보인다. 그 거리는 가까우면서도 멀었다. 카즈사는 눈을 질끈 감고 단도직입적으로 물어보았다.

"신스케 씨, 사귀는 여성은 있어요?"

잠시 침묵하던 신스케가 나직이 말했다.

"있었는데…, 이제는 못 만납니다."

그렇게 말하는 그의 얼굴은 외로워 보였다.

문득 1년 반 전에 있었던 신스케와의 추억이 떠올랐다. 그날 아침에 잠에서 깨어나보니 신스케에게 문자메시지가 와 있었다.

'나, 배가 아파서 죽을 것 같아.'

깜짝 놀란 카즈사가 바로 전화를 했더니, 수화기를 통해 신스케의 신음 소리가 전해졌다.

"이렇게 배가 아픈 건 태어나서 처음이야."

"오늘은 오전 진료야?"

"아니, 오후 진료."

"그럼 당장 병원에 갔다 와."

그렇지만 카즈사는 오전반이어서 신스케와 같이 병원에 갈 수가 없었다. 안절부절못하면서 오전 일을 마친 뒤, 점심때가 되어서야 카즈사는 겨우 신스케에게 연락했다. 신스케의 목소리는 어두웠다.

"진통제를 처방받아서 먹었더니 한결 편해졌어."

"복통의 원인은 뭐였어?"

"모르겠어. 내시경 검사를 했더니 위벽에 부종이 발견되어서 조직 검사를 했어."

"부종이라니, 용종 같은 거야?"

"용종이라고는 안 했어. 나도 사진을 봤는데 위벽이 붓고 헐어 보였어. 조직 검사 결과는 일주일 뒤에 나온대."

"그래. 분명 괜찮을 거야."

그로부터 일주일 동안 신스케는 무척 침울했다. 말도 거의 없었고, 저녁 약속도 다 거절했다. 주말에도 집에 혼자 틀어박혀 있었다. 나중에 들은 이야기로는 혹시 위암이 아닐까 두려워하며 혼자 괴로워했다고 한다.

일주일 후 검사 결과가 나오는 날, 카즈사도 신스케와 함께 병원에 갔다. 신스케는 계속 안절부절못했고, 보다 못한 카즈사가 신스케를 위로했다.

"걱정하지 않아도 돼. 괜찮을 거야."

"카즈사, 미안해."

"미안해할 일이 아니야."

"정말 미안해. 나, 만약에…." 신스케는 거기까지 말한 뒤 입을 다물었다.

"만약에, 뭐?"

"만약에 정말로 위암이면 얼마 못 살지도 몰라. 젊은 사람이 암이 걸리면 진행 속도도 빠르고 투병생활도 길어진다고 해. 그러면 너…, 나를 잊어도 돼. 나도 너랑 결혼하는 거 포기할게."

카즈사는 놀랐다. 신스케가 '결혼'이라는 두 글자를 처음 언급했기 때문이다.

"신스케, 나랑 결혼할 생각이었어?"

"어어, 안 돼? 물론 이 상태라면 힘들겠지만…."

"안 될 건 없지만, 그게 여기서 할 말이야?"

환자 대기실이다. 주위에는 텔레비전에 푹 빠진 노인 환자들이 있다. 로맨틱한 프러포즈를 기대했던 것은 아니지만, 그래도 환자 대기실은 좀 너무하다고 생각했다.

"소다 씨, 소다 신스케 씨."

심각한 얼굴로 일어난 신스케가 복도 안쪽으로 사라졌다. 카즈사 역시 신스케가 걱정되었지만, 그때로부터 반년 전에 했던 위내시경 검사 결과는 나쁘지 않았다고 들었다. 그렇다면 이번에도 괜찮지 않을까.

15분 후, 신스케는 밝은 얼굴로 돌아왔다. 방금 전까지 울상을 짓고 있던 사람이 맞나 싶었다. 듣지 않아도 결과를 알 수 있었지만, 카즈사는 괜스레 비아냥거리며 물어보았다.

"그래서 위암 몇 기래?"

"전혀 문제없대." 신스케가 미소를 지으면서 대답했다.

"기생충에 물린 흔적일지 모르겠대. 생선회에 기생충이 있었던 것 같아. 그러고 보니 배가 아프기 전날, 우에스기 선생님이 회덮밥을 사줬어. 그게 원인이었는지도 모르겠다."

둘은 수납을 마치고 병원에서 나왔다. 그날은 두 사람 다 오후 출근이라 출근하기까지 아직 시간이 남아 있었다.

"배고프다. 요즘 계속 죽밖에 안 먹었으니까. 카즈사, 우리 맛있는 거 먹으러 가자."

정말 짜증이 난다. 카즈사가 대답하지 않자 신스케가 어리둥절한 표정으로 물었다.

"왜 그래? 화났어?"

"화 안 났어."

"그럼 앞으로도 잘 부탁해. 카즈사, 나랑 결혼하자."

신스케가 시원스럽게 말했다. 프러포즈는 왠지 조용한 장소에서 밤에 받는 것이라는 막연한 기대가 있었다. 하지만 지금은 평일 오전, 그것도 병원 앞이다. 카즈사는 한숨을 쉰 뒤, 그를 거리에 남겨두고 혼자 걸어간다.

"카즈사! 기다려! 어이, 기다리라니까."

그것이 카즈사가 신스케에게 프러포즈를 받았다고 할 만한 날의 기억이었다.

★

"갑자기 그만둔다고 하면 곤란하지. 이 시기에 회사가 얼마나 바쁜지 신스케 씨도 잘 알잖아?"

신스케는 반장에게 가서 회사를 그만두겠다는 뜻을 전했지만, 반장은 순순히 받아주지 않았다. 반장이라고는 해도 나이는 신스케와 별반 차이가 나지 않는, 삼십 대 중반의 남성이다.

"우리 반이 제일 평판이 좋지 않아. 누구 탓인지는 알지? 다케우치야, 다케우치! 그놈 때문에 센터장이 우리 반을 눈여겨보고 있어. 그런 판국에 신스케 씨까지 갑자기 사직서를 내면 내 관리 능력에 문제가 있다고 생각할 거 아니야? 가능한 한 연말연시 기간이 지날 때까지는 있어줘."

결국 신스케의 사직서는 받아들여지지 않았고, 유야무야 없었던 이야기처럼 끝났다.

연말연시는 물류센터가 가장 바쁜 시기이다. 그래서 주말과 국경일도 교대로 철야근무를 하게 된다.

그러니 이번 주말이 절호의 기회였다. 신스케는 일요일인 모레를 거사를 치를 결행일로 정했다. 사실은 내일도 좋지만, 내일은 소라를 애견미용실에 데려가기로 모리 치즈루와 약속한 날이다.

신스케는 모리 치즈루를 떠올린다. 적어도 어떤 꿍꿍이는 없는 사람처럼 보였다. 정말로 과거의 기억을 떠올리려고 필사적으로 노력하는 사람 같았다.

신스케는 휴게 공간에 있는 자판기에서 캔 커피를 샀다. 그러고는 늘어지게 하품을 했다. 어젯밤에 인터넷으로 이것저것 찾아보느라 2, 3시간밖에 못 잤다.

'그랑빌리지 니시이케부쿠로.'

야타베 아키라가 사는 아파트의 이름이었다. 정확히 알아보니 16층짜리 건물로 총 96세대가 살고 있다. 월세는 15만 엔에서 20만 엔 정도로 이케부쿠로에서도 비교적 비싼 곳에 속한다.

1층 출입구는 사람이 출입하고 나면 저절로 잠기는 자동문이라서 아무나 들어갈 수 없다. 그래서 어젯밤 신스케는 그 안으로 들어갈 수 있는 방법을 떠올려보았다. 이를 위해 인터넷 쇼핑으로 필요한 것들을 구입했다. 그 물건들은 내일 안으로 도착할 것이다.

문제는 야타베가 사는 집의 호수를 어떻게 알아낼 것인가 하는 점이다. 아파트 현관 안으로 들어가는 것까지는 성공한다고 해도 야타베의 집을 찾지 못하면 아무런 소용이 없다. 내부에 있는 우편함을 통해 야타베가 사는 호수를 알아낼 수 있을 것도 같았지만, 야타베의 우편물이 반드시 거기에 있을 거라는 보장도 없다.

"잠시 여기 앉아도 되나요?"

가지야마 미사키가 신스케의 옆자리를 손가락으로 가리키며 물었다.

"앉아요."

거절할 명분이 생각나지 않아서 신스케는 고개를 끄덕였다.

"지난번에는 감사했습니다. 바로 개원 예정 중인 치과를 검색해서 이력서를 보냈어요."

"잘됐네요."

치과조무사 구인 공고는 많지만, 구직자도 많기 때문에 경쟁률이 치열했다. 그녀가 채용될지 안 될지는 서류 검토와 면접 결과에 따라 달라진다.

"다음 달이지만 면접 볼 곳도 한 곳 결정됐습니다. 내년 초에 개원하는 곳이에요."

"허어, 어디 있는 치과인가요?"

"요츠야에 있는 곳이에요. 그런데 고민 중이에요."

미사키가 팔짱을 끼고 부루퉁한 얼굴로 말한다.

"예전부터 제가 면접에 약했거든요. 고등학생 때 편의점 아르바이트 면접을 봤을 때도 말을 제대로 못해서 떨어진 적이 있어요. 어떻게 하면 좋을까요?"

예전에 일했던 치과에서 신스케는 몇 차례 면접을 담당한 적이 있다. 경력자라면 이력서를 참고하여 그 사람의 실력을 어느 정도 추측할 수 있다. 하지만 경력이 없는 사람이라면 그것도 어렵다. 그래서 신입을 뽑는 기준은 한마디로 면접자의 감이다.

"꼭 당장이 아니더라도 괜찮아요." 미사키가 조심스럽게 말했다. "다음에 기회가 되면 면접 보는 요령 같은 것을 가르쳐주실 수 있을까요? 편하실 때 아무 때나 괜찮아요."

"내가 가르쳐줄 수 있는 게 딱히 많을 것 같지는 않은데요."

"그렇지 않아요. 그게…, 신스케 씨는 치과의사였잖아요. 그런 분이 조언해주신다면 분명 많은 도움이 될 거라고 생각해요."

슬슬 오후 휴식시간도 끝나간다. 휴식을 취하던 아르바이트 생들이 하나둘 자리에서 일어나기 시작했다. 미사키도 일어나서 살짝 목례를 한다.

"그럼 저는 이만 가볼게요."

"앗, 잠시만요." 신스케가 다급히 말했다.

다음 주 이후 이 물류센터에 출근할 생각이 없다. 그래서 어쩌면 지금이 그녀와의 마지막 만남일지도 모른다.

신스케는 미사키와 이렇게 만난 게 인연일지 모른다고 생각했다. 그리고 그녀에게 미약한 힘이라도 실어주고 싶다는 생각이 들었다. 사실은 거기에 더해 미사키와 둘이서만 시간을 보내보고 싶다는 불순한 욕망도 치솟았다.

카즈사에게 미안했지만, 그저 치과조무사를 꿈꾸는 여자에게 조언을 해주는 것뿐이라며 스스로를 다독인다.

"실은 다음 주부터 제가 너무 바빠요. 오늘 밤이라면 잠시 시간을 낼 수 있을 것 같은데요."

"정말요? 너무 기뻐요. 그러면…."

약속장소와 시간을 정하고 미사키와 헤어졌다. 그때 휴식 종료를 알리는 종소리가 울렸고, 신스케는 허둥지둥 작업장으로 뛰어갔다.

★

인터폰을 눌러도 아무 반응이 없었다. 한 번 더 누르자 집 안에서 인기척이 느껴졌다. 카즈사는 다시 문을 두드렸다.

"나, 카즈사야. 잠깐 시간 괜찮을까?"

그제야 문이 열리더니 모리 준이 얼굴을 내밀었다. 막 일어났는지 머리가 평소보다 더 부스스하다.

준이 하품을 하며 말한다.

"누나, 올 거면 미리 연락을 해. 그리고 카즈사라는 그 이름, 너무 큰 소리로 말하지 마. 그러다 누가 들으면 어쩌려고."

"그러게. 조심할게."

집 안으로 들어온 카즈사가 주스와 과자가 든 비닐봉지를 책상 위에 올려 놓는다.

"이거 사왔어."

"고마워. 그런데 새집 생활에는 익숙해졌어? 애인이랑은 만나봤어?"

"이제 하루밖에 안 됐는데 익숙해지는 건 무리지. 신스케랑 말을 트긴 했어."

카즈사는 어젯밤부터 오늘 아침까지 일었던 일을 준에게 이야기했고,

카즈사의 이야기를 들은 준이 고개를 끄덕였다.

"즉, 우리 누나는 당신 애인의 환자였던 거네? 그렇게 따지면 우리 누나와도 생판 남은 아니었던 거고."

"그래. 작년 가을에 마침 내가 신스케와 약혼을 하고 이케부쿠로에 있는 치과로 옮겼을 무렵이야."

"아무튼 같이 강아지 산책까지 시키다니 대단한 진전이네. 내일도 함께 애견미용실에 갈 거라고 했지? 그런데 누나 이럴수록 신중하게 굴어야 해. 엉겁결에 진실을 말했다가는 애인이 누나를 더 피할 수도 있어."

"그건 나도 알고 있어."

안 그래도 신스케는 자신을 상당히 특이한 여자라고 생각하고 있을 것이다. 그렇지만 현재 상황에서 적극적으로 행동하는 것 외에는 다른 방법이 없었다. 신스케의 옆집에서 조용히 지내기만 해서는 이사까지 한 의미가 없다.

할 수 있다면 자신의 정체, 즉, 모리 치즈루라는 여성 안에 와쿠이 카즈사의 영혼이 담겨 있다는 사실을 알아줬으면 좋겠다. 하지만 그건 어려운 일 같았다. 그런 이야기를 믿어줄 사람은 없을 것이다.

"그런데 왜 치과의사까지 그만두고 그런 곳에서 살고 있는지

모르겠어."

카즈사의 말에 준이 침대 위에 앉으면서 대답했다.

"사람들의 관심 때문이겠지. 기자들이 쫓아다녀서 그 집에 살 수가 없게 된 거야. 직장에까지 기자들이 들이닥쳐서 직장도 옮긴 게 아닐까."

"하지만 치과의사를 그만둘 필요까지는 없을 텐데 말이야. 워낙 뛰어난 치과의사라 마음만 먹으면 다른 치과에서도 충분히 일할 수 있는 사람이야. 내가 가장 이해가 안 가는 게 바로 그 부분이야. 그 사람이 왜 의사를 그만두었는가 하는 점."

"지금은 무슨 일을 하는데?"

"물류센터에서 일한대. 오늘 아침에 산책할 때 말해줬어."

그러자 모리 준이 침대에서 벌떡 일어났다. 그러더니 컴퓨터 앞에 앉아 자판을 두들겼다. 잠시 뒤, 그가 얼굴을 들고 말했다.

"나도 사실 누나 사건, 그러니깐 와쿠이 카즈사 사건이 궁금해서 그동안 이것저것 좀 알아봤어. 그런데 용의자였던 야타베 아키라가 네리마 구에 있는 물류센터에서 일한 경력이 있다고 하더라고. 인터넷에도 올라와 있었어."

컴퓨터 화면에 관동 물류센터 지도가 떠 있었다. 관동 물류센터는 분명 신스케의 집에서 걸어서 다닐 수 있는 곳이었다.

"네 말은…, 신스케가 야타베의 뒤를 캐고 있다는 거야?"

"응. 경찰은 야타베의 주소를 누나 애인에게 알려주지 않았을 거야. 그래서 독자적으로 움직이고 있는 거지."

신스케의 집에서 봤던 야타베의 사진이 문득 떠올랐다. 그 이야기를 준에게 했더니, 준이 고개를 끄덕이며 말한다.

"역시 내 짐작대로 복수였네. 누나 애인은 누나를 죽인 상대에게 복수를 할 생각인 게 분명해."

"하지만 나, 복수 같은 건 바라지 않아. 야타베가 범인인 것도 확실하지 않잖아. 실제로 구속되지도 않았어."

"증거불충분으로 풀려났을 뿐이야. 경찰은 그 사람을 아직도 감시하고 있을 거야. 법이 범인에게 벌을 주지 않는다면 자신이 직접 벌을 주겠다, 누나 애인은 이런 생각을 하고 있는 거야."

'그런 어리석은 짓을….'

카즈사의 심장이 격하게 요동쳤다. 카즈사 역시 자신을 죽인 범인이 죽고 싶을 정도로 증오스러웠다. 하지만 신스케의 손이 더러워지면서까지 복수하는 걸 바라는 것은 아니었다.

"누나 애인이 물류센터에서 일하는 건 야타베의 정보를 얻기 위해서겠지. 사건이 일어나기 직전까지 야타베는 그 물류센터에서 일했으니까. 그곳에서 같이 어울렸던 친구들도 있었을 거 아니야."

"이런 식의 '눈에는 눈, 이에는 이' 같은 복수는 절대 안 돼. 그건 또 하나의 살인이야, 살인. 나, 신스케가 그런 짓을 하는 걸 원치 않아."

"그건 그래. 하지만 누나는 살해당했어. 누나를 죽인 사람이 밉지 않아?"

"당연히 밉지. 하지만 그런 식으로 사람을 죽여서는 안 돼."

자신은 1년 전에 살해당했다. 하지만 무슨 일인지 자신의 영혼은 살아남았다. 그래서인지 자신이 살해당했다는 사실이 거의 실감나지 않는다.

그런데 만약 반대 입장이라면, 그러니까 신스케가 살해당하고 자신이 이 세상에 홀로 남겨졌다면, 자신도 신스케를 죽인 범인을 없애고 싶다고 생각할까.

'아니, 아니다. 지금은 그런 복잡한 생각을 할 때가 아니야. 우선은 어떻게든 신스케의 복수를 막는 것이 우선이다.'

"준, 도와줘. 신스케를 막을 방법이 없을까?"

"으음, 그건 어려울 것 같은데."

준은 그렇게 말하면서 팔짱을 꼈다.

"문제는 그가 야타베에게 어디까지 접근했는가 하는 거야. 야타베가 사는 곳을 아직 모른다면 그나마 괜찮을 거야."

준이 과자를 먹으며 이야기한다. 젓가락을 써서 과자를 먹는 것을 보니 보기보다 예민하고 깔끔한 성격인 듯하다.

"하지만 반대로 그가 이미 야타베의 정보를 다 알고 있다면, 그를 막는 건 불가능해. 계속 미행할 수도 없고 말이야."

"나, 뭐든지 할 거야. 신스케를 미행하면 되는 거지?"

"그렇지만 누나 얼굴을 알잖아. 미행하는 건 의외로 어려워.

형사 드라마에 나오는 것처럼 그렇게 쉬운 일이 아니야."

"그럼 위치추적기는 어떨까? GPS를 달면 그 사람이 어디에 있는지 알 수 있지 않나?"

"누나, 형사물 드라마 좋아하지?"

준이 그렇게 말하면서 컴퓨터로 시선을 돌린다. 그 말처럼 카즈사는 정말 형사물 드라마를 자주 봤었다.

"위치추적기는 인터넷으로 살 수 있어."

"정말이야?"

준이 화면에 뜬 사진을 확대하면서 말한다.

"3, 4만 엔만 내면 상당히 정확도가 높은 위치추적기를 살 수 있어. 이런 거 좋네. 하지만 어디에 설치할지 그게 문제야. 누나 애인은 차 있어?"

"없어."

"그러면 가방 같은 것에 설치할 수밖에 없어. 그런데 만약 위치추적기를 가방에 설치한다고 해도 가방을 집에 두고 나가버리면 아무 소용없게 되지."

'그렇다면 역시 미행을 할 수밖에 없는 것일까.'

"누나 애인의 속마음이 제일 궁금하네. 정말 복수할 생각인건지 말이야. 그리고 야타베의 정보를 어느 정도 파악하고 있는지, 구체적인 계획은 세웠는지 등등…."

그 말이 맞다. 카즈사는 작게 고개를 끄덕였다.

"그 사람 집에 다시 들어갈 수 없을까? 어제 그 집에 들어갔을 때 노트북이 있었어. 그 노트북을 살펴보면 뭔가 알 수 있을지도 몰라."

"그거 좋네!"

준이 엄지손가락과 중지 손가락을 부딪치며 '딱' 소리를 냈다.

"인터넷 검색 이력을 보면 뭔가 알 수 있을 거야. 가능하면 인터넷 쇼핑 내역도 살펴보고. 그런데 그 집에 어떻게 들어가지? 가장 좋은 방법은 어제 누나가 써버렸잖아."

"그건 그래…"

카즈사는 반론하지 못한다. 어쨌든 이틀 연속으로 가스가 샌다는 소동을 일으키면 부동산 아저씨가 수상하게 여길 것이다.

"다른 방법은 없을까. 어떻게든 그를 꼭 막고 싶어."

'나는 신스케의 복수를 반드시 막아야 한다. 그걸 할 수 있는 사람은 나뿐이야.'

"알았어. 마땅한 방법을 생각해볼게."

그때 컴퓨터 마우스 옆에 있는 모리 치즈루의 G-SHOCK 손목시계가 눈에 들어왔다. 그러자 준이 손목시계를 보고 말했다.

"누나, 이거 깜빡 두고 갔지? 그런데 이 시계 망가진 것 같으니까 한 번 수리를 맡기는 게 좋겠어."

카즈사는 손목시계를 왼손 손목에 찬다. 시간은 오후 2시를 정확하게 가리키고 있었다. 그런데 날짜를 표시하는 기능은 여

전히 망가진 상태인지 오늘은 숫자가 『7』로 바뀌어 있다. 어제
는 『8』이었고, 그 전날에는 분명….

"누나, 왜 그래?"

준의 목소리에 카즈사는 정신을 차린다. 카즈사는 준에게 시
계의 날짜 부분에 뜬 숫자에 대해 설명했다. 모든 설명을 들은
준이 턱에 손을 괸 채 말한다.

"타임 리미트time limit인지도 모르겠다."

"타임 리미트? 그게 무슨 말이야?"

"시계의 날짜가 계속 줄어들잖아. 즉, 그게 누나에게 남은 시
간이라는 거지. 물론 확실한 증거는 없어. 하지만 누나의 몸에
일어난 일은 도저히 상식적으로 설명할 수가 없잖아. 여기서
더 무슨 일이 일어나더라도 이상하지 않지."

"만약 이 숫자가 『1』을 지나고 나면 어떻게 될까?"

"날짜를 가리키는 숫자가 역회전하는 거니까 보통은 『31』이
되어야 맞겠지. 하지만 왠지 그럴 것 같지 않네. 어쩌면 누나가
돌아올지도 몰라. 진짜 우리 누나가."

카즈사는 아무 말도 할 수 없었다. 준의 말은 즉, 자신의 영
혼이 소멸해버린다는 뜻일까.

"우리 누나와 소다 신스케는 아는 사이였어. 그러니까 우리
누나의 몸에 카즈사 누나의 영혼이 들어간 일이 아주 우연 같
지는 않아. 분명 어떤 의미가 있을 거야. 어쩌면 누나 애인의
복수를 막기 위해서, 우리 누나의 몸에 누나의 영혼이 들어간

건지도 몰라."

'그렇다면 내게 남은 시간은 앞으로 일주일. 그때까지 나는 신스케가 하려는 복수를 막을 수 있을까.'

★

"…그런데 그 환자가 갑자기 울음을 터트렸어. 다 큰 어른이 말이야. 나이는 아마 50대 정도였나. 나중에 들었는데 대기업 부장님이었대."

"호오, 그런 일도 있네요."

"뭐 다양한 환자들이 있으니까."

신스케는 이케부쿠로 동쪽 출구 앞에서 가지야마 미사키와 만났다. 그리고 그녀의 안내로 선술집에 함께 들어왔다. 내부 인테리어가 상당히 세련된 곳으로, 젊은 손님들이 많았다. 둘은 테이블 자리에 마주 보고 앉았다. 신스케는 벌써 세 잔째 생맥주를 들이켜는 중이었다.

"신스케 씨, 다음은 뭘 마실래요?"

미사키가 메뉴판을 펼쳐 보였다.

"레드 와인은 어떨까?"

"좋네요. 저도 그걸 생각하고 있었어요."

미사키가 가게에서 가장 비싼 레드 와인을 한 병 주문했다.

곧 웨이터가 와인을 가져와서 첫 잔을 따라주었다. 와인은 놀랄 만큼 맛이 있었다.

"미사키 씨, 꼭 치과조무사가 되면 좋겠네."

"네. 그런데 면접 볼 때 또 긴장할까 봐 걱정이에요."

"괜찮아. 이번엔 붙을 것 같아."

"왜 그렇게 생각하세요?"

"미인이니까. 내가 면접 담당자라면 꼭 당신을 채용하고 싶을 거야."

"신스케 씨, 취하셨네요."

신스케의 말이 꼭 사탕발림만은 아니었다. 카즈사처럼 환하고 상큼한 미모는 아니지만, 미사키에게는 그 나름의 요염함과 섹시함이 있었다. 화장도 다르게 했는지 물류센터에서 볼 때와는 사뭇 다른 사람 같았다.

"면접 연습을 해야겠지."

신스케가 와인을 한 모금 마시고 말했다.

"그러려고 온 거니까."

신스케는 헛기침을 했다.

"미사키 씨. 당신은 왜 우리 병원에서 일하고 싶습니까?"

"어 저기…. 네, 이곳은 새로 개원하는 치과로 압니다, 아니, 알고 있습니다. 그런데 저 역시 치과조무사 경험이 없기 때문에 이 치과와 함께 성장하고 싶어서 지원하였습니다."

"음, 나쁘지 않네. 그렇지만 개중에는 이상한 담당자가 있을지 몰라. 예를 들면 이런 질문은 어떨까. 미사키 씨, 당신은 결혼을 해도 이 일을 계속할 생각입니까?"

"네, 계속할 생각입니다. 하지만 당분간 결혼할 생각은 없기 때문에 걱정하지 않으셔도 됩니다. 남자라면 지긋지긋합니다."

신스케는 웃음을 터트렸다. 그녀가 심각한 얼굴로 진지하게 대답하는 것이 재미있었다. 미사키도 웃으면서 잔으로 손을 뻗었다.

어느새 레드 와인도 다 마셨다. 빈 와인 병을 바라보던 신스케는 카즈사를 떠올렸다. 그녀 역시 와인을 좋아했다. 그러나 그녀가 두 잔 정도만 마시고 나면, 나머지는 거의 신스케가 마셨다. 그런데 카즈사는 늘 빈 와인 병을 스마트폰으로 찍어 두었다.

'뭔가 한 병을 다 마셨다는 성취감이 들잖아. 그런 걸 기록해 두고 싶어.'

"신스케 씨는 가끔씩 눈빛이 무척 슬퍼져요."

"그런가?"

"그래서 흥미가 생겼어요. 저…, 신스케 씨에게 무슨 일이 있었나요?"

"사귀던 연인이 1년 전에 죽었어."

신스케는 내심 놀랐다. 카즈사의 죽음을 다른 사람에게 털어놓는 건 처음이었다. 오랜만에 와인을 마셔서 그런지 예상보다 취기가 더 올랐나보다.

"사고를 당했거나…, 그런 거예요?"

"음, 맞아. 어두운 얘기를 해서 미안하네."

"실은 저도 1년 전에 남자친구와 헤어졌어요. 제 경우에는 남자친구가 일 때문에 미국으로 가게 되어서 헤어진 거예요. 일본에는 빨라도 10년 후에나 돌아올 것 같아서 헤어지기로 했어요."

"힘들었겠네."

"그래도 제 예전 남자친구는 미국에 살고 있기는 하지만…. 죄송해요, 실례되는 질문을 했어요. 어떻게 하실래요? 와인을 더 주문할까요?"

"그만하지. 여기서 더 마시면 완전 고주망태가 될 것 같아."

둘은 계산을 마치고 가게를 나왔다. 미사키는 자기가 내겠다고 강하게 주장했지만 끝내 신스케가 계산했다.

금요일 밤이라 그런지 이케부쿠로 거리는 활기에 차 있었다.

"역은 어느 쪽이지?"

"이쪽이에요."

이케부쿠로 지리를 잘 모르는 신스케는 조용히 미사키의 뒤를 따랐다.

둘은 좀 어두운 골목으로 들어갔다.

"여기를 지나가면 세이부선 승강장이 가까워요."

그때 앞쪽에서 남자들의 노랫소리가 들렸다. 그들끼리 원을 만들어 노래를 떼창하고 있는데, 다들 꽤 취한 모습에 체격까지 커서 왠지 위압감이 들었다.

그때 불쑥 누군가 신스케의 손을 잡았다. 돌아보니 미사키가 신스케의 손을 잡고 있었다.

그녀는 취한 남자들 때문에 두려워하는 것 같았다. 신스케는 그녀와 손을 잡은 채 남자들 옆을 빠져나왔다. 노랫소리가 그들의 등 뒤로 멀어져갔지만 그녀는 손을 놓으려고 하지 않았다.

그때 현란한 모텔 간판이 보였다. 한 남자가 여자의 어깨를 끌어안고 모텔 안으로 들어가는 것이 보였다. 일부러 그런 것은 아니지만 발걸음이 저절로 모텔 쪽으로 향하는 바람에 도로를 비스듬히 가로지르는 꼴이 되었다. 그런데 미사키도 거부하지 않는다.

신스케는 미사키의 손을 잡은 채 계속 걸었다.

★

"누나, 아직 멀었어? 나 배고파."

수화기 너머로 모리 준이 투덜거렸다.

"기다려. 금방 돌아올 거야."

카즈사는 사쿠라다이에 있는 늘푸른 빌라에 와 있다. 내키지 않아 하는 준을 겨우 끌고 왔다. 타임 리미트 상황임을 알게 된 이상 늑장을 부릴 수 없다. 한시바삐 신스케의 복수를 막아야만 했다.

밤 10시가 넘었지만 신스케는 아직 돌아오지 않았다. 금요일 밤이라 직장 동료와 한잔하러 갔는지도 모른다. 그런 거라면 차라리 다행이었다.

"앗, 왔어. 누나."

모리 준이 그렇게 알려주자 카즈사는 들고 있던 핸드폰의 통화 종료 버튼을 눌렀다. 그리고 현관문에 몸을 바싹 기댄 채 귀를 기울인다.

이윽고 계단을 올라오는 소리가 들렸다. 발소리는 옆집 앞에서 멈추었고, 열쇠를 돌리는 소리도 들렸다.

카즈사는 밖으로 나와 신스케의 집 인터폰을 누른다.

"누구십니까?"

"밤늦게 죄송합니다. 옆집에 사는 모리예요." 카즈사는 조용히 대답했다.

곧 문이 열린다. 술을 마셨는지 신스케의 눈 주위가 빨갛다.

"내일 일 때문에 그러지요? 알고 있습니다."

신스케가 노골적으로 짜증을 내며 말했다.

"그런 게 아니라…, 저희 집 수도가 망가진 것 같은데 부동산에 전화를 해도 받지 않아서요. 실례인 줄은 알지만, 잠깐 저희 집에 오셔서 봐주실 수 있을까요?"

"물이 안 나온다는 건가요?"

"맞아요."

신스케가 문도 잠그지 않은 채 집 밖으로 나왔다.

"들어오세요."

카즈사가 신스케를 집 안으로 들인다. 복도를 힐긋 보니, 복도 옆 계단에 숨어있는 준의 부스스한 머리카락이 보였다.

"실례합니다."

신스케와 카즈사는 나란히 집 안으로 들어갔다.

이제부터 나머지는 준의 몫이다.

카즈사의 집 부엌 바닥에는 젖은 신문지가 깔려 있다. 준과 함께 일부러 수도관의 접합부를 느슨하게 만들어서 물이 새도록 만든 것이다. 물론 접합부만 조이면 금세 원상 복귀되도록 살짝만 망가트려 놓았다.

"정말 물이 새는 것 같네요."

신스케가 싱크대 하부장을 열고 그 안을 들여다보았다. 그 사이 카즈사는 손목시계를 쳐다보았다. 그가 이 집에 들어온 지 아직 1분도 지나지 않았다. 준의 말에 따르면 최소한 5분은 필요하다고 했다.

"어떤가요? 고칠 수 있을까요?"

"네, 수도관이 느슨해진 것뿐이네요. 손전등 있어요?"

"없어요. 대신 이거면 될까요?"

카즈사가 스마트폰의 라이트 기능을 켠 뒤, 수도관 쪽으로 불빛을 비췄다. 그러자 신스케가 몸을 구부리고 수도관을 향해 손을 뻗는다.

"여기네. 여기가 느슨해졌어요. 스패너나 펜치가 있으면 조일 수 있을 것 같네요. 우리 집에 있을 겁니다. 가져올 테니 기다려요."

신스케가 자리에서 일어나려고 한다. 하지만 지금 돌려보내면 준과 맞닥뜨리게 된다. 카즈사는 부엌 선반에 두었던 스패너를 집어서 보여주었다. 방금 전 준과 함께 사온 것으로, 이걸 사용해서 준이 수도관을 느슨하게 만들었다.

"이걸로도 될까요? 아까 사왔어요."

"충분해요."

신스케에게 스패너를 건네는 순간, 옆집에서 소라의 울음소리가 들렸다. 모리 준을 발견하고 짖는 것이다. 신스케가 고개를 갸웃하면서 중얼거린다.

"이상하네. 보통 이 시간에는 안 짖는데."

"제가 데려올게요."

카즈사는 신스케 집 현관문을 열고 들어갔다. 준이 노트북을 보며 한창 작업을 하고 있는 모습이 보였다. 그 발치에서 소라가 짖고 있었다.

"소라야."

그제야 간신히 울음을 멈춘 소라가 카즈사에게로 뛰어온다. 카즈사는 소라를 안고 다시 자기 집으로 돌아왔다. 신스케는 아직도 수도관을 조이고 있었다.

"괜찮아진 것 같네요. 다 고쳤어요."

'아직 너무 일러. 이제 고작 3분이나 지났을까.'

"고맙습니다."

카즈사는 머리를 숙이고는 소라를 신스케에게 건넸다.

"괜찮으시면 차라도 한 잔 어떠세요?"

"고마워요. 하지만 신경 쓰지 않아도 됩니다."

신스케가 신발을 신고 집을 나가려고 한다. 그러자 카즈사가 그 등에 대고 말을 건넨다.

"내일 잘 부탁드립니다. 11시에 예약을 해뒀어요."

"알고 있어요. 그럼 잘 자요."

"안녕히 주무세요. 소라야, 바이 바이."

신스케는 자기 집으로 되돌아갔고, 카즈사는 입이 바싹바싹 타들어 갔다.

숨을 죽이며 신스케의 집에서 나는 소리에 귀를 기울인다. 그러다 살짝 문을 열고 밖으로 나온다.

"누나!"

계단을 내려가서 주위를 둘러보는데, 어디선가 카즈사를 부르는 소리가 들렸다. 모리 준이 쓰레기 분리수거함 뒤에 몸을 숨긴 채 카즈사의 이름을 부르고 있었다.

"어떻게 됐어?"

카즈사가 조용히 물어보자, 모리 준이 입술을 삐죽인다.

"하마터면 큰일 날 뻔했어. 시간을 더 벌었어야지."

"왜? 아무것도 못 알아냈어?"

"간신히 검색 기록만 살펴봤어. 가능하면 인터넷 쇼핑 기록도 보고 싶었는데 시간이 부족했어."

그랬다. 분명 시간이 너무 짧았다. 노트북을 켜는데 30초쯤 걸린다 치면, 2분 정도밖에 시간이 없었을 것이다.

"미안해. 더 붙잡고 있기가 힘들었어."

카즈사가 사과하자, 준이 진지한 얼굴로 말했다.

"딱 하나 알아낸 게 있어. 그랑빌리지 니시이케부쿠로. 거기가 야타베가 사는 아파트인 것 같아."

6일 전

소라는 얌전히 애완동물 미용사의 빗질을 받고 있었다. 벌써 목욕은 끝났고, 빗질만 끝나면 커트를 하게 된다. 주말이라 그런지 가게 안에는 손님들로 가득했다.

신주쿠 역 서쪽 출구를 나오자마자 보이는 건물 1층에 가게가 있다. 안쪽 자리에서는 남성 미용사가 치와와에게 빗질을 하고 있었다. 치와와 주인은 화려한 코트를 입은 부티 나는 중년 여성이었다. 남성 미용사가 이 가게의 주인인데, 애완견 관련 경연대회에서 우승한 화려한 이력의 소유자였다.

점포 이름은 'NY트리밍살롱'이고, 주인의 이름은 '누노이'였다. 누노이는 점포 3곳을 동시에 운영 중인데, 수의사들과 제휴해서 애완견들의 건강 상태도 살피고 있다고 했다. 신스케가 시간을 때우기 위해 접수대 위의 팜플릿을 대충 훑어보다가 그런 사실들을 알게 되었다.

"소라는 참 얌전하고 착하네. 어때, 시원하지?"

소라를 담당하는 젊은 여성 미용사가 그렇게 말한다. 카즈사가 전에 왔던 곳이라서 그런지 미용사는 소라를 정확히 기억하고 있었다.

'우연치고는 참 이상하다. 카즈사가 갔던 펫샵을 모리 치즈루가 찾아가다니…'

모리 치즈루는 이 가게를 고른 이유에 대해 인터넷에서 평이 좋아서라고 했다. 물론 그럴 수도 있다. 카즈사도 인터넷 후기가 좋은 펫샵을 찾아갔을 수도 있으니까.

"신스케 씨, 기본 코스로 하면 될까요?"

모리 치즈루가 그렇게 묻자, 신스케가 곧바로 대답했다.

"전 잘 모르니까 알아서 해주세요."

커트에도 여러 종류가 있다. 방금 전 팸플릿에 있는 샘플 사진을 보니 상당히 특이한 스타일도 있는 것 같다. 하지만 너무 튀는 게 싫은 신스케는 기본 스타일을 골랐다.

신스케는 옆에 있는 모리 치즈루를 물끄러미 보았다. 그녀는 커트 중인 소라를 열심히 살펴보고 있었다.

'참 특이한 사람이다.'

옆집에 사는 개를 산책시키겠다고 하지 않나, 그러다 이제는 애견 미용실까지 따라왔다. 오지랖이 넓은 이상한 사람인가 싶었지만, 생각보다 정상적인 사람 같기도 하다.

예전에 자신에게 치과 치료를 받을 때 진료 기록을 본 적은 있지만, 그녀가 몇 살인지까지는 잘 기억나지 않는다. 얼굴만 보아서는 아마 이십 대 후반일 것 같은데, 그 나이 치고는 말투가 어른스럽고 야무졌다.

"진짜 예뻐졌어요, 소라." 미용사가 소라를 안고 돌아왔다.

"봐요. 냄새가 전혀 달라요."

소라를 안아 든 모리 치즈루가 말한다. 정말 소라에게서 방금 전까지 났던 비린내가 사라졌다.

계산대로 향한 신스케는 만 엔 가까운 금액에 살짝 놀랐다. 치즈루도 지갑을 꺼냈지만, 신스케가 전액을 계산했다. 신스케는 계산을 하면서도 강아지전용 샴푸와 커트 비용으로 만 엔은 너무 비싸다는 생각을 했다.

가게에서 나오자 이미 정오가 지나 있었다. 역시 그녀에게 점심 정도는 사는 게 예의일 것이다. 하지만 소라와 함께 가려면 애완동물 출입이 가능한 음식점을 찾아야만 한다.

"점심은 제가 사겠습니다. 소라를 예쁘게 만들어주신 답례를 하고 싶어요. 그런데 일단 집으로 돌아가서 소라를 두고 와야 할 것 같은데, 그래도 괜찮을까요?"

"고맙습니다. 아, 만약 소라를 맡겨야 한다면 아까 그 가게에 맡기는 것도 가능해요. 애완동물 호텔 시설도 겸하고 있거든요."

"그래요?"

"네. 별도요금은 좀 들지만요."

그래도 그 편이 나을 것 같았다. 미용도 해주고 호텔처럼 맡아도 주니애완동물 사업은 정말 돈이 되는 장사 같았다. 어쩌면 치과의사보다 애견 미용사가 돈을 훨씬 더 많이 벌지 않을까. 신스케는 그런 생각을 하면서 모리 치즈루와 나란히 온 길을 되돌아갔다.

근처에 있는 백화점 식당으로 발길을 옮겼다. 토요일 점심시간이라 그런지 줄을 선 가게가 즐비했다. 그중에서도 비교적 손님이 적은 가게가 카레 가게였다. 잠시 기다리자 점원이 금세 자리를 안내해주었다.

둘 다 카레라이스 세트를 주문했다. 샐러드까지 포함된 카레라이스 세트는 생각보다 금방 나왔다. 먹어보니 의외로 맵고 향신료 향도 강해 감칠맛이 났다. 모리 치즈루를 보니, 그녀는 카레에 곁들여져 나오는 장아찌를 접시 옆으로 치우고 있었다.

갑자기 카즈사가 떠올라 신스케는 기분이 이상해졌다.

"장아찌, 싫어해요?"

"네. 아, 하지만 먹을 수는 있어요."

카즈사 역시 카레의 순수한 맛을 해친다는 이유로 장아찌를 좋아하지 않았다. 그래서 카즈사가 만드는 카레에는 장아찌가 없었고, 그런 이유로 조금 밍밍하게 느껴질 때도 많았다.

"그건 그렇고… 신스케 씨, 어제 회식했지요?"

"아, 네."

문득 어젯밤 일이 생각나 가슴이 술렁였다. 가지야마 미사키와 모텔에 가지는 않았다. 모텔 앞을 지나서 큰길로 나오자마자 잡고 있던 손을 놓았다. 그 이후에 두 사람 사이에 대화는 급격히 줄어들었고, 간단한 작별인사만 나누고 금세 헤어졌다.

"직장 동료들과 마셨나요?"

"네."

신스케는 헛웃음을 지었다. 당장 내일 야타베의 아파트에 쳐 들어가려고 하는데, 오늘 이렇게 옆집 사람이랑 태평하게 카레나 먹고 있다니….

그릇에 카레가 절반 정도 남았다. 그러나 신스케는 수저를 내려놓았다. 야타베를 생각하니 갑자기 식욕이 사라졌다.

"왜 그러세요? 더 안 드세요?"

신스케는 억지로 미소를 지으며 대답했다.

"배가 불러서요. 나이를 먹은 거겠지요."

"그런가요? 하지만 젊어 보이시는데요. 웃으면 더 보기 좋으실 것 같아요."

지난 1년 동안 마음이 불편해 시원하게 웃어본 적이 없었다. 그저 억지 미소를 짓는 것이 고작이었다. 어젯밤에 가지야마 미사키와 대화할 때도 그랬다. 억지로 웃는 얼굴을 했지만, 속으로는 전혀 웃고 있지 않았다.

"신스케 씨, 휴일에는 보통 뭘 하세요?"

"집에서 잠만 잡니다."

모리 치즈루는 그 후에도 여러 질문을 신스케에게 던졌지만, 신스케는 단답형 대답만 했다. 그녀가 카레를 다 먹자 신스케가 계산서를 들고 자리에서 일어섰다.

토요일의 백화점은 사람들로 무척 붐볐다. 나들이 나온 가족들과 커플들의 모습이 유독 눈에 띄었다. 그렇게 쇼핑하는 사람들을 보고 있자니 신스케의 머릿속에 자연스레 카즈사의 모습이 떠오른다. 신스케는 앞에 걸어가는 여성의 머리 스타일이 카즈사와 비슷하기만 해도 앞질러 가서 그녀의 얼굴을 확인하고 싶었다. 카즈사가 아니라는 걸 누구보다도 잘 알면서도.

'언제일까…? 언제쯤이면 나는 카즈사를 생각하지 않게 될까.'

★

그들은 나란히 백화점을 나와 택시를 타고 집으로 향했다. 옆자리에 앉은 신스케는 이마에 손을 짚고 창밖의 풍경만 바라보았다. 케이지cage 안에 있는 소라도 조용한 걸 보니 잠이 든 모양이다.

카즈사는 손목시계를 흘긋 보았다. 문자판 속 날짜 부분의 숫자는 어제의 『7』에서 『6』으로 또다시 바뀌었다.

오후 2시를 막 지난 참이다. 오늘 신스케와 4시간 정도 함께 있었는데, 그가 야타베에게 복수할 계획을 세우고 있는지 아닌지는 파악할 수 없었다.

지금 카즈사에게 주어진 가장 큰 단서는 '그랑빌리지 니시이케부쿠로'라는 아파트 이름뿐이다. 그 아파트에 야타베 아키라가 살고 있을 가능성이 높지만 그 역시 확실하진 않다. 하지만 틀림없이 그곳에 무언가 있기에 신스케는 그 아파트를 검색했을 것이다.

"기사님, 여기서 세워주세요."

신스케와 카즈사가 택시에서 내렸다.

"오늘 같이 가줘서 고마웠어요."

신스케가 카즈사에게 감사의 말을 전했다.

"아니요, 고맙긴요. 저야말로 밥까지 사주셔서 감사했습니다."

카즈사는 쓸쓸했다. 같은 빌라에 살면서도 왜 각각 다른 집으로 들어가야 할까. 안타까움에 카즈사의 가슴이 복받친다.

신스케는 문 앞에서 멈춰 섰다. 문에 종이 한 장이 끼워져 있었다.

'택배기사가 남기고 간 메모일까.'

신스케는 종이를 떼어 주머니에 넣었다. 택배기사가 문 앞에 물건을 놓고 가면서 송장을 남겨 놓은 것이다.

카즈사가 문 손잡이를 돌리는데, 신스케가 카즈사를 돌아보며 말한다.

"저기, 모리 씨."

"왜 그러세요?"

"저기 너무 진지하게 받아들이지는 않았으면 좋겠는데요…."

신스케는 잠시 뜸을 들이고는 말했다. "혹시 저한테 무슨 일이 생기면 소라를 부탁해도 될까요? 소라도 당신을 잘 따르는 것 같으니까…."

"네?"

'혹시 무슨 일이 생기면…?'

이 말은 즉 복수를 실행할 시기가 가까워졌음을 의미하는 것이 아닐까, 카즈사는 두려워졌다.

"아, 미안해요. 이상한 뜻으로 한 말은 아니었습니다. 왜, 사람은 무슨 일이 일어날지 한 치 앞을 모른다고 하잖아요. 내일 당장 제가 교통사고를 당할지도 모르고요. 아, 어쨌든 이상한 소리를 해서 미안해요. 잊어주세요."

신스케는 횡설수설하며 억지 웃음을 짓고 있었다. 그리고 그 모습에 카즈사의 불안감은 더욱 높아져만 갔다.

★

택배상자를 열자, 비닐로 포장한 작업복이 들어 있었다. 신스케는 비닐을 뜯어 작업복을 꺼냈다.

그 자리에서 옷을 벗고 남색 작업복으로 갈아입는다. 라지 사이즈를 샀는데 지난 1년 사이에 체중이 줄어든 탓인지 영 헐렁한 느낌이다. 하지만 벨트를 하면 문제없다. 마지막으로 모자를 썼다. 내일은 부츠도 신을 생각이다. 커튼을 열자 바깥은 어두웠다. 신스케는 유리에 비친 자기 모습을 확인하고 바로 커튼을 쳤다.

신스케는 내일 택배기사로 변장할 계획이다. 가능하면 대형 택배회사의 유니폼을 구입하고 싶었지만 쉽지 않았다. 하지만 이렇게만 입어도 제법 그럴듯해 보일 것이다.

아파트 1층 출입구는 자동잠금 장치가 있는 문이다. 하지만 아파트 호수 하나를 아무거나 누르고 택배가 왔다고 알리면 일단 아파트 현관 안으로 진입하는 것은 문제없을 것이다. 그러나 문제는 그다음부터. 어떻게 야타베가 사는 집을 찾아낼 것인가, 그것이 가장 큰 문제였다.

아파트 안에 우편함이 있지만, 요즘은 우편함에 이름을 적지 않는 사람도 많다. 그렇다고 우편함 안에 있는 우편물을 하나씩 다 뒤져본다고 해도 야타베의 집을 찾는다는 보장도 없다. 그렇다면 다른 방법을 고려해야 한다.

신스케가 가져갈 준비물은 네 가지다. 첫 번째는 택배상자이다. 당연히 상자 속은 비어 있다. 나머지 세 가지는 테이블 위에 놓여 있다. 무기로 사용할 전기충격기와 호신용 칼, 이 두 가지는 얼마 전에 인터넷으로 산 것이다. 전기충격기를 시험해 보지 못한 것이 영 불안해서 사용설명서를 여러 번 읽었다. 야타베가 문을 열자마자 전기충격기를 야타베의 몸에 갖다 대 놈을 제압하려는 것이 첫 번째 계획이다.

그리고 네 번째 물건이 소형 녹음기이다. 전기충격기로 제압한 다음에는 놈의 입을 열게 하여 모든 대화를 다 녹음할 생각이다. 가죽 케이스에 들어 있는 호신용 칼은 바지 뒷주머니에 몰래 넣어갈 계획이다.

신스케는 전기충격기 등을 테이블 구석에 밀어 넣은 뒤, 바닥에 놓여 있던 비닐 봉투를 올려놓았다. 편의점에서 사온 작은 위스키 병과 도시락이 봉투 안에 있다. 위스키를 꺼내 뚜껑을 딴 뒤, 그것을 마시자 식도와 위가 화끈 달아오르는 느낌이 들었다. 오늘 밤에는 술의 힘을 빌리지 않고는 도저히 잠을 이루기 힘들 것이다. 아니, 어쩌면 술을 마셔도 잠들기 힘들지도 모른다.

신스케는 도시락과 나무젓가락도 꺼내 포장을 뜯었다. 돈가스 덮밥은 이미 싸늘하게 식어 버려서 거의 아무런 맛도 나지 않았다. 그래도 위스키를 홀짝거리며 돈가스 덮밥을 다 먹었다.

비닐 봉투 안에는 내일 아침밥 대용으로 사둔 젤리 모양의 에너지 드링크도 2개 들어 있다. 내일은 어차피 식욕이 더 없을 터이니 그것을 입 안에 털어넣는 편이 좋을 것 같았다.

"소라야."

신스케의 부름에 구석에서 웅크려 자고 있던 소라가 눈을 떴다. 신스케를 한 번 쳐다보더니 소라는 다시 고개를 떨군다. 오늘은 소라도 피곤한 모양이다.

"예쁘게 잘됐네."

앞으로 소라를 계속 키우기는 힘들다. 자신의 신변에 어떤 문제가 생겼을 때, 소라를 돌봐줄 사람이 없어서 예전부터 걱정이 많았다. 하지만 모리 치즈루를 알게 된 후로 그런 걱정은 사라졌다.

모리 치즈루는 좀 특이하지만 심성은 착한 사람인 것 같다. 어쩌면 하늘이 소라의 새로운 주인을 찾아준 건지 모르겠다.

이상하게도 긴장되지는 않았다. 내일이 되면 심경이 어떻게 변할지는 알 수 없지만, 한밤 중 호수의 수면처럼 오늘은 마음이 고요하기만 하다.

신스케는 이불 위에 벌렁 드러누웠다.

5일 전

부스럭거리는 소리에 카즈사는 잠에서 깼다. 시계를 보니 오전 9시를 막 지나고 있었다. 카즈사는 조용히 몸을 일으키고 귀를 기울인다. 분명 신스케 집 창문이 닫히는 소리였다.

새벽 내내 계속 신스케 집에서 나는 소리에 신경을 집중하려고 노력했다. 그가 언제 집에서 나갈지 몰라 불안했기 때문이다. 하지만 신스케 집은 밤새도록 조용했다. 새벽 3시까지는 깨어 있었기 때문에 명확히 기억하지만, 그 후에는 저도 모르게 잠이 들었다.

옷을 갈아입은 뒤, 지갑과 스마트폰을 집어 들었다. 그때 옆집에서 다시 어떤 소리가 났다. 이번에는 문을 여는 소리다. 카즈사가 살짝 현관문을 열고 밖을 내다보니, 계단으로 내려가는 신스케의 뒷모습이 보였다.

신스케가 계단을 다 내려간 것을 확인한 뒤 카즈사도 그를 따라 1층으로 내려왔다. 현관 뒤에 숨어 바라보니 신스케가 사쿠라다이 역 방면으로 걸어가는 모습이 보인다.

20미터 정도 거리를 유지하면서 미행을 시작한다. 신스케는 줄곧 앞만 보고 걸었다. 그는 어제와 같은 청바지와 점퍼 차림에 보스턴백과 택배상자를 들고 있다.

'택배상자는 왜 들고 있을까? 그 안에 뭐가 들어 있는 거지?'

사쿠라다이 역에 도착한 신스케는 승강장 안으로 들어간다. 카즈사도 그 뒤를 쫓아 승강장으로 내려가 신스케를 찾는다. 택배상자를 든 신스케의 모습이 눈에 띈다. 택배상자에만 주목하면 그를 놓칠 걱정은 없다.

지하철이 곧 들어온다는 안내 방송이 들리고, 승강장에 이케부쿠로 방면 지하철이 들어왔다. 신스케가 올라타는 것을 확인한 카즈사도 옆 칸 차량에 올라탄다. 카즈사는 창문을 통해 문 근처에 기대 서 있는 신스케의 모습을 관찰했다.

그때 스마트폰이 진동했다. 화면을 보니 준이 보낸 문자였다. '무슨 수상한 움직임이라도 있었어?'라는 문자에 '지금 세이부이케부쿠로선 안이야'라는 짧은 답장을 보냈다.

카즈사의 불안감은 점점 더 커져갔다.

'만약 저한테 무슨 일이 생기면….'

어제 신스케는 분명 그렇게 말했다. 그 말은 곧 복수를 실행할 거라는 뜻이다.

10분 정도 후에 이케부쿠로 역에 도착했다. 승강장에 내린 카즈사는 신스케를 찾았다. 신스케는 개찰구를 나가서 지하철 역사 안으로 걸어갔다.

그런데 갑자기 신스케가 방향을 틀었다. 갑자기 대각선 쪽으로 몸을 틀어 남자 화장실로 들어갔다. 때마침 주변에 기둥이 있어서 카즈사는 그 뒤에 몸을 숨긴 채 화장실 출입구를 감시한다. 학생으로 보이는 어린 남자아이, 경마 신문을 든 아저씨,

택배기사로 보이는 남자 등이 화장실에 드나든다.

5분 정도 기다렸지만 신스케는 나오지 않았다. 서서히 불안해진 카즈사는 손목시계와 화장실 출입구를 번갈아 쳐다보기 시작했다.

3분 뒤쯤 준에게 전화가 걸려왔다. 카즈사는 준에게 현재 상황을 전했다. 그러자 준이 느긋한 말투로 말한다.

"보스턴백을 들고 있었다면서? 그러면 그 안에 갈아입을 옷이 있었겠지. 화장실에 들어가서 옷을 갈아입은 게 틀림없어. 어쩌면 이미 밖으로 나왔을지도 모르겠다."

"이럴 수가…"

"애인 씨가 상자를 들고 있었지? 으음, 그럼 혹시 택배기사처럼 보이는 사람이 나오지 않았어?"

"…나왔던 것 같아." 카즈사가 경악하며 말했다.

'지금 나는 무슨 실수를 한 거지?'

그러고 보니 택배기사가 지하철을 이용할 리 없다.

"괜찮아, 누나! 조바심 낼 것 없어. 행선지는 어차피 그 아파트일 거야. 빨리 택시를 잡아타고 가."

"알았어."

카즈사는 역 밖으로 나왔다. 그러고는 대기 중인 빈 택시에 올라탔다.

"어디까지 가십니까?"

스마트폰 지도 앱에서 '그랑빌리지 니시이케부쿠로'라고 쳐서

지도를 띄워 보여주었다.

'늦지 않아야 될 텐데….'

그런데 어떻게 해야 신스케의 복수를 막을 수 있을지 좋은 방법이 떠오르지 않는다. 카즈사는 택시 뒷좌석 시트에 몸을 묻고 깊은 한숨을 쉬었다.

★

심장이 쿵쿵 뛰기 시작한다. 신스케는 그랑빌리지 니시이케부쿠로 앞에 서 있다. 상자를 든 손에서 벌써부터 땀이 났다.

심호흡을 한 신스케는 패널 버튼 7, 0, 1을 누르고 기다렸다. 하지만 아무 반응이 없었다. 이어서 702호를 눌렀지만 여기도 대꾸가 없었고, 703호실을 눌렀을 때 겨우 답변이 돌아왔다.

"누구세요?"

"택배 배달하러 왔습니다." 신스케가 대답한다.

카메라 영상으로 상대가 얼굴을 보고 있을 것이기에 신스케는 도수 없는 뿔테 안경까지 꼈다.

딸깍, 소리가 들리고 잠금이 해제되었다. 신스케는 상자를 손에 들고 현관 출입구 안으로 들어갔다.

다행히 아무도 없다. 정면에 있는 벽에 우편함이 있고, 호수 아래에 이름표가 있는 집도 있다. 그러나 이름이 쓰여 있는 곳은 절반 정도뿐이다. 신스케는 맨 구석부터 순서대로 이름표를 확인해간다.

우편함을 전부 살펴봤지만 야타베의 이름은 없었다. 다소 낙담했지만 충분히 예상했던 일이었다. 야타베는 살인사건 용의자로 1년 전에 세상을 떠들썩하게 한 인물이다. 우편함에 자신의 이름을 쓰는 경솔한 짓은 하지 않을 것이다.

엘리베이터 문이 열리더니 아파트 주민으로 보이는 젊은 남자가 나왔다. 신스케는 재빨리 우편함의 이름을 확인하는 척했다. 남자는 자동문을 지나 밖으로 나갔다.

택배기사로 변장한 것은 역시 현명한 선택이었다. 이 차림을 하고 있으면 다른 사람들이 수상하게 여길 걱정은 없다. 그러나 방심은 금물이다. 아까 택배가 왔다고 703호 주민에게 거짓말을 한 사실이 계속 신경 쓰였다. 택배가 왔다고 했는데 정작택배기사는 오지 않을 테니 말이다. 그 남자가 관리인에게 연락이라도 취한다면 상황이 곤란해진다.

신스케는 휴대폰을 꺼내 오이카와의 연락처를 찾는다. 오늘은 일요일이라 출근하지 않는 날이다.

신호음이 열 번 정도나 울렸지만 끝내 연결되지 않는다. 갑자기 계획에 차질이 생겨서 불안해진다. 사전에 야타베가 몇 호에 사는지 알아내지 못한 게 후회가 된다.

다케우치의 연락처를 찾고 있을 때 휴대폰이 진동했다. 오이카와의 전화였다. 신스케는 숨을 크게 토하고 나서 휴대폰을 귀에 댄다.

"여보세요."

"아, 신스케 씨? 난데…."

파친코 가게에서 전화를 걸었는지 수화기 너머로 소란스러운 소리가 난다.

"아까 전화 걸었죠? 몰랐네. 무슨 일이에요?"

"아아, 좀 물어보고 싶은 게 있어서요."

이 계획의 핵심은 오이카와가 지금 혼자 있는가이다. 만약 옆에 다케우치가 있다면 그 시점에서 모든 것이 끝난다. 신스케는 휴대폰을 고쳐 쥐고 말했다.

"아까 다케우치가 니시이케부쿠로에 있는 아파트로 오라고 했어요. 그런데 집 호수를 잊어버렸어."

그 말에 오이카와는 침묵했다. 그 뒤로 소란스러운 소리가 계속 들려왔다. 역시 수상히 여기는 것일까, 신스케는 침을 꿀꺽 삼키고 그의 대답을 기다렸다.

"좋아, 대박!"

오이카와의 목소리가 다시 들렸다. 신스케의 말을 수상히 여기는 것이 아니라 파친코에 잠시 정신이 팔린 것이었다.

"어, 뭐랬어? 다케우치가 불렀다고요? 무슨 일로…?"

"돈을 빌려달라고 했어요. 마침 나도 이케부쿠로에 있던 터라 겸사겸사 왔죠."

"오늘은 마작한다는 소리 못 들었는데…. 다케우치 집은 803호실이에요. 그런데 다케우치한테 돈 빌려주면 못 받아요."

"큰 액수를 빌려주는 건 아니니까 괜찮아요. 월급날 받으면 돼요."

간신히 통화를 끝냈다. 신스케는 803호실 우편함으로 시선을
돌렸다. '야타베가 여기에 다케우치와 함께 사는 게 정말 맞을
까.'

신스케는 엘리베이터로 발길을 옮겼다.

그때 뒤에서 발소리가 들려서 쳐다보니 작업복을 입은 택배
기사가 신스케 쪽으로 걸어왔다. 동네에서 자주 보는 대형 택
배회사의 유니폼이다.

신스케가 엘리베이터에 올라타자 남자도 이어서 올라탔다. 신
스케가 8층 버튼을 누르자 택배기사는 힐긋 쳐다보기만 할 뿐
버튼을 누르지 않았다. 그러다 엘리베이터가 올라가기 시작했
을 때 남자가 10층 버튼을 눌렀고, 신스케는 안도했다.

"요즘 날씨가 많이 추워졌어요."

남자가 불쑥 신스케에게 말을 걸었다. 괜히 무시했다가 쓸데
없는 의심을 사고 싶지는 않았다. 그래서 마지못해 대답했다.

"그러네요."

"개인입니까?"

처음에는 남자가 뭘 묻는 건지 몰랐다. 하지만 곧 질문의 의
도를 알아채고 대답했다.

"그런 것에 가깝습니다. 영세한 택배회사예요."

어느덧 엘리베이터가 8층에 도착했고, 문이 열렸다.

"수고하십시오."

"네, 수고하십시오."

엘리베이터 문이 닫히기를 기다렸다가 모자를 벗었다. 땀이 나서 젖은 머리칼을 쓰다듬은 뒤에 다시 모자를 쓰고 복도를 걸어간다.

803호실 앞에 선다. 인터폰을 누르기 전에 마지막으로 소지품을 확인했다. 칼은 겉옷 주머니에 들어 있고, 전기충격기는 바지 오른쪽 주머니, 녹음기는 안주머니에 있다. 신스케는 녹음기를 꺼내서 녹음시작 버튼을 눌렀다. 빨간 불빛이 깜박인다.

마침내 왔다. 드디어 가장 유력한 용의자를 내 손으로 잡아 경찰에 넘기는 것이다!

신스케는 심호흡을 크게 한 다음, 803호실 인터폰을 눌렀다.

★

카즈사는 택시가 고층 아파트 앞에 도착하자 택시에서 내렸다. 현관출입구 문 위에 『그랑빌리지 니시이케부쿠로』라고 쓰여 있다.

스마트폰을 꺼내서 준에게 전화를 걸었고, 그는 바로 전화를 받았다.

"방금 아파트 앞에 도착했어. 지금부터 어떻게 하면 될 것 같아?"

"나도 몰라. 그런 건 스스로 생각해."

"생각할 시간이 없어. 그 사람을 살인자로 만들고 싶지 않아."

"그 마음은 이해해. 하지만 누나는 아파트에서 좀 거리를 두고 떨어져 있는 편이 좋을 것 같아."

"왜?"

"그게…, 지금 누나 아파트 앞에 멍하니 서 있지? 야타베는 지금도 경찰이 감시하고 있어. 만약 경찰이 잠복하고 있다면 누나도 경찰 눈에는 수상한 사람으로 보일지 몰라."

'정말 그럴까.'

카즈사는 일단 준의 말대로 아파트 맞은편에 있는 편의점으로 이동했다. 그리고 다시 스마트폰을 귀에 댔다.

"아파트 현관은 사람이 출입하고 나면 저절로 잠기는 자동문이야. 저래서는 안에 못 들어가는데 어떻게 해?"

"그러니까 난 모른다니까."

"거 참, 냉정한 동생이네."

"하, 나는 모리 치즈루의 동생이지, 와쿠이 카즈사의 동생은 아니거든요."

정말 도움이 안 된다. 카즈사는 부랴부랴 전화를 끊었다. 신스케가 이미 일을 벌이고 있을지도 모른다고 생각하니 손이 떨려왔다.

편의점 유리창에 지명수배범의 수배 사진이 붙어 있었다. 그걸 보니 아파트 이름을 말하고 경찰에 신고하는 것도 괜찮겠다 싶었다. 하지만 그랬다가는 신스케가 경찰에 검거되고 만다.

그때 아파트에서 택배기사로 보이는 남자가 나오는 것이 보였다. 남자는 길에 세워둔 소형 왜건 차에 올라탔다. 왜건 차가 떠나는 것을 지켜보던 카즈사는 머리를 굴렸다.

여기서 우물쭈물 해봤자 시간만 흘러갈 뿐이다. 역시 일단은 아파트 안에 들어가야 한다.

그때 아파트에서 젊은 여자 하나가 나오는 것이 보였다. 여자는 카즈사 쪽으로 걸어온다. 그 모습을 본 카즈사는 미리 편의점으로 들어가 잡지 코너로 향했다.

잠시 후 예상대로 그 젊은 여자가 편의점 안으로 들어왔다. 여자는 카즈사 옆에 서서 여성잡지를 보기 시작한다. 카즈사도 열심히 잡지를 읽는 척한다.

벨소리가 울렸다. 여자가 스마트폰을 꺼내더니 떠들어대기 시작한다.

"지금 편의점. …진짜 최악이야. 그 자식 정말 끈질기단 말이야. …지명이니까 할 수 없지만. 우리 오늘밤에 맛있는 거라도 먹으러 갈래?"

이 근처 술집에서 일하는 여자일까, 그런 생각을 하던 중에 여자가 통화를 끝낸다. 카즈사는 등 뒤로 여자의 기척을 느끼면서 잡지를 읽는다. 곧 여자가 계산대에서 계산을 하고 편의점을 나가는 것이 보였고, 카즈사도 그녀를 따라 편의점을 나왔다. 아파트로 돌아간 여자가 현관 앞에 멈춰 섰고, 냉큼 여자의 뒤를 따라간 카즈사가 미소를 지으며 말했다.

"먼저 하세요."

그러자 여자가 고개를 끄덕이고는 현관 비밀번호를 눌렀다. 그러자 자동문이 스르륵 열렸다. 카즈사도 여자를 따라서 허둥지둥 안으로 들어간다. 스마트폰에 정신이 팔린 탓인지 여자는 카즈사에게 별다른 관심을 보이지 않았다.

이 안에 들어오는 것까지는 성공했지만, 카즈사는 지금부터 무엇을 하면 좋을지 갈피를 잡지 못한다. 신스케가 있는 곳을 찾아내는 것이 먼저라고 생각하지만, 그곳을 알 길이 없었다. 벽에 있는 우편함 수를 보니 백 가구 가까이 되어 보였다. 늘 푸른 빌라와는 비교도 되지 않을 정도로 으리으리하고 화려한 곳이다.

그렇지만 여기까지 온 이상 아무것도 하지 않을 수는 없다. 반드시 그의 복수를 막아야만 한다.

★

집 안에서는 아무 대답이 없었다.

'부재중일까.'

다시 인터폰을 눌렀지만 결과는 마찬가지였다.

'겨우 이곳까지 왔는데 집에 없다니….'

신스케는 낙담했다.

그런데 혹시나 싶어 손잡이를 잡고 돌려봤더니 문이 열려 있었다. 신스케는 조심스레 5센티 정도 문을 열어본다. 집 안은 고요했다.

전기충격기를 꺼내서 오른손에 쥔다. 손에서 진땀이 난다. 발소리가 나지 않도록 주의를 기울이면서 집 안으로 들어갔다.

문을 천천히 닫고 귀를 기울인다. 사람이 있는 기척은 느껴지지 않았다. 아니면 야타베가 잠들었을 가능성도 있다. 만약 그렇다면 최적의 상황이다.

짧은 복도를 지나면 거실이 나올 것 같았다. 신발을 벗을지 말지 망설이다가 신은 채로 들어가기로 했다.

거실 중앙에 마작을 위한 전자동 탁자가 놓여 있다. 여기서 야타베가 다케우치 일행과 마작을 즐기는 것이다.

그리고 문 하나가 보였다. 문을 열자 벽 옆에 침대가 놓여 있다. 그 옆에 놓인 의자 등받이에 사람의 머리가 보였다. 신스케는 숨을 죽인 채 그를 계속 응시했지만, 그는 꼼짝도 하지 않는다.

이윽고 신스케는 천천히 앞으로 걸어가서 의자 앞으로 다가갔다.

"악!"

신스케는 비명을 지르지 않을 수 없었다. 의자에 앉아 있는 사람은 야타베 아키라였다. 그는 눈을 뜬 채로 온몸이 굳어 있었고, 입은 반쯤 벌어져서 붉게 물든 혀를 내밀고 있었다. 이미 죽은 것이 분명했다.

'어, 어째서…? 이미 죽었어? …야타베가 죽었어?'

신스케는 비틀거리는 발걸음으로 침실에서 나왔다. 그러다 다리에 힘이 풀려 그 자리에 주저앉았다.

시신을 발견했으니 이제 경찰에 신고해야 한다. 그런데 무단으로 야타베의 집에 침입한 사실을 어떻게 설명해야 할까? 어쩌면 그냥 조용히 떠나는 것이 현명한 일일지 모르겠다.

신스케는 얼른 전기충격기를 다시 주머니에 넣었다.

그때 인터폰이 울렸다.

★

카즈사는 아파트 4층에 있었다. 1층부터 한 집씩 문패를 확인하면서 올라가는 중이었다. 아직 야타베의 이름이 적힌 문패는 발견하지 못했다. 당연히 문패가 걸려있지 않은 집이 더 많지만, 그런 집은 인터폰을 눌러서 안에 사는 사람을 확인했다.

그런데 신스케는 정말 이 아파트에 있기나 한 걸까. 그런 의문도 들었지만 우물쭈물 멈춰 서 있을 때가 아니다. 한시라도 빨리 야타베의 집을 찾고 거기서 신스케를 만나야 한다.

4층에 있는 집들을 전부 돌아봤지만 역시 야타베의 집은 없었다. 카즈사는 다시 한 층을 올라가기 위해 복도 맨 안쪽에 있는 비상계단 문을 열었다.

그때 스마트폰이 진동했고, 카즈사는 곧바로 전화를 받는다.

"누나, 도착했어?" 준이었다.

"응. 넌 여기 왔어?"

"응. 택시 타고 날아왔어."

"역시 내 동생이다."

"다시 말하는데, 나는 누나 동생이 아니야."

그 와중에도 툴툴거리는 준이 귀여웠다. 카즈사는 빠른 말투로 속삭인다.

"빨리 이 안으로 들어와. 가구수가 너무 많아서 힘들어. 나눠서 하면 빨리 찾을 수 있을 거야."

"미안하지만 그건 힘들어. 입구에 무섭게 생긴 아저씨가 감시하고 있거든. 온몸에서 나는 형사입니다, 라는 포스를 풍기고 있어. 그리고 그 사람 말고도 아까 다른 남자 네 명이 아파트 안으로 들어갔어. 조심해. 나는 밑에서 기다리고 있을 테니까 무슨 일이 있으면 연락해."

통화는 일방적으로 끊겼다.

경찰이 왔다면 이제 별 도리가 없다. 그러나 카즈사에게 도망친다는 선택지는 없었다. 반드시 야타베의 집을 찾아내서 신스케의 복수를 저지한다. 그것 말고 다른 것은 생각할 수 없었다.

5층으로 가는 계단을 오르는데 아래에서 발소리가 들렸다. 당황한 카즈사는 다시 4층 복도로 돌아와 문을 살짝 열고 계단을 오르는 사람들의 모습을 훔쳐본다.

남자 두 명이 계단을 뛰어 올라왔다. 준이 말했던 형사들일 것이다. 남자들이 계단을 오르는 모습을 지켜보던 카즈사는 문을 열고 조심스레 발을 내딛는다. 머리 위에서 형사들의 목소리가 들린다.

"정말 힘들어 죽겠다."

"어어, 그래도 할 수 없잖아."

두 사람을 쫓듯이 카즈사도 계단을 올랐지만 그들의 속도를 따라잡지 못한다. 카즈사는 잠시 멈춰 서서 난간에 몸을 기댄다. 잠시 기다리자 발소리가 사라지더니 문을 여닫는 소리가 들렸다.

두 개의 그림자가 사라지는 모습이 보였다. 대충 세어보니, 그들이 나간 곳은 8층인 것 같다. 카즈사는 난간을 붙잡고 다시 계단을 오르기 시작했다.

★

또 인터폰이 울렸고, 신스케는 그 자리에서 얼음처럼 굳어 버렸다. 문이 천천히 열리더니 정장을 입은 남자 두 명이 모습을 드러낸다. 신스케를 본 두 사람의 눈빛이 금세 싸늘해졌다.

"소다 신스케 씨지요? 저희는 이케부쿠로 경찰서에서 나왔습니다. 여기서 뭘 하십니까?"

남자 하나가 물었다.

"저, 저는…, 안 그랬습니다. 제가 아닙니다."

"지금 무슨 말을 하는 겁니까?"

"그러니까 제가 아닙니다. 제가 왔을 때는 이미….'

두 형사가 얼굴을 마주 보았다. 그러다 한 명이 신발을 벗고 집 안으로 들어왔고, 현관에 남은 형사가 말한다.

"소다 씨, 이런 일을 직접 하시면 곤란합니다. 수사는 경찰에 맡겨주세요."

자신의 행동이 엉뚱한 결과를 낳았다. 신스케는 입술만 잘근잘근 깨물었다.

"여기 방 안에 야타베가 죽어 있습니다! 사인은 명확히 알 수 없었고, 다툰 흔적은 없습니다!" 방 안에 들어갔다가 나온 형사가 당황한 얼굴로 말했다.

"믿어주세요." 신스케가 형사들에게 애원한다. "제가 왔을 때는 이미 죽어 있었습니다. 저는 안 죽였습니다. 범인은 제가 아닙니다."

형사는 신스케의 말을 무시하고 휴대폰을 꺼내 어딘가로 전화를 건다.

"야타베의 시신을 발견! 소다 신스케 확인! 반복합니다. 야타베의 시신을 발견! 소다 신스케 확인! 지금부터 신스케 씨를 경찰서로 연행할 테니, 감식반을 이곳으로 급파해주시기를 요청합니다!"

문이 열리고 형사 두 명이 더 나타났다. 형사 한 명이 수갑을 채우기 위해 신스케의 손목을 붙잡고 뒤로 돌렸고, 신스케는 작은 비명을 질렀다.

"잠깐만요. 몇 번이나 말하고 있잖습니까. 내가 왔을 땐 이미…."

"자세한 이야기는 경찰서에서 듣지."

형사들은 화장실과 욕실, 베란다 등 야타베의 집 안 곳곳을 확인했다.

"내가 아니야. 내가 안 죽였어!"

"얌전히 있어."

형사들이 신스케의 양팔을 붙잡고 집 밖으로 끌어냈다. 시끄러운 소리에 아파트 주민들이 복도에 하나둘씩 모여든다. 신스케는 형사들과 함께 엘리베이터 앞에 선다. 그런데 엘리베이터를 기다리는 신스케의 시야에 그 모습이 비쳤다.

'왜 그녀가 여기에…?'

모리 치즈루가 벽에 몸을 바싹 붙이고 서서 신스케를 보고 있다. 창백한 안색의 그녀는 뭔가 하고 싶은 말이 있는지 입을 빠끔빠끔 움직였다. 그러나 그녀가 무슨 말을 하는지는 전혀 알 수 없다.

그때 엘리베이터가 도착하고, 형사가 엘리베이터 안으로 신스케의 등을 밀었다. 돌아보니 모리 치즈루는 아직 벽에 몸을 숨기고 서 있다.

엘리베이터 문이 천천히 닫혔다.

★

"누나, 여기야."

아파트 밖으로 나왔을 때 자신을 부르는 소리가 들렸다. 아파트 앞 화단 그늘에서 준이 손짓하고 있었다. 카즈사는 비틀거리며 준에게 다가갔다.

"누나, 무슨 일이 있었던 거야?"

벌써부터 아파트 앞에는 구경꾼들이 잔뜩 모여 있고, 경찰차도 몇 대서 있었다. 하지만 신스케를 태운 경찰차는 이미 사라진 후였다.

"아무튼 이곳을 빨리 떠나는 게 좋겠어. 가자."

카즈사는 준과 함께 걷기 시작했다.

카즈사는 무슨 일이 생긴 건지 전혀 이해할 수 없었다.

카즈사는 형사로 보이는 사람들을 쫓아서 8층에 도착했다. 하지만 뭘 해야 좋을지 몰라 우물쭈물하고 있는 사이 어떤 집의 문이 열리더니 그곳에서 신스케가 형사들과 함께 나왔다.

"여기에 들어가자."

준이 패밀리레스토랑으로 안내했다. 창가 자리에 앉자 준이 메뉴판을 펼쳤다.

"뭐 먹을래?"

"아니."

그러자 준이 점원을 불러서 뜨거운 커피 두 잔을 주문했다. 일요일 점심시간이라 그런지 가게 안에는 가족들의 모습이 유독 눈에 띈다.

결국 카즈사는 아무것도 저지하지 못했다. 그 사실이 너무나도 분했다. 아마도 신스케가 야타베에게 복수를 가했을 것이다. 그리고 그 직후에 형사들에게 붙잡혔을 것이다.

준이 가게 안을 둘러보았다. 눈을 지나치게 자주 깜빡였고, 머리를 긁적긁적하는 게 어딘가 불안한 모습이었다.

"왜 그래?"

그러자 준이 물을 들이켜고는 대답했다.

"이런 곳에 오랜만에 와서 그래. 사람들 시선이 신경 쓰여서…."

준은 은둔형 외톨이다. 그런 그가 일부러 이곳까지 와준 것은 그에게도 상당한 모험이었을 것이다. 카즈사는 그런 준이 너무나도 고마웠다.

"내가 쏠 테니까 먹고 싶은 걸로 골라." 메뉴판을 테이블 위에 펼치며 카즈사가 말했다.

"누나 돈 없잖아. 정확하게 말하면 우리 누나의 돈이지."

"그렇게 사소한 것까지 신경 쓰지 마."

그때 점원이 커피를 가져왔고, 준은 다시 햄버그 세트를 주문했다.

"그런데 무슨 일이 있었던 거야? 완전 난리가 난 것 같던데." 준이 물었다.

마침 그들이 앉은 자리에서 야타베의 아파트가 보였다. 아파트 앞에는 경찰차가 여전히 서 있었고, 구경꾼도 모여 있다.

"우선 아파트 안으로 들어가는 것까지는 성공했어. 하지만 어느 집인지 몰라서 1층부터 한 집 한 집 돌기 시작했어."

카즈사는 아파트 안에서 일어났던 일을 준에게 이야기했다.

계단에서 마주친 형사들을 따라 8층에 도착한 것, 그리고 8층 어떤 집에서 나온 신스케가 형사들에게 연행되었다는 것 등등을.

"그래? 하지만 아직 확실한 건 아니잖아?"

"그래도 형사가 신스케를 데려갔잖아. 분명 집 안에서 무슨 일이 벌어진 게 분명해."

"흠, 그렇다면 빨라도 저녁때는 되어야 뉴스에 나오겠네." 준이 스마트폰을 보며 말했다. "그때까지 기다려보자. 무슨 사건이 일어났다면 인터넷 뉴스에 나올 거야."

때마침 준이 주문한 햄버그세트가 나왔다. 준은 나이프와 포크를 들고 햄버그를 먹기 시작한다.

카즈사의 머릿속에는 신스케의 마지막 얼굴이 떠나지 않는다. 그것은 당황스러움과 불안함이 뒤섞인 묘한 표정이었다. 카즈사는 만약 자신이 그 상황에 놓였더라면 어땠을까 상상해본다. 그토록 증오하는 상대에게 복수를 했다면 더 후련한 표정이지 않았을까.

어쩌면 도중에 형사들이 신스케의 살인을 저지해서 신스케의 복수가 미수에 그쳤을지도 모른다. 그렇게 생각하자 조금은 위안이 된다. 그렇다면 기껏해야 주거침입죄와 폭행죄에 해당하기 때문이다.

이런 이야기를 준에게 하자, 그가 우물거리며 대답했다.

"뭐 영 틀린 생각은 아닌 거 같아. 누나가 나오기 전에 구급

차가 도착했는데, 구급차는 움직이지 않았어. 즉 야타베는 이송할 필요가 없다는 거야. 이미 죽었든가, 혹은 다치지 않고 멀쩡하든가, 둘 중 하나라는 거지."

그렇게 말하는 준의 입가에 햄버그 소스가 묻어 있다. 카즈사는 냅킨을 집어서 그것을 닦아준다.

"고마워."

준은 쑥스러운지 얼굴이 발그레해져서는 허겁지겁 햄버그를 삼킨다. "그런데 누나 애인은 어떤 사람이었어?"

"그게…, 나도 잘 모르겠어."

카즈사는 선뜻 대답하지 못한다. 객관적으로 말하자면 외모는 평범했고, 치과의사로서 실력은 좋았고 다정한 타입이었다.

신스케와 사귀기 전의 일이다. 신스케가 담당하는 할머니 환자가 감사의 마음을 담아 그에게 직접 만든 도시락을 준 적이 있다. 찜, 생선구이 같은 투박한 도시락이었는데, 그날 밤 신스케는 그 도시락을 묵묵히 먹고 있었다. 그 모습을 보며 카즈사는 미소 지었다. 만약 그가 그 도시락을 그대로 버렸다면, 카즈사는 그와 사귀지 않았을 것이다.

'신스케는 지금 어쩌고 있을까? 이대로 가만히 기다리고 있다가는 미쳐버릴 것 같아.'

카즈사는 계산서를 쥐고 일어났다.

"나는 이만 돌아갈게."

"누나, 잠깐만. 아직 햄버그가 남…."

준이 허겁지겁 자리에서 일어났지만, 카즈사는 아랑곳하지 않고 입구에 있는 계산대로 냅다 달렸다.

★

을씨년스러운 방이다.

신스케는 지금 이케부쿠로 경찰서의 취조실에 있다. 이곳에 들어온 지 1시간 정도 지난 것 같지만, 시계도 없고 휴대폰도 빼앗겨서 정확한 시간을 알 수 없었다. 짐작으로는 아마 오후 3시나 4시 정도 되었을 것이다.

"당신이 집에 들어갔을 때 야타베는 이미 죽어 있었다, 그런 말이지요?"

"네. 그렇다고 몇 번이나 말했잖습니까."

취조실에는 형사 세 명이 있다. 신스케 앞에는 사십 대로 보이는 형사가 있었고, 그 옆에 서 있는 것이 신스케와 비슷한 나이대의 형사였다. 젊은 형사 하나는 벽 쪽 책상 앞에 앉아 노트북을 두드리고 있다.

"야타베는 당신의 약혼자인 와쿠이 카즈사 살인사건의 용의자였습니다. 당신은 왜 야타베가 사는 아파트를 찾아갔습니까?"

바로 앞에 앉은 형사가 물었다. 나머지 형사들은 잠자코 그들의 대화에 귀를 기울인다.

"그가 정말 카즈사를 죽인 건지 진실을 알고 싶었습니다."

"그걸 알아서 어쩔 생각이었습니까?"

"경찰에 신고할 생각이었습니다. 저 혼자서는 아무것도 못하니까요."

"그게 사실입니까? 사실은 그 남자를 죽일 생각이 아니었습니까?"

"…."

신스케는 대답하지 않았다.

"당신의 소지품을 확인했습니다. 전기충격기와 호신용 칼이 있더군요. 그것은 어디에 쓸 셈이었습니까?"

"말 그대로 호신용으로 준비한 겁니다. 놈이 살인범일지 모르니까요."

"좋습니다. 뭐, 그렇다 치죠. 현재 야타베의 시신은 부검 중입니다. 부검 결과는 오늘 밤 늦게 나올 거예요. 우선 확인한 바로는 저항 흔적이 없기에 자살로 보아도 무방할 것 같습니다. 하지만 말이지요, 소다 신스케 씨. 당신의 존재가 가장 큰 문제입니다. 야타베를 증오하던 당신이 하필이면 야타베가 죽은 그 시간에 현장에 있었습니다. 이건 단순한 우연이라 치부할 수 없는 문제입니다."

"단순한 우연입니다. 우연히 시신을 발견한 것뿐입니다."

"당신 치과의사였지요?"

그때까지 쭉 말이 없던 다른 형사가 입을 열었다.

신스케는 가만히 고개를 끄덕였다.

"네. 1년 전까지 치과의사로 일했습니다."

"치과의사는 사람의 입안을 만지는 직업이지요. 그렇다면 야타베의 입을 억지로 벌려서 약을 먹이는 그런 기술도 있지 않을까요?"

"그건 말도 안 됩니다. 그런 짓은 못합니다."

"그게…, 어린 환자들은 보통 진찰대 위에서 저항하며 울부짖잖아요. 그렇게 발버둥치는 어린 환자의 입을 벌리고 치료하는 것과 같은 원리 아닐까요?"

"자발적으로 입을 벌릴 때까지 치료를 하지 않는 것이 저희 치과의 방침이었고, 환자들에게 억지로 그렇게 한 적도 없습니다."

"정말입니까? 하지만 치과의사라면 약에 대해서도 잘 알 것 같은데요."

다른 사람에게 억지로 약을 먹이는 것은 어려운 일이다. 물약이라면 목구멍에 술술 흘려 넣으면 되지만, 알약을 억지로 먹였다가 기관지에 잘못 들어가기라도 한다면 큰일이 난다. 그래서 어린이 환자들에게는 보통 물약을 주었다.

그렇다면 범인은 어떤 방식으로 야타베에게 사약 같은 약을 먹였을까. 저항하는 성인 남자에게 억지로 약을 먹이는 건 상당히 어려운 일이다. 그렇다면 야타베의 사인은 역시 자살일까.

"어쨌든…." 정면에 앉은 형사가 다시 입을 열었다.

"부검 결과가 나올 때까지 자살인지 타살인지는 판단할 수 없습니다. 지금부터 소다 신스케 씨는 별실로 옮겨서 야타베가 살던 아파트의 CCTV를 보시겠습니다. 1층 현관 출입구에 설치된 카메라 영상입니다. 혹시 아는 얼굴이 있는지 그걸 확인해 주셨으면 합니다."

신스케는 형사를 따라 일어났다. 그러다 문득 모리 치즈루의 얼굴이 떠올랐다. 아마 그녀의 모습도 CCTV에 찍혔을 것이다.

'대체 그녀는 누구일까.'

이제 와서 보면, 모리 치즈루가 자신의 옆집으로 이사 온 게 결코 우연이 아닐 것이다.

'설령 CCTV에 모리 치즈루의 모습이 찍혔더라도 아직 경찰에 얘기하지는 말자.'

신스케는 그렇게 다짐하면서 취조실에서 나왔다.

★

야타베의 아파트 앞에서 계속 어슬렁거렸다가는 괜한 의심만 살 거라는 준의 충고를 받아들여서 둘은 곧바로 철수했다. 카즈사는 오후 4시가 지나서야 늘푸른 빌라에 도착했다.

신스케의 집 문을 바라보았다. 혼자 있을 소라가 걱정되었다. 만약 오늘 밤에 신스케가 돌아오지 않는다면 문을 부수고라도 안에 들어가서 소라를 데려올 생각이었다.

집으로 막 들어설 때 스마트폰이 진동했다. 인터넷에 접속해 보라는 준의 짧은 문자였다. 카즈사는 인터넷에 접속해서 기사를 보았다.

『이케부쿠로에서 변사사건. 자살인가.』라는 헤드라인이 보였다. 기사를 열고 자세한 내용을 읽는다.

『오늘 오전 11시경, 이케부쿠로에 있는 고층 아파트에서 한 남성의 사체가 발견되었다. 경찰은 자살의 가능성이 높다고 보고, 수사를 시작했다. 경찰 관계자의 증언에 따르면 고인은 삼십 대 자유 기고가로, 1년 전에 일어난 치위생사 살인사건의 용의자로 지목되었던 남성이었다. 경찰청은 오늘 중으로 기자회견을 열 예정이다.』

고인의 이름은 나오지 않았지만, 사망한 사람은 분명 야타베 아키라일 것이 뻔하다. 아무쪼록 제발 자살로 판명이 나면 좋겠다. 신스케를 살인자로 만들 수는 없다.

그때 계단을 뛰어올라오는 발소리가 들렸다. 설마 신스케가 돌아온 것일까. 발소리는 카즈사의 집 앞에서 멈추었고, 곧 누군가가 카즈사의 집 문을 두드리는 소리가 들렸다.

"모리 치즈루 씨, 우편입니다. 등기를 가져왔습니다."

"잠시만요."

문을 여니 집배원이 서 있다. 카즈사는 서류에 사인을 하고 봉투를 받아든다.

봉투를 보낸 사람은 소다 신스케였다. 불안한 마음에 카즈사는 얼른 봉투를 뜯었다.

봉투 속에는 편지지 한 장이 들어 있었다.

모리 씨, 안녕하세요.

당신이 이 편지를 읽을 무렵, 어쩌면 나는 집에 돌아갈 수 없는 상황일지도 모릅니다. 만난 지 얼마 되지 않은 당신에게 이런 부탁을 하는 게 염치없지만, 혹시 제가 없는 동안 소라를 돌봐줄 수 있을까요?

계단 밑에 있는 우편함에 봉투가 있을 겁니다. 그 안에 저희 집 열쇠, 그리고 사료값이 들어 있습니다.

갑자기 이런 부탁을 해서 죄송합니다. 하지만 당신 말고 생각나는 다른 사람이 없었습니다. 아무쪼록 잘 부탁드립니다.

약간 오른쪽 위로 올라가는 비스듬한 글씨체는 틀림없이 신스케의 필체였다.

복수를 하기 전, 그는 이것저것 많은 생각과 걱정을 했을 것이다. 그리고 마지막으로 신스케를 고민하게 한 존재가 소라였을 것이다. 편지에서 느껴지는 신스케의 비장한 결의에 카즈사의 가슴이 미어졌다.

카즈사는 계단을 내려가서 신스케의 우편함을 연다. 우편함 위쪽에 테이프로 봉인한 봉투 한 장이 있었다. 그것을 열어보니 열쇠와 만 엔짜리 지폐 5장이 들어 있다.

"신스케, 돈이 너무 많아."

카즈사는 그 열쇠로 신스케의 집 안으로 들어간다. 문을 열고 안으로 들어가자 소라가 뛰어나온다.

집 안을 둘러보니 깨끗하게 정리되어 있다. 가구와 가전제품은 그대로였지만, 옷 같은 개인 물품은 보이지 않는다. 방 안에 골판지 상자가 세 개 정도 놓여 있는 걸 보니, 아마도 그 안에 개인 물품이 들어 있는 것 같았다.

이 집으로 다시 돌아오지 않는다. 신스케는 틀림없이 그렇게 결심한 것이다. 벽에 있던 야타베의 사진도 사라졌다.

'신스케는 지금 어쩌고 있을까? 앞으로 내가 신스케를 위해서 무엇을 할 수 있을까?'

그때 또 발소리가 들렸다. 발소리는 문 맞은편에서 멈췄다. 카즈사는 숨을 죽이고 바깥의 기척을 살핀다.

"실례합니다."

그 목소리를 듣자마자 카즈사의 온몸이 얼어붙었다. 너무나도 그리운 목소리였다.

'어떻게 된 거지? 왜 여기에…?'

"실례합니다."

카즈사는 손잡이를 잡는다. 열면 안 된다고 생각했지만, 손이 멋대로 움직였다. 떨리는 손으로 문을 열자 한 남자가 서 있다. 남자는 곤혹스러운 시선으로 카즈사를 쳐다보았다.

'아버지!'

카즈사는 마음속으로 그렇게 외쳤다.

"그랬습니까. 이웃분이셨군요. 난 또 신스케 군에게 새로운 애인이 생겼나 했습니다."

카즈사의 아버지, 와쿠이 마사유키가 그렇게 말하고는 웃었다. 얼굴을 보는 건 거의 1년 만이다. 머리칼이 거의 백발이 된 아버지는 1년 사이에 급격하게 늙어 보였다. 또 술을 과하게 마신 탓인지 뺨 주변에는 홍조를 띠고 있었다.

"그나저나 신스케 군은 어딜 갔습니까?"

"외출을 했는데 늦을 거라고 했습니다. 그래서 저한테 대신 강아지를 산책시켜 달라고 부탁했어요."

"그랬군요. 소라야, 오랜만이네."

아버지가 미소 지으며 소라를 본다. 눈가에 주름이 자글자글진 마사유키의 얼굴을 보자 눈물이 절로 나온다. 카즈사는 코로 숨을 크게 들이쉬고 필사적으로 냉정을 되찾고자 한다.

"그런데…, 실례지만 누구신가요?"

"아아, 저는 신스케의 장인에 해당하는 사람입니다. 아니, 엄밀히 말하면 그렇게 될 예정이었다고 말하는 게 맞겠네요. 불의의 사고로 작년에 딸을 잃었거든요."

"그렇습니까…." 카즈사는 머리를 숙였다. "깊은 애도를 표합니다."

"감사합니다. 이 근처에서 대학 동창회가 있어서 왔다가 그 김에 들른 겁니다. 혹시나 얼굴이라도 잠깐 볼 수 있을까 해서요."

카즈사의 아버지는 말이 많은 분이 아니다. 그런데 오늘은 취한 탓인지 말수가 많았다. 이 정도로 말이 많은 아버지의 모습은 처음이다.

신스케를 처음 부모님에게 소개시켰을 때의 일이다. 자기소개를 하는 신스케 앞에서 아버지는 팔짱을 끼고 침묵했다. 엄마와 카즈사가 말을 붙여도 아버지는 아무 말도 하지 않았다. 그러다 신스케가 집에 온 지 1시간쯤 지났을 무렵, 아버지는 테이블 위에 놓여 있던 캔 맥주를 따고 단숨에 마셨다. 그러고는 얼굴이 새빨개져서 신스케에게 카즈사를 잘 부탁한다며 머리를 숙이고는 그대로 엎어져서 잠이 들었다.

"이걸 신스케 군에게 전해주겠습니까?"

아버지가 손에 들고 있던 쇼핑 봉투를 내밀었다. 요코하마 역 근처에 있는 백화점 봉투였다.

"딤섬입니다. 신스케 군이 무척 좋아하거든요."

"네, 전해 드리겠습니다."

봉투를 받아드는데 왈칵 눈물이 쏟아졌다.

"왜 그러십니까?"

아버지가 어리둥절한 표정으로 카즈사를 보았다. 카즈사는 손가락으로 흐르는 눈물을 닦는다.

"아, 죄송합니다. 눈에 먼지가 들어간 것 같아요."

"그렇군요. 그럼 저는 이만 실례하도록 하겠습니다. 신스케 군에게 안부 전해주세요."

아버지는 머리를 살짝 숙이고는 밖으로 나갔다. 이제 두 번다시 아버지를 만나지 못할지도 모른다. 카즈사는 아버지의 뒤를 쫓아서 달려 나왔다.

"죄송합니다, 저기…."

"네? 무슨 일인가요?"

아버지가 돌아보았다.

'아버지, 잘 지내요. 엄마랑 사이좋게, 건강하게 오래 살아요. 지금까지 고마웠어요.'

하고 싶은 말이 너무 많지만 속으로 삼킨다. 지금 아버지 눈에 비친 사람은 '와쿠이 카즈사'가 아니라 '모리 치즈루'니까.

"악수를 해도 될까요?"

카즈사는 잠시 망설인 끝에 그렇게 말하고는 손을 내밀었다. 그러자 아버지가 당황하며 묻는다.

"악수…, 말입니까?"

"네. 새로운 사람이랑 만났다 헤어질 때 저는 꼭 악수를 하는 버릇이 있거든요."

특이한 여자라고 생각한다 해도 어쩔 수 없다. 아버지는 잠시 카즈사의 손을 쳐다본 후, 바지에 손바닥을 문지른 뒤 카즈사의 손을 잡는다.

아버지의 손은 따뜻했다.

'안 된다, 이 이상 더 잡고 있다가는 정말로 울어버릴 것이다.'

"고맙습니다. 건강하세요." 카즈사가 손을 놓고 말한다.

"아가씨도 잘 지내세요. 만나서 반가웠습니다."

아버지는 카즈사에게 손을 흔들었다. 카즈사도 같이 손을 흔든다.

카즈사는 오랫동안 그 자리에 서서 점점 멀어져가는 아버지의 뒷모습을 바라보았다.

★

남자가 가게 안에 들어서자, 수염을 기른 가게 주인이 남자를 평소처럼 환대해 주었다.

"어서 오세요."

가게 안에는 손님이 거의 없었다. 밤 9시가 넘어 피크 타임이 지났기 때문이다.

남자는 늘 앉던 창가 자리에 앉았다.

"어서 오세요. 메뉴는 정하셨습니까?"

젊은 웨이터가 테이블 위에 물컵을 놓으며 남자에게 물었다. 남자는 메뉴도 보지 않고 대답했다 .

"300그램짜리 햄버그스테이크, 그리고 생맥주!"

"알겠습니다."

남자는 물 한 모금을 마시고 창밖을 바라보았다.

신주쿠 역 앞 번화한 거리가 보인다. 여기는 신주쿠 역 서쪽 출구 근처에 있는 햄버그가게다.

"생맥주 나왔습니다."

"고마워요."

남자는 잔을 입으로 가져간다. 차가운 맥주가 목을 타고 넘어가는 느낌이 참 좋다.

주방에서 요리가 시작되자, 곧 남자가 있는 자리까지 햄버그 패티 굽는 냄새가 풍겨왔다. 갑자기 식욕을 자극받아 남자는 생맥주를 벌컥벌컥 들이켠다.

"오래 기다리셨습니다."

잠시 후 햄버그가 나왔다. 타원형의 철판 스테이크 접시 위에 햄버그가 올려져 있고, 감자와 당근, 그리고 강낭콩이 곁들여져 나왔다.

"레드 와인 한 잔도 줘요."

남자는 점원에게 추가 주문을 하고는 포크와 나이프를 집었다. 햄버그고기를 나이프로 자르자 육즙이 흘러나온다. 남자를 햄버그 고기를 크게 썰어 입으로 가져간다.

사람을 죽인 날에는 반드시 이곳에서 햄버그를 먹는 것이 남자의 습관이다. 맛있는 음식을 먹으며 그날의 범행을 돌아본다. 남자는 레드 와인을 한 모금 입에 머금고 다시 생각한다.

야타베는 성가신 존재였다. 그래서 이 타이밍에 제거할 수밖에 없었다. 원래 남자는 여자만 살해하지만, 느긋하게 그런 원칙을 지키고 있을 때가 아니었다. 야타베를 이대로 놔뒀다가는 자신의 꼬리가 밟힐 가능성이 있기 때문이다.

물론 그 가능성이 높지는 않다. 기껏해야 5퍼센트 정도겠지만, 그 낮은 확률조차 남자는 대충 넘어갈 수가 없다. 그래야 비로소 완전범죄가 성립하니까.

남자는 포크와 나이프를 내려놓고, 스마트폰을 확인했다.

아직 A에게서 문자메시지는 오지 않았다. A는 남자에게 다음 타겟을 제공하는 사람이다. 그래서 남자는 A의 연락을 기다리고 있다. 하지만 남자는 A의 얼굴과 이름을 모른다.

남자는 다시 햄버그를 먹는다.

그런데 신스케가 가장 먼저 야타베의 살인 현장에 나타난 것은 남자로서도 뜻밖이었다. 그럼에도 신스케가 야타베와 이야기를 나눌 수 없게 된 것은 다행이었다.

오늘은 야타베를 죽인 것으로 만족하자. 그런데 딱 하나 신경 쓰이는 것이 있다. 신스케를 감시하면서 발견한 그 옆집 여자다. 야타베의 아파트에서 오늘도 그 여자를 보았다.

'그 여자는 대체 누구일까.'

왠지 모르게 신경 쓰이는 존재다. 여러 모로 당분간은 얌전히 지내는 것이 좋을 것 같다.

남자는 잔에 든 레드 와인을 다 마신 뒤, 냅킨으로 입술을 꼼꼼히 닦았다.

4일 전

문이 열리는 소리에 잠에서 깼다. 신스케가 몸을 일으키자 무로후시가 수면실 안으로 들어왔다.

"신스케 씨, 일어나셨습니까?"

"네."

"잘 못 주무셨지요? 책임자에게는 이야기를 해놓았습니다."

신스케가 용의자는 아니지만, 그래도 그대로 귀가시킬 수는 없는 듯했다. 그래서 이케부쿠로 경찰서의 임시 수면실에서 하룻밤을 보내게 된 것이다.

신스케는 무로후시의 안내를 받아 경찰서 복도를 걸어간다. 엘리베이터를 타자마자 무로후시가 말했다.

"늦게 와서 죄송합니다. 실은 어제 나라 현(도쿄 서남부에 있는 지방-옮긴이 주)으로 출장을 갔다가 신스케 씨 이야기를 듣고 허둥지둥 야간버스를 타고 돌아왔어요."

"그러셨군요."

"야타베는 자살로 처리된 듯합니다. 물론 지금 경찰서 내에서 신스케 씨가 야타베를 죽인 것 같다고 의심하는 형사도 있지만, 서로 다툰 흔적이 없다 보니 일단 풀어주는 것으로 결론을 냈다고 합니다. 하지만 앞으로 신스케 씨는 경찰서에서 참고인 조사를 받을 수도 있습니다. 잘 부탁드립니다."

엘리베이터가 1층에 도착했다. 손목시계를 보니 오전 7시가 지났다. 신스케는 이케부쿠로 경찰서를 나와 잠시 무로후시와 나란히 걷는다. 그러다 무로후시가 발걸음을 멈추고 물었다.

"괜찮으시면 저랑 커피라도 한 잔 하시겠습니까? 제가 사겠습니다."

마침 신스케도 카페인의 힘을 빌리고 싶던 터라 순순히 고개를 끄덕였다.

"좋습니다."

그들은 카페 안으로 들어간다. 카페 안에 있는 손님 대부분이 출근 직전의 직장인들이었다. 신스케는 무로후시와 함께 창가 자리에 앉았다.

"잘 먹겠습니다."

신스케는 무로후시가 건넨 커피를 받아들었다.

무로후시가 커피를 한 모금 마시고는 이야기를 시작한다.

"야타베가 카즈사 씨를 살해한 일로 죄책감에 시달리다 자살했다…, 형사들은 그런 방향으로 추측하는 듯합니다."

"그렇습니까?"

"그리고 실은 지금 다른 살인사건도 수사 중입니다. 5일 전에 카메이도에서 발생한 여대생 살인사건이 있었는데 혹시 알고 계십니까?"

"네, 뉴스에서 들었습니다. 하지만 자세히는 모릅니다."

4일 전, 신스케가 야타베의 아파트를 찾아낸 날에 일어난 일이다. 렌터카에 앉아 잠복하고 있을 때 라디오에서 그 뉴스가 흘러나왔다.

"피해자는 스무 살의 여대생. 용의자는 18살의 편의점 아르바이트생이었습니다. 피해자는 그 편의점에 손님으로 자주 갔던 것 같습니다. 그리고 살해당하기 전 속옷을 도둑맞아서 피해신고서를 경찰서에 제출했었다고 합니다."

"용의자의 집에서 그 여학생이 도난당한 속옷이 발견되었다지요? 라디오에서 들었습니다."

"맞습니다. 용의자 집 근처에 있는 도랑에서 흉기로 쓰인 칼도 발견되었습니다. 그런데 지문이 검출되지 않아서 결정적인 증거라고는 말할 수 없습니다. 현재 용의자는 속옷을 훔친 사실에 대해서만 인정할 뿐 살인 혐의에 대해서는 범행을 완강히 부인하고 있습니다."

"나라 현에 출장을 가신 것도 그 사건과 관계가 있습니까?"

"네. 하지만 용의자는 올 봄에 이미 나라 현에서 도쿄로 상경했었습니다. 그래서인지 아쉽게도 성과는 없었습니다."

사건은 5일 전 밤에 발생했다. 사망추정 시각은 오후 8시 전후였다. 그날 용의자는 아르바이트를 쉬는 날이었고, 혼자 집에 있었다고 말했다. 그러나 그 진술을 뒷받침할 알리바이가 없기에 경찰은 일단 체포를 단행했다.

"체포가 경솔했던 것이 아닌가 하는 이야기가 수사관들 사이에서도 나오기 시작했습니다."

신스케가 들고 있던 종이컵을 테이블에 내려놓고 물었다.

"그런데 그런 이야기를 왜 제게 하십니까?"

"비슷한 것 같지 않습니까?" 무로후시가 되물었다.

"카즈사가 살해당한 사건과 비슷하다…, 그런 뜻입니까?"

"네. 둘 다 스토커에 의한 살인사건이고, 용의자는 범행을 완강히 부인하고 있습니다. 결정적인 증거는 발견되지 않은 채 시간이 흘러가다가…, 두 사건은 분명히 닮아 있습니다."

신스케는 침묵했다. 그러자 무로후시가 계속해서 말을 이었다.

"우리는 완전히 잘못 생각하고 있었습니다. 아니, 우리가 잘못 생각하도록 범인이 완벽히 설계한 것인지도 모르겠습니다. 물론 이런 생각을 하는 건 아직 저뿐입니다. 그런데 신스케 씨, 5일 전 밤에는 어디에 계셨습니까?"

"지금 저를 의심하시는 겁니까?"

"만일을 위해서 여쭙는 겁니다."

"형사라는 직업은 참 불행한 직업이네요."

신스케는 그렇게 말하면서 5일 전을 떠올렸다.

"5일 전이라면 수요일이네요. 그날은 직장 동료들과 에코다에 있는 술집에서 술을 마셨습니다. 아, 그날 저와 만나지 않았나요?"

그 말을 들은 무로후시가 살며시 미소 지었다.

"그렇군요. 완전히 깜빡했습니다. 죄송합니다."

두 사람 사이에 어색한 침묵이 감돌았다.

"…그럼 나갈까요?"

무로후시의 말에 신스케는 종이컵을 들고 일어났다.

"카메이도 여대생 사건도 그렇지만, 카즈사 씨 사건도 재수사를 해볼 생각입니다. 시점을 바꾸면 다른 무언가를 발견할 수 있을지도 모릅니다. 조만간 보고를 드리겠습니다."

"잘 부탁드립니다."

신스케는 가게 앞에서 무로후시와 헤어졌다. 무로후시 형사가 아직도 카즈사 사건에 집착하고 있는 것은 분명하다. 신스케는 하루 빨리 야타베가 진범으로 밝혀져 사건이 정리되길 바라고 있다. 더 이상 괴로움에 시달리는 나날을 보내고 싶지 않기 때문이다. 어깨의 무거운 짐을 내리고 이제는 편안히 쉬고 싶다.

신스케는 이케부쿠로 역으로 걸어갔다.

늘푸른 빌라까지 20미터 정도를 앞둔 곳에서 신스케는 발걸음을 멈췄다. 그러고는 주위를 살펴본다. 특별히 수상한 모습의 차량이나 사람은 보이지 않는다.

카즈사가 살해당했을 때 밤낮을 가리지 않고 연락을 취해오던 언론 때문에 신스케는 진절머리가 났었다. 직장까지 기자가 몰려온 적도 있고, 환자인 척 병원에 온 기자도 있었다.

신스케는 다시 발걸음을 떼 늘푸른 빌라 계단을 올랐다.

문을 열고 집 안으로 들어간다. 소라는 없었다. 모리 치즈루가 그 편지를 읽었다는 뜻이다.

다시 복도로 나와서 모리 치즈루의 집 문을 노크했지만 답은 없었다. 할 수 없이 집으로 다시 돌아와서 방바닥에 털썩 주저앉았다.

경찰서에서 하룻밤을 자고 오는 바람에 오늘은 물류센터에 연락을 취해 쉬겠다는 의사를 밝히지도 못했다. 전화를 걸어서 아예 그만두겠다고 말할까도 생각해 봤지만, 역시 직접 가서 양해를 구하는 것이 도리일 것이다.

그때 발소리가 문밖에서 멈춘다. 신스케는 헐레벌떡 일어나 문을 열었다.

모리 치즈루가 소라와 함께 서 있었다.

"신스케 씨!"

모리 치즈루가 신스케를 보고 환하게 미소를 지었다.

"다행이다. 돌아오셨네요."

"네에. 소라를 맡아주셔서 고마웠어요."

"자, 소라야. 아빠가 돌아오셨어."

하지만 소라는 모리 치즈루의 발치에서 움직이려고 하지 않는다. 이제는 완전히 모리 치즈루를 주인으로 여기고 있는 듯하다. 그러자 모리 치즈루가 소라를 안아서 신스케에게 내밀었다.

"그동안 얌전히 잘 있었어요. 집에 가면 칭찬해주세요. 그럼 이만."

그러자 신스케가 그녀를 불러 세웠다.

"모리 씨, 잠시 할 얘기가 있어요."

"무슨 얘기인가요?"

"서서 얘기하는 건 그러니까 잠깐 안으로 들어와요."

둘은 문 안으로 들어왔지만, 모리 치즈루는 현관에서 신발을 벗지 않고 머뭇거리며 물었다.

"이사를 가실 계획이 있나봐요?"

"네, 뭐 그런 셈이지요. 원래 이 집에 오래 살 생각은 없었어요. …실은 1년 전에 내 약혼자가 살해당했습니다."

신스케는 모리 치즈루의 표정을 살폈지만 그다지 놀란 기색은 보이지 않는다.

"나는 그녀를 죽인 범인을 반드시 법의 심판대에 올려야 한다고 생각했습니다. 하지만 경찰은 증거불충분으로 놈을 기소하지 않았습니다. 그래서 내가 직접 놈을 잡아서 경찰에 넘기기로 결심했어요. 범인은 그놈 말고는 생각할 수 없으니까요."

모리 치즈루는 조용히 듣고만 있었고, 신스케는 계속 말한다.

"그래서 어제 그놈을 찾아 이케부쿠로에 있는 아파트로 갔습니다. 어떻게든 그놈에게서 자백을 받아낼 생각이었어요. 하지만 놈은 나와 만나기 전에 이미 죽어 있었습니다."

모리 치즈루가 고개를 들었다. 겁먹은 것처럼도 보였고, 슬퍼하는 것처럼도 보였다.

"그런데 그때 당신도 그 아파트에 있었지요? 내가 형사에게 연행될 때 거기서 분명 당신의 모습을 봤습니다."

신스케는 크게 숨을 내쉬고 모리 치츠루에게 묻는다.

"가르쳐줘요. 당신은 대체 누굽니까? 무슨 목적으로 나한테 접근했지요? 기자입니까?"

★

카즈사는 그 질문에 얼음처럼 굳어버렸다. 분명 이 질문을 받을 거라는 걸 예상했는데도 적당한 변명거리를 미리 생각해 놓지 않은 것이 큰 실수였다.

"당신은 누굽니까? 왜 나를 따라다니지요? 대체 왜 어제 거기에 있었던 겁니까?"

신스케의 눈빛은 차가웠다.

'그런 눈빛으로 나를 보지 마!'

카즈사는 마음속으로 외쳤다.

'신스케에게 진실을 말할 수 있다면 얼마나 좋을까…'

"왜 대답을 못하는 건가요?"

신스케가 바짝 다가선다. 그 시선은 여전히 차가웠다. 5일 전이곳 계단에서 처음 마주쳤을 때 보았던 그 모습과 닮아 있었다.

"나, 나는…, 와쿠이 카즈사 씨의 후배예요."

순간적으로 나온 거짓말에 카즈사 스스로도 놀랐다.

'후배? 고교 후배라 말할까? 혹시 나이 차이가 너무 많이 난

다고 생각하지는 않을까?'

"후배라고요? 거짓말은 아니겠지요?"

신스케가 의심의 눈초리로 묻는다.

"정말입니다. 고교 후배예요. 카즈사 선배에게 이전에 신세를 많이 졌습니다."

"어디 고교지요?"

"요코하마 세이카여고입니다."

요코하마 세이카여고는 카즈사가 실제로 졸업한 고등학교였다. 집에서 자전거를 타고 다닐 수 있을 정도로 가까운 거리에 있었고, 엄마의 출신 학교이기도 했던 터라 그곳을 선택했다고 카즈사는 신스케에게 말한 적이 있었다.

"흐음, 후배라…."

그렇지만 신스케는 아직도 의심을 완전히 거둔 것 같지는 않았다.

"꽤 어려 보이는데 정말 후배인가요? 모리 씨는 몇 살이지요?"

"예전부터 동안이라 그래요. 이래 봬도 서른이 넘었어요."

"그럼 동아리 후배인가요? 그러면 모리 씨는 육상을 했다는 건가요?"

'일부러 미끼를 던지다니, 아직 안 믿는 것인가.'

카즈사는 작게 한숨을 쉬고 나서 대답한다.

"육상부가 아니고 배드민턴부입니다. 덧붙여 배드민턴부를 이

끄는 선생님은 야마자키 선생님이었고, 모두가 '야마짱'이라고 불렀습니다. 카즈사 선배는 2학년 때부터 동급생인 요시무라 아야 선배와 팀을 짜서 3학년 때 현 대회 준준결승까지 진출했었어요. 카즈사 선배는 3학년 때 부주장이었고, 맛있는 음식을 먹는 걸 정말 좋아했어요. 그리고 선배는 근처 남고에 다니는 남학생 세 명한테 동시에 고백을 받은 적이 있습니다. 그리고…."

"모리 씨, 알았어요. 그만 됐어요."

신스케가 곤혹스러운 표정으로 말한다.

"당신이 카즈사의 후배라는 건 알겠습니다. 야마자키 선생님은 나도 몇 번 만난 적이 있고 말이지요. 아, 잠깐만. 그렇다면 내가 당신의 이를 치료하게 된 계기도 혹시…."

"네, 친구한테 카즈사 선배가 신주쿠에 있는 치과에서 일한다는 얘기를 들었습니다. 그래서 갔던 것입니다. 물론 이미 그곳을 그만둔 줄은 몰랐지만요."

"다른 치과로 옮긴 직후였죠. 아무튼 카즈사의 후배였다면 처음부터 그렇게 말해줬으면 좋았을 텐데요."

"죄송합니다. 몇 차례 말하고 싶었지만, 신스케 씨의 인상이 카즈사 선배에게 들은 것과는 좀 다르다고 해야 할지…, 왠지 모르게 가까이 가기 힘든 느낌이 들었습니다."

신스케는 아무 말도 하지 않았다.

"저, 사실은 며칠 전부터 신스케 씨가 무서운 일을 계획하고 있다는 걸 알아채고 있었어요. 카즈사 선배를 잊지 못해서 뭔가 잘못된 일을 꾸미고 있다고요. 그래서 신스케 씨를 미행했습니다. 그랬더니 정말로 신스케 씨가 그 아파트에 들어가더라고요…. 그리고 야타베라는 사람이 자살한 것 같다는 소식도 뉴스로 알게 되었습니다."

어젯밤부터 야타베의 사망 소식을 뉴스에서 다루고 있었다. 양심의 가책을 견디지 못해 야타베가 죽음을 선택했다고 추측하는 기사들이 쏟아져 나왔다.

"아까 말했던 그대로입니다. 나는 직접 야타베를 죽이는 방식으로 복수하려던 게 아닙니다." 신스케가 조용한 목소리로 말했다.

"나는 그저 야타베의 자백을 받고 싶었던 것뿐이에요."

카즈사는 안도했다. 어쨌든 신스케가 무사해서 다행이다. 그것이 무엇보다도 기뻤다.

"그런데 왜 이곳까지 나를 만나러 왔지요?"

신스케의 질문에 카즈사는 다시 당황한다.

"어 저기, 그게…, 제가 카즈사 선배에게 신세를 진 일이 있었어요. 그런데 1년 전에 제가 사고를 당했다가 최근에야 의식을 되찾았어요. 그사이에 카즈사 선배가 돌아가신 걸 알고 어떻게 해야 좋을지 몰라서…."

"내가 여기 살고 있다는 걸 용케 알아냈네요?"

"카즈사 선배의 직장 동료분이 가르쳐줬습니다."

"그렇게 된 건가."

그제서야 신스케가 고개를 끄덕인다.

"우에스기 원장 선생님이지요? 며칠 전에 그분한테서 나한테 전화가 왔었어요. 내 사촌이라고 말하는 여성에게 여기 주소를 가르쳐주었다고 했는데, 그게 바로 당신이었군요."

"네, 그게 저예요. 죄송합니다. 동아리 후배라고 하는 것보다는 친척이라고 해야 가르쳐주실 것 같았어요."

"사정은 알겠습니다. 그런데 신분까지 숨기고 나한테 접근한 것은 역시 기분이 나쁘네요."

"죄송합니다."

"뭐, 이제 괜찮아요. 당신이 누군지 그동안 계속 신경 쓰였거든요. 혹시 나한테 접근하기 위해서 일부러 이사까지 한 건가요?"

"네, 네에. 죄송합니다."

"사과할 건 없지만…, 당신도 참 특이한 사람이네요."

카즈사는 이사까지 한 점에 대해 적절한 구실을 찾지 못한다.

그때 신스케가 소라를 안아서 카즈사의 앞까지 걸어온다.

"어제 잠을 잘 못 자서 좀 자고 싶어요. 점심때까지만 소라를 맡아주면 고맙겠습니다."

"네, 알겠어요."

사실 카즈사 역시 어젯밤에 거의 자지 못했다. 밤새 인터넷으로 정보를 찾느라 2시간 정도 잠깐 선잠을 잔 게 다였다.

"그럼 부탁해요."

신스케가 고개를 숙여 인사했고, 카즈사는 소라를 안고 자기 집으로 돌아갔다.

꿈을 꿨다. 신스케가 앞에서 걷고 있고, 카즈사가 그 뒤를 쫓아가는 꿈이었다. 몇 번을 불렀지만 신스케는 거들떠보지도 않고 앞으로만 걸어갔다.

오후 1시가 지나서 잠에서 깼다. 잠깐 잘 생각이었는데, 3시간이나 잠들어 있었다. 카즈사는 구석에 놓인 종이 봉투를 들고 소라와 함께 집을 나왔다.

옆집 문을 노크했더니 신스케가 얼굴을 내밀었다. 그 역시 막 자다 깼는지 퉁퉁 부은 얼굴이다.

"신스케 씨, 이걸 깜빡했어요. 어제 카즈사 선배의 아버님이 왔다 가셨어요."

"아버님이요?"

"네. 이걸 두고 가셨습니다. 선물이라고 했어요."

신스케가 종이 봉투 안을 들여다보더니 말했다.

"모리 씨, 배고프지요?"

"네, 뭐."

그때 눈치도 없이 카즈사의 배에서 꼬르륵 소리가 났다. 어젯밤 늦게 편의점에서 산 빵을 먹은 후로 아무것도 먹지 못했기 때문이다.

"괜찮으면 같이 먹어요. 전자레인지로 덥히기만 하면 됩니다."

신스케가 집 안으로 들어간다.

"실례하겠습니다."

카즈사도 샌들을 벗고 신스케의 집 안으로 들어갔다.

"이거 요코하마에 있는 유명한 가게에서 파는 거예요. 오, 좋네요. 딤섬이랑 고기만두도 들어 있어요."

신스케가 딤섬 포장지를 풀면서 말했다.

"저도 뭐 좀 도울까요?"

"아, 그럼 부탁할게요. 접시랑 간장을 꺼내줘요. 그리고 잔도. 맨 위에 있는 상자에 들었어요."

신스케 말대로 상자를 열자 주방용품과 조미료 등이 들어 있었다. 카즈사는 접시와 잔, 그리고 간장을 꺼내서 테이블 위에 놓는다.

낮은 진동음이 울리면서 전자레인지가 돌아간다. 카즈사는 잔에 녹차를 따르고 접시를 내려놓았다. 신스케가 곧 뜨거운 김이 모락모락 나는 딤섬과 고기만두를 가져온다.

"자, 먹지요. 모리 씨도 사양 말고 많이 들어요."

"네, 잘 먹겠습니다."

딤섬부터 먹는다. 그리운 맛이다. 신스케가 고기만두를 우물거리며 물었다.

"카즈사는 어떤 선배였나요?"

"좋은 선배였어요." 그렇게 말하고 나니 약간은 부끄러웠다. 하지만 이어서 말한다. "책임감이 강하고 연습도 열심히 하는 선배였습니다. 후배들에게 좋은 본보기가 되어주었어요."

"흐음, 성실한 사람이었구나."

신스케가 내뱉은 말에 카즈사는 상처받는다. 신스케는 완전히 과거형으로 자신에 대해 말한다. 신스케에게 자신은 이미 과거의 사람이 된 것일까.

'나는 이미 1년 전에 죽었고, 그것은 어쩔 수 없는 일이야. 이렇게 모리 치즈루의 몸을 빌려서라도 신스케와 함께할 수 있음에 감사해야 해.'

카즈사는 그렇게 마음을 다잡으며 다시 고기만두를 젓가락으로 집었다.

"모리 씨, 카즈사가 고등학생 때 남자애 세 명한테 동시에 고백을 받았다고 했잖아요. 그건 어떻게 됐어요?"

"궁금하세요?"

"네."

"세 사람 다 카즈사 선배한테 차였어요. 카즈사 선배 스타일이 아니었던 것 같아요."

"그래요? 그거 잘됐네요."

카즈사는 속으로 웃는다. 사실은 그중 축구부원 남자애와 사귄 적이 있다.

"신스케 씨, 지금도 카즈사 선배를 잊지 못하나요?"

카즈사가 그렇게 묻자, 신스케가 고기만두를 뒤적이며 대답했다.

"뭐, 그렇지요."

그 말에 카즈사는 가슴이 철렁 내려앉는다. 신스케가 지금도 나를 생각해주는 게 기뻤지만, 이래서는 그의 인생이 앞으로 나아가지 못할 것이다.

"주제 넘는 얘기인지 모르겠지만…, 새로운 사랑을 만나 상처를 덮는 게 좋을 것 같아요."

"음, 나도 알고는 있지만 그게 쉽지 않네요."

신스케는 그렇게 말한 뒤 입을 다물고는 고기만두만 먹었다. 카즈사는 어색한 침묵이 싫어 화제를 바꾸었다.

"일은 어떻게 하셨어요? 오늘은 평일이니까 일하는 날이잖아요."

"그만둘 생각입니다. 직접 가서 퇴사하겠다는 뜻을 전하려고 해요. 죄송하지만…, 회사에 가 있는 1~2시간 동안만 소라를 맡아줄 수 있을까요?"

"죄송한데 저도 오늘은 외출할 일정이 있어요."

"그럼 할 수 없지요. 소라를 혼자 집에 두어야겠네요."

"그러지 말고 우리 집에 두세요. 아, 신스케 씨 휴대폰 번호를 가르쳐주실래요?"

"그러지요."

신스케가 말한 번호를 스마트폰에 입력했다. 사실 그의 휴대

폰 번호는 알고 있지만, 모르는 번호로 걸면 그가 받지 않을
수도 있기 때문에 일부러 번호를 교환하고 싶은 척했다.

"지금 전화를 걸었어요. 그게 제 번호예요."

"알았어요. 그런데 그 겨자 내가 먹어도 될까요?"

"그럼요."

신스케가 카즈사의 접시 가까이에 있던 겨자 봉지로 손을 뻗
었다. 그러다 신스케의 팔꿈치가 컵을 치는 바람에 녹차를 쏟
고 말았다.

"앗!"

"아, 미안해요." 신스케가 말했다.

"괜찮아요. 어디 수건 같은 거 없어요?" 카즈사가 다급하게
물었다.

"창가 쪽에 있는 상자에 있어요."

카즈사는 잽싸게 일어나서 창가에 있는 택배상자를 열었다.
그러나 수건은 보이지 않는다. 상자 안쪽을 뒤지던 카즈사는
얇은 책자를 발견했다. 여행사 팸플릿으로, 호주여행 가이드
책이었다.

"이제 괜찮네요. 행주로 닦았어요."

그러나 카즈사는 신스케의 말소리가 전혀 들리지 않았다. 팸
플릿 표지를 보던 카즈사의 머릿속은 이미 1년 반 전의 그날
로 되돌아가 있었다.

"대체 어떻게 된 거야? 내가 오스트리아라고 말했지? 그런데 어쩌다 오스트레일리아가 된 건데?"('오스트리아'는 유럽 국가이고, 호주라고도 불리는 '오스트레일리아'는 남태평양에 있는 국가이다.-옮긴이 주)

카즈사가 따지자 신스케가 넥타이를 풀며 변명했다.

"미안해. 하지만 누구나 실수할 때가 있는 법이야."

"하지만 평생에 한 번뿐인 신혼여행이야. 설마 신스케, 벌써 예약한 건 아니지?"

신스케는 대답 없이 냉장고에서 캔 맥주를 꺼냈다. 맥주를 마시는 그를 보며 카즈사는 절레절레 머리를 흔들었다.

프러포즈를 받은 지 한 달이 지났다. 결혼식은 해가 바뀐 후에 올리기로 결정했고, 결혼식장도 정했다. 또 연말연시 휴가를 이용해서 신혼여행을 가자고 결정했다. 신스케는 딱히 해외여행에 관심이 없던 터라, 카즈사가 먼저 오스트리아에 가고 싶다고 적극적으로 제안했다.

"신스케, 대답해. 벌써 예약했어?"

신스케는 말없이 여행사 팸플릿을 건넸다. 다양한 호주 여행 상품이 담겨 있는 팸플릿이었는데, 그중 형광펜으로 표시해둔 여행상품이 보였다. 12월 29일에 출발하는 5박 6일 일정의 여행이었다.

"이미 예약했구나."

카즈사가 그렇게 중얼거리자 신스케가 입을 열었다.

"할 수 없잖아. 연말연시는 성수기라 빨리 잡는 게 좋겠다고 여행사 직원이 말했단 말이야."

"요금도 냈어?"

"어, 절반."

"정말 기가 막히네. 그전에 미리 나랑 상의를 했었어야지."

"카즈사, 화내지 마. 어쩔 수 없잖아."

"화 안 났어. 나는 냉정하고 침착해. 알았어? 나는 오스트리아에 가고 싶어. 빈 오페라 극장이랑 슈테판 사원, 잘츠부르크의 구시가지에도 가보고 싶어. 거기다 송아지 고기를 두드려서 얇게 튀긴 빈 스타일의 커틀릿도 꼭 먹고 싶다고."

"그건 맛있겠다."

"그렇지? 그런데 왜 오스트리아가 아니라 오스트레일리아인 거야?"

"하지만 호주도 제법 괜찮아. 코알라랑 캥거루 보고 싶지 않아? 거기다 스쿠버다이빙도 할 수 있어. 가이드가 붙어서 도와주니까 우리 같은 초심자도 산호초를 볼 수 있대."

"코알라는 동물원에 가면 볼 수 있잖아. 그리고 자기는 수영 못하지 않아?"

"헤엄은 칠 수 있어, 25미터 정도지만."

"그러면서 다이빙 할 생각은 잘도 했네."

"카즈사, 알았어. 내일 취소하고 올 테니까 화 풀어. 그래, 오늘 저녁은 내가 만들게. 특제 볶음국수 먹고 싶지?"

"별로. 볶음국수 먹을 기분 아니야."

"그럼 피자라도 시킬까?"

신스케가 냉장고에 붙은 피자 전단지를 집었다. 언쟁이 벌어질 때면 늘 신스케가 먼저 굽히고 나왔다.

"취소 수수료는 얼마나 할까?" 카즈사가 못내 아쉬워 다시 묻는다.

"글쎄. 직전에 취소하는 게 아니라 별로 많을 것 같지는 않은데…." 신스케가 피자 전단지를 살펴보며 대답한다.

신스케가 야속했지만, 선의로 한 예약일 것이다. 계속 원망해도 소용없었다.

"나, 호주도 괜찮아."

"정말이야?" 신스케가 반신반의하며 물어온다.

"모처럼 예약까지 했는데 호주로 가자. 그 대신…."

"그 대신…?"

"그 대신 이번에는 호주로 가고, 가까운 시일 내 오스트리아에 가는 건 어때?"

"좋아, 그렇게 하자. 이르면 내년 여름쯤에 오스트리아에 가자."

"아싸, 말해보길 잘했다."

"결정됐으면 빨리 밥 먹자. 아, 그 전에 전화 한 통화만 할게."

신스케가 휴대폰을 들고 거실을 나섰다.

카즈사는 팸플릿을 본다. 갑자기 결정된 호주여행이지만, 즐거운 마음에 카즈사는 콧노래까지 흥얼거렸다.

"정말 잘 먹었습니다. 맛있었어요."

즐거운 시간을 보냈다. 신스케는 이제 카즈사를 전혀 의심하지 않는 듯했다. 신스케를 속여서 일말의 죄책감이 느껴졌지만, 그럼에도 신스케와 한결 가까워져서 기뻤다.

손목시계를 보니 오후 2시가 다 되어가고 있었다. 문자판에 표시된 『4』라는 숫자에 시선이 쏠린다. 숫자가 점점 줄어드는 것을 보니, 오늘까지 포함해서 앞으로 4일밖에 남지 않은 것 같다.

카즈사는 지금까지 신스케의 복수를 막겠다는 그 마음 하나로 움직였다. 그런데 목표를 달성한 지금, 남은 시간을 어떻게 보내면 좋을지 모르겠다. 이렇게 다른 사람의 몸까지 빌렸으니까 뭔가 해야 할 중요한 일이 남아 있을 듯한데….

그때 옆집 문이 열리는 소리가 들렸다. 오늘 신스케는 물류센터를 그만둔다고 했다. 그러니까 지금부터 물류센터에 갈 것이다.

여하튼 신스케가 지금도 자신을 잊지 못하는 것을 확인했다. 그런 신스케가 걱정되는 것도 사실이지만, 반대로 자신을 깨끗하게 잊은 채 다른 여자와 행복하게 지내고 있었다면 그것도 마음이 아팠을 것이다.

카즈사는 생각한다.

'나는 지금도 신스케를 좋아해. 나는 진심으로 신스케를 사랑한다. 하지만 앞으로 4일 후면 나라는 존재는 완전히 사라질 것 같아. 그걸 감안하면 지금 무엇을 하는 것이 가장 좋을까.'

다시 손목시계를 본다.

이제 슬슬 나가야 너무 늦지 않게 돌아올 수 있다. 카즈사는 외출 준비를 했다.

★

퇴사하겠다는 뜻을 반장에게 전하자 예상대로 그는 노골적으로 언짢은 표정을 지었다. 가장 바쁜 연말연시 특수 시즌에 돌입한 터라 그가 언짢아하는 것도 당연하다.

"지난번에도 말했지만 갑자기 사람이 빠지면 내 입장이 어떨지 생각 좀 해줘."

"죄송합니다."

신스케는 잠자코 머리를 조아릴 수밖에 없었다.

반장의 잔소리가 계속되었다. 하지만 신스케의 의사가 단호함을 알고 결국에는 그도 받아들였다.

"어쩔 수 없군. 모두에게 작별인사나 하고 가."

반장이 조원들에게로 걸어갔다. 모두에게 작별 인사까지 할 거라는 건 예상하지 못했기에 신스케는 당황한 얼굴로 반장 뒤를 따라간다.

"자, 잠시만 주목해주세요." 반장이 모두에게 말했다. "여기 신스케 씨가 그만두게 됐어요. 여러분에게 작별 인사를 하고 싶답니다. 신스케 씨, 인사하세요."

일하던 손을 멈추고 조원들이 신스케를 주목했다. 다케우치가 작업복을 칠칠맞게 입고 껌을 씹고 있는 모습이 언뜻 보인다.

'그는 야타베가 죽은 것을 알고 있을까.'

"개인적인 이유로 퇴직하게 되었습니다. 짧은 기간이었지만 여러분께 신세를 많이 졌습니다. 정말로 감사드립니다."

신스케가 고개를 숙이자 드문드문 박수 소리가 났다.

"자, 그럼 다시 일해요."

반장의 명령에 조원들이 다시 작업에 임한다. 가지야마 미사키의 모습도 보였지만, 작업에 집중하고 있는지 신스케와 눈도 마주치지 않았다.

신스케는 반장의 설명을 다 듣고 1층에 있는 총무과로 향했다. 그리고 5분 후 퇴사 절차가 끝났다.

신스케는 물류센터 정문을 나섰다. 겨우 2달이었지만 좋은 경험을 했다고 생각했다.

그때 뒤에서 누군가가 불렀다. 돌아보니 다케우치와 오이카와가 서 있었다.

"신스케! 우리한테 할 말이 남아 있지 않나? 그냥 가다니 너무하네…."

다케우치가 이죽거렸다. 옆에 선 오이카와는 무표정한 얼굴이다.

"우리는 당신한테 할 얘기가 좀 있어. 안 그렇겠어…?"

그들은 신스케의 어깨를 거칠게 붙잡고 사원 주차장 쪽으로 데려간다. 주차장 안으로 들어가서는 신스케를 벽으로 사납게 밀어붙였다.

"어제 오이카와한테 전화해서 야타베의 주소를 물었다면서?"

"어어, 그랬어. 야타베가 몇 호에 사는지 알고 싶었어. 1년 전에 내 약혼자가 야타베한테 살해당했거든."

신스케도 이제 정색하고 대답했다.

"우리한테 접근한 것도 그 때문이었던 거지?"

"당연하지. 그렇지 않으면 내가 너희 같은 놈들한테 술을 살 리가 없잖아."

갑자기 신스케의 눈앞이 번쩍였다. 정신을 차려보니 신스케는 바닥에 쓰러져 있었다.

"야타베가 어제 죽었어. 당신이 죽인 거야?"

"나는 안 죽였어. 경찰들도 끈질기게 조사를 해봤지만, 놈은 자살한 거야."

"시끄러!"

이번에는 배를 걷어차였다. 입안에 진한 피 맛이 퍼졌다.

"야타베가 자살할 리 없어. 뭔가 잘못된 거야. 네가 죽인 거 아니야? 어?"

놈들이 신스케의 등을 밟았다. 하지만 이제 저항할 힘이 아예 사라졌다.

"이걸로 끝이라고 생각하지 마. 우리는 절대 널 용서하지 않을 거야."

두 사람의 발소리가 멀어져갔다.

그대로 엎어져 있던 신스케는 몸을 비틀어서 천천히 일어났다. 배와 등이 욱씬거렸지만, 병원에 갈 정도는 아니었다.

그때 휴대폰이 진동했다. 가지야마 미사키로부터 문자가 온 것이다.

★

오후 4시 반, 카즈사는 요코하마에 있는 본가에 도착했다. 본가는 주택가 안에 있는 단독주택이다. 집 앞 주차장에는 엄마가 타고 다니는 경차가 서 있었다. 아버지 차가 보이지 않는 걸 보니, 아버지는 아마도 치과에 일하러 갔을 것이다.

엄마는 집에 계실 것이다. 어제 아버지를 보고 났더니, 엄마까지 꼭 만나고 싶어졌다. 그래서 이렇게 찾아왔다. 엄마에게는 카즈사의 고교 후배라고 적당히 둘러댈 생각이다.

인터폰을 누르자 엄마가 밖으로 나왔다. 약간 경계하는 눈빛이다. 이전보다 좀 말라 보였지만 혈색은 나쁘지 않다.

'엄마…!'

카즈사는 울컥하는 마음을 간신히 진정하며 차분히 인사를 한다.

"갑자기 찾아와서 죄송합니다. 제 이름은 모리 치즈루이고, 카즈사 선배의 고교 후배예요. 같은 배드민턴부였는데, 작년 장례식에 참석하지 못했습니다. 괜찮으시다면 향을 올리게 해 주세요."

"그래요? 어서 들어와요."

엄마는 흔쾌히 슬리퍼를 내주었다.

"실례하겠습니다."

카즈사는 엄마와 함께 거실로 향한다. 거실 안쪽에 있는 다다미방에는 갈색 불단 위에 영정 사진이 놓여 있었다.

"카즈사, 모리 씨가 와주었어."

엄마가 양초에 불을 붙였다. 방석 위에 정좌를 한 카즈사는 정면에 있는 불단을 쳐다본다. 자신의 영정 사진을 바라보는 기분은 역시 이상하다. 작년 추석에 신스케와 여기 왔을 때 다 같이 찍은 사진에서 일부를 잘라낸 사진이다.

향에 불을 붙이고 향꽂이에 세운다. 손을 마주하고 눈을 감았지만 뭐라고 빌어야 좋을지 알 수 없다.

잠시 후 카즈사는 눈을 뜨고 다시 영정 사진을 보았다. 새삼 자신의 육체가 정말로 죽었다는 사실을 절감한다.

"모리 씨, 차 좀 내올게요."

"아, 고맙습니다."

카즈사는 거실로 돌아온다. 테이블 위에 찻잔이 놓여 있고, 그 옆에 는 전통과자 가게에서 파는 만주가 놓여 있다.

"일부러 여기까지 찾아와줘서 고마워요. 카즈사도 분명 좋아
할 거예요."

"저야말로 늦게 찾아뵈어서 죄송합니다."

빈손으로 온 것을 그제야 깨달았다. 보통 부의라도 챙겨오는
것이 예의일 텐데 이곳은 자기 집이라 부의 같은 걸 전혀 생각
지 못했다. 다행히도 엄마는 그런 것에 신경 쓰지 않는 눈치였
다.

"모리 씨는 어디에 있을까요?"

엄마의 시선이 선반 위에 있는 사진에 꽂힌다. 맨 오른쪽 사
진은 카즈사와 신스케가 가마쿠라에 갔을 때 찍은 것이다. 가
운데가 작년 여름에 집 앞에서 찍은 가족사진이다. 그리고 맨
왼쪽이 여름 대회 후에 고교 배드민턴부 친구들과 찍은 사진
이다.

"어, 저는 이날 몸이 안 좋아서 쉬었어요."

"그래요? 그나저나 우리 카즈사가 죽은 지 벌써 1년이나 됐
네요. 모리 씨는 무슨 일 해요?"

"빵집에서 일하고 있어요."

"와, 그거 멋지네요."

거실 한쪽에 털실이 든 바구니가 있다. 그 안에 아직 미완성
상태인 감색 목도리가 놓여 있다. 카즈사도 학생 시절에 엄마
가 뜬 목도리를 종종 했었다. 지금 뜨는 이 목도리는 아버지를
위한 것일까.

"아, 이거요?"

카즈사의 시선을 눈치챈 엄마가 말한다.

"카즈사 약혼자를 위해서 뜨고 있어요. 그 사람을 위해 내가 해줄 수 있는 일이 아무것도 없어서…. 하다못해 목도리라도 선물하고 싶었어요."

엄마의 배려에 가슴이 뜨거워졌다. 신스케도 이 사실을 알면 분명 기뻐할 것이다.

"모리 씨는 뜨개질을 해본 적이 있나요?"

"네, 예전에 조금이요."

엄마에게 배워서 뜨개질을 잠깐 한 적이 있었다. 하지만 카즈사는 단조로운 작업에 금방 질렸다.

"괜찮으면 한번 떠볼래요?"

"제가요?"

"그래요. 나도 나이를 먹었는지 예전처럼 속도가 나지 않네요. 슬슬 날씨도 추워지는데 신스케 씨에게 빨리 주고 싶어요. 아, 신스케 씨는 카즈사의 약혼자랍니다. 혹시 아세요?"

"네, 알고 있어요."

"나는 잠깐 전화 할 일이 있어서…, 그럼 잠깐만 부탁해요."

엄마는 전화기가 있는 현관으로 가버린다. 손님에게 뜨개질을 부탁하는 천진난만함이 평소의 엄마 모습답다. 그 모습이 카즈사는 반가웠다.

목도리를 손에 들었다. 왼손에 실을 걸고, 오른손에 코바늘을

들고 뜨개질을 한다. 처음에는 끙끙댔지만 몇 분 만에 요령이
생겼다.

'역시 내 집이 좋구나.'

이곳에 있으니 마음이 안정된다. 카즈사는 코바늘을 움직여
바지런히 목도리를 짰다.

잠에서 깼을 때 바깥은 이미 어둑어둑했다. 아뿔싸, 카즈사
는 속으로 외쳤다. 뜨개질을 하다가 그대로 잠이 들었다. 어깨
에는 담요가 덮여 있었는데, 거실에는 아무도 없었다.

"엄마…."

엄마를 부르던 카즈사는 순간 당황하여 입을 다문다. 그때
현관문이 열리더니 엄마가 거실로 들어왔다.

"모리 씨, 일어났네요. 너무 곤히 잠들어서 깨울 수가 없었어
요."

"죄송합니다. 남의 집에서 이런 실례를…."

"괜찮아요. 우리 카즈사도 뜨개질을 하면서 그렇게 곧잘 잠
이 들곤 했어요. 동그랗게 몸을 말고 자는 모습이 우리 카즈사
를 쏙 빼닮았네요."

눈가에 주름을 지으며 엄마가 웃었다. 그 모습에 카즈사는
눈물이 나올 것 같았다.

"모리 씨, 배고프지 않아요? 저녁 먹고 가요."

"신경 쓰지 마세요. 저는 그만…."

"어차피 오늘은 남편도 늦게 와요. 모임이 있대요. 그래서 배달 음식이라도 시킬까 생각했었어요."

벽시계를 보니 벌써 오후 6시가 되어가고 있었다. 1시간 가까이나 잠이 든 것이다.

"사양하지 말아요. 뭘 먹고 싶어요?"

엄마가 메밀국수가게의 배달 전단지를 건넸다. 이 집에 살 때 여기서 자주 배달을 시켜 먹었다. 전단지를 보니 메뉴는 예전과 똑같았다. 카즈사가 이곳에서 늘 주문하는 음식은 카레라이스로 정해져 있다.

"그럼…, 카레라이스로 할게요. 감사합니다."

"그럴 줄 알았어요, 모리 씨. 실은 벌써 카레라이스로 주문했어요."

엄마는 그렇게 말하고 웃었다.

엄마도 참, 카즈사도 속으로 웃음 짓는다.

카즈사는 담요를 개고, 뜨던 목도리를 바구니 위에 놓는다. 엄마와 같이 뜬 목도리를 신스케에게 선물한다는 게 기뻤다.

인터폰이 울렸고, 엄마가 달려나갔다. 잠시 후에 엄마가 쟁반에 그릇 2개를 올려서 돌아온다.

"모리 씨, 먹지요."

"그럼 잘 먹겠습니다."

랩을 벗기고 카레라이스를 먹는다. 이전부터 먹어온 익숙한 카레 맛이다. 장아찌가 들어 있지 않은 것도 여전했다.

"어때요? 맛있지요?"

"네. 무척 맛있어요."

"모리 씨는 카즈사보다 한 학년 아래인가요?"

"네. 한 학년 밑이었습니다."

"카즈사의 후배라서 힘들었겠어요. 꽤 엄격하고, 무슨 일이든 딱 잘라 거침없이 말하는 성격이잖아요."

"그렇지 않아요. 저를 무척 예뻐해 주셨어요. 겨울 합숙 때도 카즈사 선배가…."

할 얘기는 잔뜩 있다. 동아리 활동에서 생긴 에피소드 등을 이야기하자 엄마는 무척 즐거운 표정으로 귀 기울여 들었다.

카레를 다 먹고 난 뒤에 둘이서 차를 마셨다.

시간은 오후 7시를 지나고 있었다. 이제는 슬슬 집에 가야 할 시간이다. 이곳에서 늘푸른 빌라까지는 2시간 넘게 걸린다.

"저, 슬슬 돌아가야 할 것 같아요."

"어머, 아쉬워라. 계속 붙잡아둬서 미안해요."

카즈사는 현관으로 걸어간다. 그런데 그때 마음속이 울컥 하면서 가슴이 미어지는 것 같았다.

'엄마, 정말 미안해요. 먼저 떠나는 나를 용서해주세요.'

신발을 신는데 눈물이 후두둑후두둑 떨어졌다. 카즈사는 그 자리에서 오열했다. 카즈사의 어깨에 손이 올라온 것이 느껴졌다. 돌아보니 엄마도 울고 있었다.

"고마워요. 정말 고마워요."

엄마가 무엇을 그토록 고마워하는지는 잘 모르겠다. 딸의 죽음을 애도하러 온 후배에게 감사하는 마음일 가능성이 크다. 하지만 그것만은 아닌 것 같다는 생각이 들었다.

'엄마는 어렴풋이 무언가를 감지한 게 아닐까? 눈앞에 있는 모리 치즈루라는 사람에게서 내 영혼을 어렴풋이 느끼는 것이 아닐까?'

카즈사는 눈물을 닦고 일어나서 엄마에게 인사했다.

"어머니, 잘 지내세요. 건강하세요."

"고마워요. 모리 씨도 잘 지내요."

정든 집을 뒤로하고 카즈사는 집을 나선다.

이제 부모님을 모두 만났다. 그것만으로도 자신에게 남은 시간을 잘 썼다는 생각에 만족한다.

돌아보니 엄마가 현관 앞에서 손을 흔들고 있다. 카즈사도 힘껏 손을 흔들고 앞으로 걸어갔다.

★

이케부쿠로에서 미사키와 만난 신스케는 그녀와 나란히 술집에 들어갔다. 비교적 모던한 분위기의 가게로, 방으로 안내를 받았다. 미사키가 미리 예약을 한 모양이다. 미사키는 무릎까지 오는 검정 스커트와 얇은 핑크색 블라우스를 입고 있었다.

"갑자기 만나자고 해서 죄송해요."

미사키가 살짝 머리를 숙였다.

"아니, 마침 한가하던 참이라 괜찮아요."

오늘 밤에 한 잔 하지 않겠느냐며 미사키가 문자메시지를 보내왔다. 신스케는 달리 할 일도 없던 터라 흔쾌히 허락했다.

"그 상처는 어쩌다 그러셨어요?"

"그냥 좀…."

신스케는 대충 얼버무렸다. 다케우치에게 맞은 왼쪽 뺨에 멍이 들어 있었다.

"혹시 그 두 사람 짓인가요?"

그 두 사람이란 다케우치와 오이카와를 말하는 것이리라. 신스케가 대답하지 않자 그녀가 계속해서 말했다.

"신스케 씨가 왜 그 두 사람과 친하게 지냈는지 안 그래도 이상하다고 생각했어요."

"아주 친하게 지냈던 건 아니에요. 몇 번 술을 함께 마신 게 답니다. 게다가 물류센터도 그만뒀으니까 이제 엮일 일도 없어요."

맥주가 나오고, 신스케는 미사키에게 건배를 제안했다.

"자, 마셔요. 내 퇴사를 기념해서."

잔을 부딪치고 맥주를 마셨다. 미사키가 맥주를 한 모금 마시고 물었다.

"이제부터 뭐 하실 생각이에요?"

"아직 모르겠어요."

"제 생각에, 신스케 씨는 역시 치과의사 일을 계속해야 한다고 생각해요."

"결국 그렇게 되려나요?" 신스케는 마치 남 일처럼 말했다.

지금은 무슨 일이든 그 어떤 의욕도 들지 않는다.

"면접은 언제였지요? 그 왜…, 새로 여는 치과에 면접을 볼 거라고 했잖아요."

"다음 주예요. 붙을 거라는 생각은 안 하지만요."

"왜 보기도 전에 약한 소리부터 해요. 전에도 말했지만 내가 면접 담당자라면 꼭 당신을 채용할 겁니다, 면접 담당자가 남자이기를 기도할게요."

"그게 무슨 말도 안 되는 소리예요?"

미사키와 제법 즐겁게 이야기를 나눈다. 야타베에 관한 정보를 얻기 위해서 물류센터에 취직했지만, 우연히 미사키와 만날 수 있었던 것 역시 일종의 수확이었다.

"저도 슬슬 지금 하는 일을 그만둘까 생각 중이에요."

"왜요?"

"파트 타임으로 일하는 건 역시 불안하잖아요. 정직원이 될 수 있는 일을 하면 좋을 것 같아서요."

"그래요. 그렇다면 다음 주에 볼 면접을 열심히 준비해야겠어요."

"그러네요. …신스케 씨, 취미는 뭐예요?"

"글쎄요, 굳이 말하자면 맛집을 찾아다니는 걸까요."

"저도 맛집 찾아다니는 거 좋아해요. 이 근처에 소금 라면이 맛있는 가게가 있는데 가본 적 있어요?"

"있어요. 가게 이름이 분명….”

맥주가 와인으로 바뀌고, 이야기는 한층 더 무르익었다. 대부분의 화제가 맛집 이야기로 어느 가게의 라면이 맛있다든가, 그 카페의 토마토 스파게티가 일품이라든가 하는 그런 이야기들이었다.

"호오, 맛있겠네요. 여자들끼리 꼬치구이 가게는 거의 안 가거든요.”

"꼬치구이도 맛있지만 마무리로 먹는 죽이 일품이에요. 계란덮밥 맛도 포기하기 힘들지만요.”

"다 맛있을 것 같아요.”

와인 한 병을 다 마셨을 때였다. 다음 병을 주문할까 망설이고 있을 때 웨이터가 다가왔다.

"손님, 슬슬 시간이 다 되었는데 괜찮으실까요?”

"알겠습니다. 신스케 씨, 죄송해요. 이 가게는 2시간 예약제예요. 2시간밖에 예약을 받지 않아요.”

"괜찮아요. 어차피 지금부터 더 마시면 숙취 때문에 내일 고생할 겁니다.”

"하지만 신스케 씨는 내일부터 쉬는데요.”

"그건 그러네요.”

자리에서 일어나려던 신스케는 그대로 균형을 잃는다. 생각보다 더 취한 것 같다. 계산을 끝내고 가게를 나와서 이케부쿠로 역으로 걷기 시작한다.

자연스럽게 지난번의 경로로 발길이 향한다. 그때 그냥 지나 쳤던 그 모텔 간판이 보인다. 신스케는 어느새 미사키와 손을 잡고 있었는데, 누가 먼저 잡았는지는 모르겠다.

잡고 있던 손을 놓고 그녀의 어깨에 팔을 두른다. 미사키도 뿌리치지 않았다. 그녀는 신스케와 보조를 맞춰 걸었다.

★

밤 9시가 넘었을 무렵에 카즈사는 집에 도착했다. 신스케의 집에 불이 꺼져 있는 걸 보니 신스케는 아직 돌아오지 않은 듯 했다.

당장 오늘 밤이 힘들다면 내일 아침에라도 신스케와 이야기 를 하고 싶다. 아침에 소라를 산책시킨 후에 식사를 같이하자 고 하는 건 어떨까.

그런 생각을 하면서 걷고 있는데 계단을 오르는 발자국 소리 가 들렸다. 카즈사는 그 자리에 멈춰 선다. 계단을 올라온 사 람은 두 명, 실루엣으로 보아서 둘 다 남자로 보인다. 그중 한 명은 비디오카메라 같은 것을 들고 있다.

"저기, 밤늦게 죄송합니다. 저희는 방송국에서 나왔습니다. 소 다 신스케 씨 옆집에 사는 분이시지요? 잠시 이야기를 할 수 있을까요?"

카즈사를 발견한 남자가 다가와 물었다.

그들과 할 얘기는 없다. 그래서 카즈사가 열쇠 구멍에 열쇠를 꽂고 있는데, 뒤에서 갑자기 플래시가 터졌다.

"소다 신스케 씨와 이야기를 나눈 적이 있습니까? 그는 평소 어떤 사람입니까?"

"저는 그런 거 모릅니다."

카즈사는 문을 열고 집 안으로 들어갔다. 그러고는 크게 숨을 토한다.

신스케가 사는 곳을 언론사에 들켜 버렸다. 야타베의 사인은 자살이었지만, 어쨌든 그 현장에 신스케가 있었던 것은 사실이다. 자살한 용의자와 피해자의 약혼자가 하필이면 같은 곳에 있었다. 이만큼 흥미롭고 선정적인 기삿거리가 또 있을까.

카즈사는 준에게 전화를 걸었다. 잠시 후 준의 목소리가 들린다.

"누나, 무슨 일이야?"

"언론사에서 찾아왔어. 그 사람이 이곳에 살고 있는 걸 들켜 버렸어. 어떻게 하면 좋지?"

"역시 그렇게 될 줄 알았어. 애인은 어디에 있어?"

"아직 집에 안 왔어."

"거기서 나가는 게 가장 좋지 않을까? 기자들은 점점 늘어날 거야. 그 전에 행방을 감춰야 해."

준의 말대로 이 집에 숨어 있다고 사태가 해결되지는 않을 것이다. 그때 준이 말했다.

"나한테 생각이 있어. 아무튼 애인이 돌아오면 거기서 나와. 그리고 나한테 연락해."

"알았어. 여기를 나가서 신스케 씨한테 전화를 해볼게."

전화를 끊었다.

불을 켜자 소라가 카즈사에게 다가온다. 소라를 안고 집 안을 둘러보았다. 그러고는 갈아입을 여벌의 옷들을 가방에 담았다.

"소라야, 미안해. 잠깐만 참아."

소라를 케이지 안에 넣었다.

카즈사는 왼쪽 어깨에 가방을 메고, 오른손으로 소라가 들어 있는 케이지를 들었다. 그리고 그대로 밖으로 나온다.

계단을 통해 바깥으로 내려가자 두 사람이 다시 모습을 드러냈다. 한 명은 비디오 카메라를, 다른 한 명은 마이크를 들이대고 또다시 카즈사에게 물어온다.

"소다 신스케 씨는 평소에 어떤 사람이었습니까?"

카즈사는 그 말을 무시하고 걷기 시작했다. 그러자 마이크를 든 남자가 쫓아왔다.

"소다 신스케 씨와 이야기를 한 적이 있습니까? 있다면 무슨 얘기를 했는지 가르쳐주세요."

화가 치밀었다. 이 사람들에게는 이것이 업무라는 건 이해할 수 있다. 하지만 전혀 관계가 없는 이웃 주민을 향해 마이크와 카메라를 들이대는 것은 무슨 경우 없는 태도인가.

"부탁합니다. 사소한 얘기라도 좋으니까 말해주세요."

카즈사는 다시 무시하고 걷기 시작했다.

그러다 늘푸른 빌라에서 200미터쯤 떨어진 곳에서 걸음을 멈췄다. 너무 멀리까지 가면 신스케가 오는 모습을 보지 못할 것이기 때문이다. 그가 돌아올 때까지 이 주변에서 서성일 수밖에 없다.

앞에서 달려오는 눈부신 헤드라이트 불빛에 카즈사는 얼른 얼굴을 돌렸다. 차는 늘푸른 빌라 앞에서 멈추어 섰다. 이윽고 그 안에서 몇 명의 남자가 내렸다.

'저 사람들도 기자일까?'

준의 말이 맞았다. 어디서 소문을 입수했는지 기자들이 잔뜩 몰려오는 것 같았다.

카즈사는 전봇대 뒤로 몸을 숨겼다. 신스케는 어디에 있을까, 생각하며 카즈사는 가방 속에서 스마트폰을 꺼냈다.

★

미사키의 입술은 부드러웠다.

모텔에 들어가자마자 미사키가 신스케에게 격정적으로 입술을 포개왔다. 그런데 그 순간 카즈사의 얼굴이 신스케의 뇌리를 스친다.

'나는 지금 카즈사를 배신하려는 게 아닐까? 부정을 저지르려고 하는 것일까? …아니, 아니다. 카즈사는 이미 이 세상에

없고, 나는 양심에 거리낄 만한 짓을 하는 게 아니야.'

미사키의 가는 손가락이 신스케의 셔츠 단추를 거침없이 풀어간다. 신스케가 그녀의 등을 감싸 안자, 그녀가 혀를 신스케의 입속으로 밀어넣었다.

신스케는 머릿속이 뜨거워져 이제 아무 생각도 할 수 없다. 미사키의 혀를 세게 빨아들이자 그녀의 입에서 짙은 신음이 새어 나왔다.

그때였다. 바지 주머니에 든 휴대폰이 진동했다. 무시하고 싶었지만 혹시 중요한 전화일지도 모른다. 어쩌면 야타베 사건에 관한 무로후시의 전화일 수도 있다.

진동은 금세 멈췄다. 하지만 신스케는 미사키의 어깨를 살짝 밀어내며 말한다.

"잠깐만. 전화가 왔어."

신스케는 휴대폰을 꺼내서 발신자를 확인했다. 모리 치즈루가 건 전화였다. 그녀의 천진한 얼굴이 떠오르자 신스케는 온몸의 열기가 급속히 식어갔다.

카즈사가 아닌 다른 여성을 안으려고 했던 걸 모리 치즈루가 알게 된다면 어떻게 생각할까.

물론 자신이 왜 카즈사의 후배까지 신경 써야 하는지는 스스로도 알 수 없다. 그러나 미사키와 이대로 하룻밤을 보내서는 안 된다는 생각이 퍼뜩 들었다.

"미안해요, 오늘은…."

신스케는 미사키에게 고개를 돌리다가 그대로 얼어붙는다. 어느새 블라우스를 벗은 미사키는 스커트와 스타킹까지 내리고 있었다. 미사키의 가녀린 몸이 그대로 드러났고, 신스케는 그 몸에 시선을 빼앗긴다.

촉촉한 눈빛의 미사키가 다시 매달려왔고, 신스케는 미사키와 함께 소파 위로 쓰러졌다. 다시금 그녀가 입술을 포개왔다.

'그런데 이상하지 않아?'

신스케의 머릿속에서 그런 목소리가 울려퍼졌다. 미사키 정도의 미녀가 이렇게까지 적극적으로 구는 게 수상했다. 현재 자신은 별다른 직업도 없는 백수에, 외모도 변변찮다. 그런데 그녀는 왜 이렇게까지 나를 유혹하려는 걸까?

"그만둬!"

하지만 신스케의 몸 위에 올라탄 미사키는 요염한 미소만 짓고 있었다. 역시 뭔가 수상하다.

"당신…, 목적이 뭐지?"

신스케가 그렇게 묻자 미사키가 그를 내려다보며 대답했다.

"목적이라니…, 뻔하잖아요."

"그게 무슨 소리야?"

그러자 미사키의 표정이 미묘하게 바뀌었다. 입가에는 여전히 요염한 미소를 띠고 있지만, 그 눈빛만은 차갑고도 진지했다.

"신스케 씨, 의외로 자제력이 대단하시네요. 사실 난 좀 더 쉽게 넘어올 줄 알았는데…"

"지금 무슨 얘기를 하는 거야?"

"어제 이케부쿠로에 있던 어떤 아파트에서 야타베 아키라가 사망했어요. 그런데 신스케 씨, 그 자리에 있었지요? 그날 무슨 일이 있었는지 제게 알려주실 수 있어요?"

"당신, 설마…?"

신스케의 몸에서 내려온 미사키가 침대에 걸터앉으며 말한다.

"그래요. 사실 나, 반년 전까지 삼류 주간지 전속 프리랜서 기자였어요. 그런데 그곳에서 잘렸고, 먹고살기 위해 물류센터에서 일을 시작했어요. 그러다 우연히 당신을 보고 바로 알아챘죠. 당신은 기억 못하겠지만 내가 예전에 당신을 한 번 취재한 적이 있었거든요. 물론 많은 기자들과 섞여 있었지만…."

그녀의 말대로 신스케에게 기자들이 들이닥친 일은 몇 차례 있었다. 카즈사가 죽고 얼마 지나지 않았을 무렵, 당시 살던 집에 기자들이 몰려와서 한창 고생을 했던 기억이 난다. 그중에 미사키도 있었다는 뜻인가.

"나도 명색이 기자였기 때문에 대강의 줄거리는 알아요. 기자들도 범인은 분명 야타베라고 했었어요. 붙잡히는 건 시간문제일 거라고요. 그런데 야타베가 자살한 현장에 당신이 있었다는 사실을 동료 기자에게 며칠 전에 들었어요. 그날 무슨 일이 있었는지 가르쳐주세요. 답례는 제가 제대로 할게요."

"너한테 할 얘기는 없어."

"신스케 씨, 부탁해요. 이번 특종만 잡으면 난 다시 복귀할 수 있어요."

"미안하지만 당신이 원하는 이야기는 들려줄 수 없어!"

신스케는 셔츠 단추를 급히 채우고, 바닥에 떨어져 있던 재킷도 주워 입는다. 그리고 방에서 나가려는데 그녀가 말했다.

"신스케 씨, 그 집에는 가지 않는 편이 좋을 거예요."

"무슨 뜻이지?" 신스케는 돌아보지도 않고 물었다.

"오늘 돌아오는 길에 신스케 씨의 주소를 반장한테 물어봤어요. 반장이 평소 나한테 흑심이 있던 터라 순순히 알려주더군요. 그래서 내가 이미 신스케 씨 집 주소를 아는 기자한테…."

뒷말은 들을 필요도 없었다. 신스케는 자리를 박차고 그대로 밖으로 나왔다.

신스케는 모리 치즈루에게 곧바로 전화를 걸었다.

그녀와 오후 10시 30분에 오오츠카 역 북쪽 출구에서 만나기로 했다. 늘푸른 빌라 앞에는 벌써 여러 기자들이 모여 있다고 했다. 가지야마 미사키가 흘린 정보가 벌써 각 언론사에 전해진 것이 틀림없었다.

일단 집에 가서 집 안에 틀어박혀 있으면 될 거라고 생각했지만, 모리 치즈루가 만류했다. 결국 신스케는 그녀의 말을 따르기로 했다. 이제 슬슬 모리 치즈루와 약속한 10시 30분이 다 되어간다.

"신스케 씨."

얼굴을 돌리자 지하철역 계단을 내려오는 모리 치즈루의 모습이 보였다. 신스케는 얼른 소라가 든 케이지를 건네받는다.

"이쪽이에요."

모리 치즈루가 앞장섰고, 신스케는 그 옆에서 나란히 걸었다.

"술 마셨네요?"

"아, 티가 나나요?"

"네. 얼굴이 빨갛고 술 냄새가 좀 나요."

"직장 동료가 송별회를 열어줬어요. 거절했는데 한사코 꼭 한 잔만 하자고 해서 할 수 없이 마셨어요."

"저한테 그런 말씀 하실 필요 없는데, 왠지 여자친구한테 변명하는 것 같네요."

정말 그렇다. 그 말에 신스케가 살짝 웃더니 모리 치즈루를 보며 말한다.

"…사실 송별회를 했다는 건 거짓말입니다. 실은 친한 직장 동료 여성이랑 단둘이 마셨어요."

"그래요…? 어떤 사람인가요?"

"날씬하고 미인이에요. 카즈사를 약간 닮은 것 같기도 하고요."

그런 말을 하며 걷고 있는데, 갑자기 모리 치즈루의 모습이 순간 보이지 않는다. 돌아보니 그녀가 자리에 멈추어 있다.

"모리 씨, 왜 그래요?"

"괜히 그때 전화를 걸었나 봐요. 신스케 씨에게 그런 사람이 있는 줄 몰랐어요. 얼른 그분에게 다시 가세요."

모리 치즈루가 택시를 잡으려고 했고, 당황한 신스케는 그녀의 팔을 허겁지겁 잡았다.

"이제 됐어요."

"아니에요, 그 여자분은 지금도 기다리고 있을 거예요. 저는 괜찮으니까 빨리 돌아가세요."

"모리 씨, 화났어요?"

"아니요, 화 안 났어요. 저는 지금 누구보다도 냉정하고 침착합니다."

하지만 모리 치즈루는 분명 화가 나 있다.

'카즈사가 아닌 다른 여성과 가까워진 게 못마땅한 것일까?'

"오해입니다. 실은 그 여자는 기자였어요. 정확히 표현하면 전직 기자라고 해야 할까요. 사실은…."

신스케는 전체 이야기 중 모텔에 들어간 일만은 함구하기로 했다.

신스케의 설명을 다 들은 치즈루가 고개를 끄덕였다.

"그래서 갑자기 오늘 집 앞에 기자들이 몰려들었나 봐요."

신스케가 이렇게까지 감쪽같이 여자한테 속은 것은 처음이다.

"그런 여자한테 다시는 안 돌아갑니다."

그 말에 치즈루가 대꾸한다.

"집착이라고 해야 할지, 기자 정신이라고 해야 할지, 아무튼 대단하네요."

그들은 다시 나란히 걷는다. 그러다 치즈루가 4층짜리 원룸 주택 앞에서 걸음을 멈춘다. 원룸주택 입구에 트레이닝복을 입은 장발의 남자가 보였다. 치즈루에게 뛰어와서 뭔가를 건넨 남자는 신스케에게는 시선 한 번 돌리지 않고 그대로 계단을 다시 올라간다.

"방금 그 남자 누굽니까?"

"제 남동생이에요. 자, 가요."

치즈루와 함께 엘리베이터를 타고 4층에서 내렸다. 그녀는 복도를 성큼성큼 걸어가서 맨 안쪽에 있는 문을 연다.

"신스케 씨, 잠깐만 기다려줄래요?"

"알겠어요. 하지만 그 전에 지금 이 상황에 대해 설명을 좀 해줬으면 좋겠어요."

신스케는 인터폰 옆에 붙어있는 문패를 손가락으로 가리켰다. 거기에는 '모리'라고 쓰여 있었다.

"여긴 당신 집인가요? 남동생이랑 같이 사는 겁니까?"

"여긴 제 집이고, 남동생은 3층에 살아요. 한동안 집을 비워 둬서…. 청소가 끝나면 부를게요."

치즈루가 문 안쪽으로 사라졌고, 신스케는 닫힌 문을 보며 한숨을 쉰다. 기자들이 어슬렁거리는 자신의 집도 싫지만, 그렇다고 모리 치즈루의 집에서 자는 것도 썩 내키지 않는다. 역시 오늘 밤은 싸구려 비즈니스 호텔에 묵어야 할까.

"소라야, 어떻게 할까?"

신스케가 몸을 구부려 케이지 안을 들여다보니, 소라는 이미 새근새근 잠들어 있었다.

3일 전

아침 8시, 인터폰을 눌러도 대답이 없었다. 혹시 밤 사이 다른 곳으로 간 것일까. 어젯밤에 신스케를 이 집에 들여보내고 카즈사는 준의 집에서 잤다.

"모리 씨!"

그때 신스케가 복도 맞은편에서 걸어왔다. 오른손에는 커피가 담긴 종이컵이, 왼손에는 하얀 봉투가 들려 있었다. 신스케는 근처 편의점에 다녀온 모양이다.

"아침밥을 사 왔어요. 과자랑 빵이긴 하지만…."

그러면서 신스케는 어제 모리 치즈루로부터 받은 열쇠로 문을 열었다.

"잠시 실례하겠습니다." 카즈사가 모리 치즈루의 집 안으로 들어가면서 말했다.

"그런 말은 이상하네요. 모리 씨 집이잖아요?"

신스케가 피식 웃으며 카즈사의 뒤를 따라 집으로 들어왔다.

모리 치즈루는 요즘 유행하는 '미니멀 라이프'에 심취해 있는 건지 집 안이 깔끔하고 심플했다. 1년 넘게 방치된 터라 바닥에는 먼지가 살짝 쌓여 있었지만, 어젯밤 청소기를 한 번 돌렸더니 금세 깨끗해졌다.

그때 손목시계를 보니, 날짜를 가리키는 문자판에 숫자 『3』이 보인다. 앞으로 카즈사에게 주어진 시간은 3일. 그 짧은 시간 안에 무엇을 할 수 있을지 생각하는 중에 신스케가 말을 걸어왔다.

"차라도 탈까요? …여긴 당신 집이지만 말이에요."

"괜찮아요. 그보다 소라 말인데요…."

모리 준에 따르면, 이 원룸에서 애완동물을 키우는 것은 금지라고 했다. 등기부상 소유자는 모리 치즈루이지만, 경영을 위탁받아 임대업을 하는 것은 부동산회사라 소유자라고 해서 멋대로 애완동물을 키워서는 안 된다는 이야기였다.

"한동안 펫 호텔에 맡기는 건 어떨까요? 신스케 씨만 괜찮다면 말이지요."

"전 찬성입니다. 여긴 애완동물 금지라면서요. 지난번에 갔던 NY트리밍살롱에 맡기는 건 어떨까요?"

"네. 괜찮으세요?"

"네, 저도 좋아요." 신스케가 손을 턱에 괴고 말했다. "신주쿠에 있었지요? 나도 같이 가요. 오랜만에 우에스기 스마일 치과에 들러보는 것도 괜찮을 것 같네요."

야타베가 사체로 발견된 뉴스는 지금도 TV 방송에서 흘러나오고 있다. 어쨌든 야타베의 자살로 사건은 막을 내리는 듯했다.

카즈사가 다시 깨어나고 난 이후 처음으로 신스케를 봤을 때 느꼈던 불편하고 어색한 느낌은 이제 더 이상 신스케에게서 느꺼지지 않는다.

앞으로 남은 3일 동안은 평온하게 보내고 싶었다. 그것이 카즈사의 간절한 바람이었다. 신스케가 빨리 과거를 잊고 미래로 눈을 돌렸으면 좋겠다고 바랐다.

"다시 치과의사 일을 하실 건가요?"

"글쎄요. 우에스기 스마일 치과는 지금 이미 다른 의사를 고용했을 테고, 내가 낄 자리는 없지 않을까요?"

"그럴까요? 하지만 가보면 다를 수도 있어요."

어쨌든 신스케가 우에스기 스마일 치과를 다시 찾아갈 생각을 한 것 자체가 좋은 징조였다. 그곳에 가면 틀림없이 신스케의 마음도 다시 달라질 것이다.

"…모리 씨?"

신스케의 목소리에 카즈사는 현실로 돌아온다.

"아, 죄송해요. 잠깐 딴생각을 하느라…."

"소라랑 산책이라도 나가는 게 어떨까요? 한동안 산책도 못 갈 테니까요."

"그거 좋네요. 가요."

'앞으로 3일. 가능한 한 신스케의 옆에 있으면서 그에게 힘이 되어주자.'

그런데 카즈사 안에는 또다른 목소리가 울려퍼졌다.

'정말로 앞으로 3일 뒤면 내 영혼이 사라지는 것일까. 어떤 수를 써서라도 신스케와 계속 같이 있을 수는 없을까…?'

★

"앗, 신스케 선생님! 정말 오랜만입니다."

우에스기 스마일 치과에 들어서자, 접수대에 있던 여성이 신스케를 반겼다. 접수 담당직원 사에키 미츠코였다.

"사에키 씨, 오랜만입니다. 그동안 잘 지내셨습니까?"

"네. 신스케 선생님이야말로 잘 지내셨어요? 이전보다 좀 말라 보이는데 식사는 잘 하고 다니세요?"

"그럼요. 아, 그런데 우에스기 원장님 안에 계십니까?"

"지금 치료 중이신데 곧 끝날 거예요. 신스케 선생님, 지금은 무슨 일을 하세요?"

"그게…, 부끄럽지만 현재 백수입니다."

그때 안쪽 진찰실에서 우에스기가 환자와 함께 나왔다. 신스케를 알아본 우에스기는 흠칫 놀란 표정을 지었지만, 이내 진지한 표정으로 돌아와 환자에게 설명했다.

"마취가 풀리면 아플지도 모릅니다. 오늘은 진통제를 처방하겠습니다. 알코올은 삼가주세요. 목욕도 짧게 하시고요."

남자 환자가 퉁퉁 부은 오른쪽 뺨을 쓰다듬으면서 대기실 소파에 앉았다.

"신스케, 나랑 잠시 이야기 좀 하지."

신스케에게 그렇게 말한 우에스기가 접수대에 있는 사에키에게 말했다.

"5분만 나갔다 올게요."

"알겠습니다."

신스케는 우에스기와 함께 우에스기 스마일 치과 밖으로 나왔다.

"얼굴 좋아 보이네. 좀 마른 것 같긴 하지만."

우에스기가 싱긋 웃으며 말했다.

"덕분에요. 원장님도 건강해 보이십니다."

"난 요즘 너무 바빠. 오른팔이 빠지는 바람에 말이야."

우에스기가 짓궂은 얼굴로 말한다. 그와 알고 지낸 지 벌써 10년이 넘었다. 우에스기는 치과의사로서 실력도 좋고, 성취욕도 크다.

"실은 지난주에 신입 의사를 하나 채용했는데, 도저히 믿을 수가 없어. 역시 이력서만 보고 뽑으면 안 되는 거였어. 실제로 일하는 걸 보지 않으면 그 능력을 알 수가 없지."

"그렇게 일을 못합니까?"

"같이 일한 지 아직 일주일도 안 되었는데, 그새 불만이 2건이나 접수됐어. 2건이나! 치료를 받고나서 통증이 더 심해졌다는 불만이야. 넌지시 주의도 줘봤지만, 자존심은 또 강해서 무조건 자기 치료에는 아무 문제도 없었다고 우겨대. 아주 골치야."

"그거 큰일이네요."

의사들의 실력도 천차만별이다.

"그런데 신스케, 나한테 무슨 할 얘기라도 있어서 온 거야?"

"아니요, 이 근처에 볼일이 있어서 검사검사 와봤습니다."

"그래. 가능하면 자네가 돌아왔으면 좋겠지만, 지난주에 신입을 들이는 바람에 지금 당장은 힘들어."

"저는 신경 쓰지 마세요. 제가 알아서 해나가겠습니다."

우에스기 스마일 치과에 슬쩍 복귀할 수 있을까 하는 기대는 싱겁게 빗나가갔다. 그렇지만 처음부터 멋대로 그만둔 신스케의 잘못이니 원장을 탓할 수도 없었다.

야타베의 죽음은 자살로 결론이 났다. 나머지는 경찰에게 맡겨두면 된다. 다만, 야타베가 카즈사를 죽인 것까지 판명되기를 기도할 뿐이다.

"일하시는 도중에 찾아와 시간을 뺏었네요. 저는 그만 가보겠습니다."

"아니야, 나도 오랜만에 얼굴 봐서 좋았어. 다음에 밥이라도 함께 먹으러 가지."

우에스기와 헤어진 신스케는 엘리베이터를 타러 갔다. 시간은 오전 11시가 되어간다. 모리 치즈루는 소라와 함께 NY트리밍살롱에 갔을 것이다. 신주쿠 역 근처에 있는 브런치 까페에서 12시에 모리 치즈루와 만나기로 했다.

신스케는 엘리베이터에 올라탔다. 신스케 말고는 모두 정장을 입은 사람들이다. 아마도 위층에서 일하는 샐러리맨들일 것이다.

'언제까지고 이렇게 있어서는 안 돼. 나도 빨리 일을 해야겠다.'

샐러리맨들을 보며 신스케는 마음을 새로이 다잡았다.

신주쿠 역 서쪽 출구 근처에 있는 건물 1층에는 브런치 까페가 있었다. 클래식한 느낌의 가게로 카즈사와 몇 번 온 적이 있는 곳이다. 카즈사는 특히 이곳의 나폴리 스타일 토마토 스파게티를 좋아했다.

신스케는 커피를 마시면서 의료인 구인 잡지를 훑어보고 있었다. 그곳에는 치과의사를 찾는 구인 정보가 많이 실려 있다. 신스케는 도대체 어느 곳을 선택해야 좋을지 애매했다.

25살에 신스케는 처음으로 치과에 취직했다. 지바현에 있는 공립대학의 치학부를 졸업한 뒤, 대학병원에서 1년 동안 근무했다. 거기서 알게 된 교수의 소개로 시부야에 있는 치과에 취직했고, 그 치과에서 만난 사람이 지금의 우에스기 원장이었다.

"호오, 드디어 다시 일할 마음을 먹었나 보네요!"

고개를 들자 손에 종이 봉투를 든 모리 치즈루가 서 있었다. 신스케의 맞은편에 앉으며 모리 치즈루가 말했다.

"이것저것 필요한 게 있어서 쇼핑을 좀 했어요. 그런데 전에 일했던 치과에서는 뭐래요?"

"음. 신입이 들어와서 내가 바로 일할 수는 없을 것 같아요."

"그건 아쉽네요."

"네, 뭐…. 그런데 이왕 나왔으니까 여기서 점심이라도 같이 먹을까요?"

신스케가 점심 식사를 제안했다. 그러자 모리 치즈루는 메뉴판도 보지 않고 말했다.

"좋아요. 전 나폴리 스타일 토마토 스파게티랑 뜨거운 커피 주세요."

"그럼 저도 같은 걸로 주세요."

점원에게 토마토 스파게티와 커피를 주문했다. 점원이 떠난 뒤, 신스케가 치즈루에게 조용히 물었다.

"전에 이 가게에 와본 적이 있나요?"

"네? 아니요, 처음 왔는데요?"

"방금 메뉴도 안 보고 주문을 하는 것 같아서요. 그래서 전에도 온 적이 있는 줄 알았어요."

"보통 이런 브런치 까페에서 토마토 스파게티를 팔지 않나요? 저는 당연히 있을 거라 생각하고…."

"그런가요…?"

"…그건 그렇고, 그거 저도 좀 보여주세요."

모리 치즈루가 테이블 위에 놓인 구인 잡지를 건네달라고 했다. 그리고 몇 장을 넘겨보더니 고개를 들고 말했다.

"여긴 어때요? 신스케 씨 집에서도 가까운 거리이고, 월급도 많은 것 같은데요."

신스케도 이미 그 구인광고를 보았다. 오지 역 앞에 있는 개인치과이다. 치과 소개 사진을 보니, 사람 좋아 보이는 노의사가 두 명의 젊은 여성 스태프 사이에서 미소를 짓고 있었다.

"그런데 모리 씨는 일을 안 해도 괜찮나요?"

"저는 재활이 끝난 다음에 일할 생각이에요."

모리 치즈루가 컵에 든 물을 한 모금 마시고 대답했다.

"육교에서 떨어졌다고 했지요? 사고였나요?"

"그것까진 잘 모르겠어요."

"모른다는 건 사고가 아니라…, 누군가가 밀었을 가능성도 있다는 건가요?"

"동생은 그렇게 생각하는 것 같았어요."

그때 두 사람 앞에 토마토 스파게티가 나왔다. 신스케는 포크를 집고 치즈루에게 말했다.

"식기 전에 들어요."

"네, 잘 먹겠습니다."

토마토 스파게티를 한 입 먹은 모리 치즈루가 웃으며 말했다.

"이거 맛있다. 아주 잘 골랐네요."

"치즈루 씨 감이 옳았네요. 카즈사도 여기 나폴리 스타일 토마토 스파게티를 무척 좋아했어요."

신스케는 포크로 토마토 스파게티를 감아서 입으로 가져갔다. 맛은 예전 그대로였다.

★

신스케가 휴대폰을 꺼내 보니 10분 전쯤에 카즈사의 아버지에게서 온 부재중통화가 남아 있었다. 신스케는 치즈루와 계속 이야기를 하는 바람에 전화가 온 것을 미처 알아채지 못했다.

치즈루가 화장실에 간 사이에 신스케는 카즈사의 아버지에게 전화를 걸었다. 가게 안에 흐르는 음악 소리가 시끄러워서 일단 가게 밖으로 나왔다.

"여보세요, 와쿠이입니다."

"소다 신스케입니다. 아깐 전화를 못 받아서 죄송합니다."

시간은 오후 1시를 지난 참이었다. 대개 치과의 오후 진료는 3시부터 시작한다. 아마도 점심을 먹고 오후 진찰을 시작하기 전에 짬을 내어 전화를 걸었을 것이다.

"지금 통화 괜찮나?"

"괜찮습니다. 아, 그리고 딤섬은 잘 먹었습니다. 인사도 미처 못 드렸네요. 죄송합니다."

"신경 쓰지 말게. 그보다 어제 일인데…, 내가 일을 나간 사이에 모리 치즈루라는 여성이 우리 집에 찾아왔었다고 하네. 자네도 알고 있는가?"

어제 오후에는 치즈루를 만나지 못했다. 어딘가 갈 곳이 있다고 이야기했었던 것 같은데, 갈 곳이었단 게 카즈사의 본가를 말한 것인가.

"네, 알고 있습니다. 카즈사의 후배인데 저와도 안면이 있는 사이입니다. 그런데 왜 그러십니까?"

"혹시 자네 옆집에 사는 여성인가?"

"그렇습니다."

"역시 그 여자인가."

"왜 그러십니까?"

어쩐지 좋은 이야기는 아닐 것 같았다. 신스케는 긴장한 나머지 휴대폰을 귀에 바짝 댄다.

"실은 카즈사의 장례식 때 엽서 하나를 받았어. 배드민턴 부원 모두가 카즈사에게 메시지를 적은 엽서였다네. 그런데 거기에 모리 치즈루라는 이름은 없었어."

그거라면 당연하다. 치즈루는 1년 전에 사고를 당해서 카즈사의 장례식에 참석하지 못했다. 바로 얼마 전에야 의식이 돌아와서 카즈사의 죽음을 알았다고 했다.

신스케가 그런 일들을 설명하자 마사유키가 딱 잘라 말했다.

"그것뿐만이 아니야. 영 찜찜해서 배드민턴부 고문이었던 야마자키 선생님한테 전화를 해서 확인을 해봤네. 야마자키 선생님은 우리 치과에 오는 환자이기도 하거든."

"그랬더니 뭐라십니까?"

"선생님 말로는 모리 치즈루라는 사람은 배드민턴부에 없었다고 하네. 졸업생 명부까지 다시 한번 확인했으니까 틀림없어. 신스케 군, 대체 그 사람은 누구일까?"

'모리 치즈루가 카즈사의 후배가 아니라고…? 그렇다면 대체

그녀는 누구일까?'

신스케의 이마에 땀이 송골송골 맺혔다.

"아내한테는 얘기할 수가 없어서 자네한테 먼저 전화를 했네. 우리 아내는 그 아가씨를 무척 마음에 들어 하더군. 연락처를 교환할 걸 그랬다며 아쉬워할 정도였으니 말이야."

'왜 거짓말을 한 거지? 카즈사의 후배를 사칭하면서까지 나한테 접근한 의도는 뭘까? 설마 가지야마 미사키처럼 언론 쪽 사람일까?'

만약 그렇다면 이제 슬슬 정체를 드러내도 좋을 시기인데, 그럴 징조는 전혀 보이지 않는다.

"나도 만나봤을 때는 나쁜 아이 같지는 않던데 말이지. 신스케 군, 어떻게 된 일 같은가?"

"글쎄요. 저도 좀 알아본 다음에 연락을 드리겠습니다."

"그렇게 해주면 고맙겠네."

대화를 마무리하고 전화를 끊었다. 신스케는 지금까지 그녀가 카즈사의 후배라고 믿고 있었다. 그런데 배드민턴부 후배 중에 모리 치즈루라는 사람은 없다고 한다. 이것만으로도 모리가 거짓말을 하고 있다는 것이 분명했다.

"죄송합니다."

신스케는 깊은 생각에 잠겨 있던 탓인지 앞에서 걸어오는 남자를 보지 못하고 어깨를 부딪쳤다. 그에게 사과하고 찻집으로 시선을 돌렸다.

그때 마침 브런치 까페에서 모리 치즈루가 나오는 것이 보였다. 신스케는 잠시 옆 가게 기둥에 몸을 숨기고 그녀의 모습을 찬찬히 살펴보았다.

신스케를 찾고 있는지 모리 치즈루가 주위를 두리번거린다. 잠시 후에 그녀는 스마트폰을 꺼냈고, 곧 신스케의 휴대폰이 진동했다. 신스케는 가만히 진동이 멈추기를 기다렸다.

'너는 대체 누구야.'

가슴속에서는 의구심이 부풀어가고 있었다.

오후 5시가 지나서 주위가 어두워지기 시작했다.

신스케는 사쿠라다이 역 근처에 있었다. 여기에 온 지 벌써 3시간이 넘게 지났다.

맞은편에서 중년 남성이 걸어오고 있다. 남자가 부동산 안으로 들어가는 것을 확인한 신스케는 그 뒤를 따라 가게 안으로 들어간다.

"실례합니다. 잠깐 시간 있으세요?"

부동산 아저씨가 막 목도리를 푸는 참이었다. 신스케에게 늘 푸른 빌라를 소개해준 곳도 이곳이었기에, 이곳 아저씨와는 면식이 있다.

"신스케 씨였군요. 무슨 일이십니까?"

"할 얘기가 있어서요."

고심 끝에 치즈루를 만난 적이 있는 인물에게 이야기를 들어

보기로 했다. 늘푸른 빌라 원룸은 모두 이 부동산에서 일괄적으로 관리하고 있기 때문에 분명히 모리 치즈루와도 만났을 것이다.

"다름이 아니라 제 옆집에 사는 모리 씨 일입니다."

"역시나 무슨 일이 생겼습니까?"

부동산 아저씨가 대뜸 그렇게 물어왔다.

'역시나'라는 건 이 사람도 모리 치즈루에게 뭔가 수상함을 느꼈다는 것일까?'

"그 여자분 좀 수상해요." 신스케가 조심스레 말한다. "어디가 수상하냐고 묻는다면 콕 집어서 말하기는 어렵지만…, 뭔가 꺼림칙합니다."

"저도 처음에 그랬습니다. 늘푸른 빌라에 살 생각을 하는 것부터가 이상한 사람이죠. 앗, 신스케 씨는 빼고 말입니다."

"네, 괜찮습니다. 저는 사정이 있었으니 예외로 하죠. 그분이 계약할 때 다른 말은 없었습니까?"

"딱히 다른 말은 없었습니다만, 그날 중으로 꼭 입주해야 한다고 해서 급하게 계약서를 썼지요. 그러고 보니 입주한 당일이었나…, 그 아가씨한테서 신스케 씨 집에서 가스가 새는 냄새가 난다며 전화가 왔었어요. 그래서 제가 찾아가서 신스케 씨 집 문을 열어줬었지요. 그리고 그 아가씨가 안에 들어가서 가스 밸브를 잠갔어요."

처음 듣는 얘기다. 게다가 신스케는 집에서 거의 음식을 하지 않기 때문에 가스 밸브는 늘 잠가두었다. 그래서 가스가 새는 일은 있을 수 없다.

신스케가 그렇게 설명하자 부동산 아저씨가 얼굴을 잔뜩 찌푸리고 말했다.

"그렇다면 그 아가씨의 목적은 신스케 씨 집에 들어가는 것이었다, 그런 얘기가 되는 건가요?"

"아마도요."

"그거 골치 아프네요. 아이고, 제 입장도 난처하네. 신스케 씨, 뭐 잃어버린 건 없어요?"

"네, 잃어버린 건 없습니다. 하지만 제 집에 그 사람이 함부로 들어온 건 무척 기분 나쁘네요. 대체 그 여자는 누구일까요? 사장님, 그 여자가 쓴 계약서를 좀 보여주시겠습니까? 경찰서에 피해 신고서를 제출하기 전에 그 사람의 신분을 먼저 파악해두어야 할 것 같습니다."

경찰이라는 말에 부동산 주인의 안색이 창백하게 바뀌었다. 부동산 주인은 가게 안쪽에 있는 캐비닛으로 다가갔다.

'모리 치즈루가 내 집에 들어온 목적은 뭘까? 혹시 도청기라도 설치한 걸까?'

그러나 신스케의 집에 도청기 같은 걸 설치해봤자 아무런 의미가 없다. 늘 혼자 있기 때문에 집에서 누군가와 이야기를 할 일도 없고, 전화 통화도 잘 하지 않았다.

"여기 계약서가 있네요. 하지만 이름과 연락처만 쓰여 있는 정도고, 그 사람의 주민등록번호 같은 신원은 알 수가 없어요."

계약서를 받아서 들여다봤지만 부동산 아저씨의 말처럼 이름과 연락처만 쓰여 있을 뿐, 그녀에 대한 다른 정보는 찾을 수 없었다.

그런데 한 가지 이상한 점이 있었다. 그녀의 휴대폰 번호가 분명히 어딘가에서 본 기억이 있는 번호였다. 신스케는 휴대폰을 꺼내서 연락처를 살핀다. 지금은 절대 걸 수 없게 된 번호지만, 여전히 지우지 못하고 있는 카즈사의 번호였다. 모리가 작성한 계약서에 왜 카즈사의 핸드폰 번호가 기입되어 있는 것일까.

'모리 치즈루가 어떻게 카즈사의 번호를 알았을까? 또 계약서에 왜 카즈사의 번호를 적었을까?'

"신스케 씨, 정말 경찰에 신고를 할 겁니까?"

부동산 주인이 걱정 가득한 얼굴로 물어온다. 자신이 문을 열어줬기에 일말의 책임이라도 물을까봐 불안한 것이다.

"아니요, 그렇게까지 하지는 않겠습니다만, 그 아가씨에 대해 좀 더 알아볼 생각입니다."

신스케는 다시 계약서를 쳐다본다. 그러다 문득 나쁜 상상이 머릿속을 스쳤다.

'혹시 모리 치즈루 그 여자가 어떤 방식으로든 카즈사 사건과 관련이 있는 사람은 아닐까?'

인터폰을 끈질기게 울리자 문 안쪽에서 겨우 인기척이 들렸다. 곧 머리가 부스스한 남자가 얼굴을 빼꼼 내민다. 남자는 신스케를 보고 순간적으로 눈을 치떴지만, 이내 특유의 얼빠진 얼굴로 말한다.

"당신인가…? 올 때가 됐다고 생각했어."

"누나는?"

"여기 없어."

남자는 그렇게 말하고 집으로 다시 들어간다. 들어오라고 하지는 않았지만, 신스케는 남자의 집 안으로 들어가기 위해 이미 신발을 벗었다.

집 안 벽에는 애니메이션 포스터가 잔뜩 붙어 있다. 남자는 어젯밤에 처음 만난 모리 치즈루의 남동생이었다. 이름은 모르겠지만 같은 원룸 3층에 살고 있다는 것은 이미 알고 있다.

남동생은 의자에 앉아서 컴퓨터 화면을 바라보고 있다. 조금 전까지 게임이라도 한 모양이다.

"아까 한 말은 무슨 뜻이지? 내가 여기에 올 걸 알고 있었어?"

"음? 아니, 그런 건 아닌데…, 그냥 그런 예감이 들었어."

남동생은 컴퓨터 화면에서 눈을 떼지 않고 대답했다. 나이는 어려 보인다. 이제 스무 살이나 됐을까…, 학생 같지도 않지만 그렇다고 직장인처럼 보이지도 않는다.

"물어보고 싶은 게 있어." 신스케가 단도직입적으로 말을 꺼냈다. "네 누나에 대한 거야. 네 누나는 거짓말을 하고 내게 접근했어. 네 누나는 대체 누구야?"

"누구긴 누구야, 누나는 누나지."

"왜 그 여자가 나를 따라다니는 거지? 그 이유가 뭔지 너는 알고 있지?"

"그 이유라면 말이지…, 누나가 당신을 좋아하는 거 아니겠어?"

"얼버무리지 마. 나는 진지하게 묻는 거야."

신스케는 카즈사의 아버지에게서 들은 이야기와 부동산에서 들은 이야기를 했다.

"허어, 제대로 조사했네." 치즈루의 남동생이 감탄하며 말했다.

"아무튼 잘 생각해봐. 단순하게 생각하면 알 수 있어. 어렵게 생각하면 오히려 정답에 도달하기 힘들지. 누나가 왜 당신 집에 들어가고 싶어 했을까? 왜 누나는 자기 집 계약서에 당신 약혼자의 번호를 썼을까?"

그러나 신스케는 준이 하는 말을 이해할 수 없었다.

"내가 말할 수 있는 건 이 정도야. 아, 마지막 힌트. 우리 누나는 우리 누나이면서 우리 누나가 아니야. 아, 대박! 지금 이거 너무 알려줬다!"

"그게 무슨 뜻이지? 답을 알려줘."

하지만 모리 치즈루의 남동생은 대답하지 않았다. 그러고는 신스케와 더는 대화하기 싫다는 것처럼 헤드폰을 끼고 컴퓨터 화면만 뚫어지게 쳐다본다.

신스케는 멍한 얼굴로 집을 나왔다. 복도를 걸어가면서 생각한다. 단순하게 생각하면 알 수 있는 것, 치즈루의 남동생은 그렇게 말했다.

'내 집에 있는 무언가를 훔치기 위해서 치즈루는 가스가 샌다는 핑계를 대고 내 집에 들어왔다? 그런데 집에는 치즈루가 훔쳐갈 만한 물건이라고는 하나도 없다. 아니 잠깐만, 생각해보니 딱 하나 있다. 소라!'

신스케의 집에는 소라가 있었다. 모리 치즈루가 신스케의 집에 몰래 들어온 이유는 소라를 보기 위해서였다.

'그렇다면 계약서에는 왜 카즈사의 전화번호를 썼을까? 단순하게 생각하면 결론은 딱 하나뿐이다. …그것이 자기 휴대폰 번호이기 때문에?'

말도 안 된다. 신스케는 머리를 흔들었다. 그런 일은 불가능한 일이다. 하지만 그렇게 가정하면 모든 일이 아귀가 맞는다.

정신을 차리니 신스케는 어느새 4층 모리 치즈루의 원룸 앞에 서 있었다. 문틈으로 집 안의 불빛이 새어나온다. 인터폰으로 손을 뻗는 신스케의 손가락이 떨렸다.

"누구세요?"

안에서 모리 치즈루의 목소리가 들렸지만, 신스케는 대답하지 못했다.

곧 문이 열리더니 모리 치즈루, 아니 모리 치즈루라고 이름을 밝힌 여성이 얼굴을 내밀었다.

"어서 들어와요. 브런치 까페에서 갑자기 사라져서 깜짝 놀랐어요. 어디에 갔었어요?"

신스케는 모리 치즈루의 얼굴만 물끄러미 바라보았다.

그의 시선이 어딘가 이상하다는 걸 알아챘는지 모리 치즈루가 뒷걸음치며 물었다.

"왜 그렇게 무서운 얼굴을 하고 있어요? 무슨 일이에요?"

신스케는 그녀에게 한 걸음 다가갔다. 모리 치즈루 입장에서는 황당하게 들리겠지만 신스케는 목소리를 쥐어 짜내 이렇게 물었다.

"다, 당신⋯, 당신 혹시 와쿠이 카즈사야?"

★

신스케가 왜 갑자기 이런 말을 하는 건지 카즈사는 알 수 없었다.

신주쿠 역 근처에 있는 브런치 까페에서 갑자기 신스케가 사라졌고, 카즈사는 집으로 혼자 돌아왔다. 신스케에게 전화를 걸어도 받지를 않았다.

혹시 모리 남매의 원룸이 아니라 늘푸른 빌라로 돌아간 게 아닐까 싶어 막 외출 준비를 하던 차에 신스케가 나타난 것이다.

"…당신이 와쿠이 카즈사냐고!"

신스케가 다시 물었고, 카즈사는 마침내 깨달았다. 신스케가 모든 진실을 알게 되었다! 모리 치즈루 안에 와쿠이 카즈사의 영혼이 있다는 사실을.

"대체 무슨 말을 하는 거예요?"

카즈사는 애써 억지 웃음을 지으며 황당하다는 표정을 지었지만, 그 웃음은 영 부자연스러웠다.

"카즈사의 아버님이 가르쳐줬어. 당신이 카즈사의 후배라는 건 엉터리라고. 카즈사의 고교 후배 중에 모리 치즈루라는 사람은 없대."

거짓말은 언젠가 탄로나게 마련이다. 생각해보면 카즈사는 최근 거짓말로 점철된 삶을 살고 있었다.

"방금 당신 남동생도 만나고 왔어. 당신은 자기 누나면서도 자기 누나가 아니라는 알쏭달쏭한 말을 하더군. 그래 맞아. 단순하게 생각하면 알 수 있는 일이었어. 당신은 모리 치즈루가 아니야! 모리 치즈루의 몸 안에 다른 영혼이 들어 있어. 맞지?"

카즈사는 아무 대답도 할 수 없다.

신스케는 잠시 주저하더니 이야기를 계속한다.

"그래, 나도 말도 안 되는 얘기라고 생각해. 하지만 그렇게 생각할 수밖에 없어. 그렇게 생각해야만 모든 것을 설명할 수 있거든. 당신은 부동산 계약서에 카즈사의 휴대폰 번호를 썼어. 다른 목적이 있어서가 아니라 그 번호밖에 몰랐던 거지. 바로 떠오른 번호가 가장 친숙한 자기 휴대폰 번호였던 거야. 대답해. 당신이 카즈사야?"

카즈사로서는 이렇게 말하며 웃어넘길 수도 있었다.

'무슨 소리예요? 영화에서나 나올 법한 일이 실제로 일어날 리 없잖아요. 나는 모리 치즈루입니다.'

하지만 더 이상 거짓말을 하고 싶지 않다. 나는 와쿠이 카즈사다. 오늘까지 포함해서 이제 총 3일밖에 남지 않았다. 그 시간 동안 신스케에게 사실을 전부 털어놓고 많은 이야기를 나누고 싶다.

"신스케…."

그 이름을 부르자마자 카즈사는 눈물이 터져 나온다. 카즈사는 그 자리에 털썩 주저앉아 오열한다.

"저, 정말로 당신이 카즈사야?"

카즈사가 고개를 끄덕인다. 계속해서 고개를 끄덕인다.

"말도 안 돼, 어떻게 이런 일이…."

신스케는 망연자실한 채 그 자리에 앉아 있다.

"말도 안 돼, 절대로 있을 수 없는 일이야."

신스케는 마치 유령이라도 본 것처럼 손을 덜덜 떨면서 카즈사의 얼굴을 내려다본다. 잠시 후에 신스케는 집 밖으로 나가 버렸다.

카즈사는 계속해서 흐느꼈다. 신스케의 저런 반응은 어찌보면 너무나 당연하다. 지금의 카즈사는 신스케의 눈에 전혀 다른 여자의 모습이니까.

왜 이렇게 되어 버렸을까, 카즈사는 자신의 처지를 저주한다. 이렇게 될 줄 알았으면 차라리 사라져버리고 싶었다.

그때 다시 손목시계를 본다. 날짜를 가리키는 문자판은 『3』, 그대로였다. 시계 오른쪽에 있는 태엽에 손가락을 걸었다.

'이것을 꾹 비틀면 어떻게 될까. 나는 사라지고 모리 치즈루가 돌아올까?'

그때 다시 문 열리는 소리가 들렸다. 곤혹스러운 표정의 신스케가 다시 들어왔다. 그러고는 따지듯이 물어온다.

"당신의 생년월일은?"

"19….'

자신의 생년월일을 대자 신스케가 거듭 물었다.

"당신 부모님 성함은?"

"와쿠이 마사유키와 와쿠이 사와코. 아버지가 쉰여섯 살이고, 엄마가 쉰네 살이야."

"나와 당신이 처음 만난 장소는?"

"엘리베이터 안. 우에스기 스마일 치과에서 처음 개원회의를 한 날."

엘리베이터에 올라탔을 때 카즈사를 집요하게 바라보는 시선이 있었다. 그 시선의 주인공이 바로 신스케였다. 다만, 그에게 말할 수는 없지만 솔직히 첫인상이 별로 좋지는 않았다.

"처음 데이트한 장소는?"

"유라쿠 거리. 함께 영화를 보고 밥을 먹었어."

"내가 당신한테 프러포즈를 한 장소는?"

"요요기에 있는 내과 클리닉."

"당신이 숨기고 있는 가장 큰 비밀은?"

카즈사가 침묵하자 신스케가 의심의 눈초리로 쳐다보았다. 망설이던 카즈사는 한숨을 쉬고 말한다.

"대학생 때 선배 부탁으로 딱 한 달 동안 룸살롱에서 아르바이트를 한 적이 있어."

"그, 그랬어?"

"응. 정말 말하기 싫었는데, 당신이 물어서 대답한 거야."

카즈사가 노려보자 신스케가 어깨를 움츠렸다. 후우, 신스케는 크게 숨을 토하고는 카즈사의 눈을 응시했다.

"정말 카즈사 맞는 거지?"

"그렇다고 했잖아."

★

그렇지만 쉽게 믿을 수 있는 얘기는 아니었다. 타인의 몸에 죽은 사람의 영혼이 들어간다는 것은 그야말로 영화나 소설 속에서나 나올 법한 이야기다.

"어떻게 된 걸까. 카즈사의 영혼이 다른 사람의 몸속에 들어가다니…."

"나도 어떻게 된 건지 모르겠어. 하지만 이렇게 되어버렸어."

신스케는 물끄러미 카즈사를 응시했다. 어쨌든 눈앞에 있는 사람은 카즈사와 생판 다른 낯선 사람이다.

"아직 내 말을 못 믿는 것 같네."

"그게…, 어쩔 수 없잖아."

"신혼여행은 오스트리아로 가고 싶었어. 오스트레일리아 말고."

어처구니없는 착각으로 신스케가 호주 여행을 예약한 이야기를 꺼냈다. 민망한 마음에 신스케는 이 이야기를 아무에게도 한 적이 없다.

"알았어, 알았다고. 당신이 카즈사 맞아. 인정할게."

"그러니깐 처음부터 좀 믿지 그랬어!"

특유의 말투도 카즈사 그 자체였다. 목소리는 다르지만 틀림없이 카즈사와 이야기하고 있다고 신스케는 생각했다.

"그래도 이상한 얘기긴 해. 아직도 믿기 힘들어."

"이제 그만 좀 믿어!"

"처음부터 설명해줘. 뭐가 어떻게 된 거야?"

"눈을 떴더니 병실이었어. 지난주 화요일에 있었던 일이야."

카즈사가 이제까지의 자초지종을 설명했다. 그것은 놀라움의 연속이었다.

"우리 집에 몰래 들어온 건 소라를 보고 싶어서 그랬던 거야?"

"응. 이사를 왔는데 바로 옆집에 소라가 있잖아. 무슨 짓을 해서라도 보고 싶었어."

역시 카즈사다. 자기 주장이 강하고, 묘하게 고집이 센 모습이 영락없이 카즈사였다.

"그런데 집에 들어갔다가 놀랐어. 야타베의 사진이 붙어 있잖아. 이마에 압정까지 꽂혀 있는 상태로."

그 사진을 본 카즈사는 신스케가 야타베에게 직접 복수할 계획을 꾸미고 있다고 오해했다. 그래서 그 복수를 막겠다는 일념으로 이리저리 돌아다녔다고 한다.

"그런데 너무 이상하다. 다른 사람의 몸에 영혼만 들어갔다는 게…."

"그렇지. 나도 이제 겨우 이 상황에 약간 익숙해졌어."

"그래도 다행이야. 이렇게 당신과 다시 이야기를 할 수 있게 됐잖아. 이렇게 기쁜 일은 또 없을 거야."

"나도 그래."

카즈사는 그렇게 말하고는 입을 다물었다. 더 하고 싶은 말이 있는 표정이었지만 침묵하고 있다는 것을 신스케는 눈치챘다.

'뭔가 숨기는 일이 있구나.'

그렇지만 신스케는 두려움에 아무것도 물어볼 수 없었다.

신스케는 애써 밝은 말투로 물었다. "배 안 고파? 나는 너무 허기진데."

카즈사는 벽시계를 보았다. 밤 9시가 다 되어가는 시간이다.

"나도 배고파. 어떻게 할까, 뭐 좀 만들까?"

"그러지 말고 편의점에 가서 먹을 걸 사오는 게 어때? 맥주 마시고 싶다. 일단 재회를 축하하면서 건배하자."

"그거 좋다. 그러자."

카즈사와 둘이서 집에서 나온다.

신스케가 옆을 보니 모리 치즈루의 얼굴을 한 와쿠이 카즈사가 걷고 있다. 왠지 기분이 묘했다.

"준은 뭐 하는 아이야?"

신스케의 질문에 카즈사가 탄산 소주를 마시며 대답했다.

"원래 대학생인데 지금은 휴학 중이야. 은둔형 외톨이라는 거밖에 몰라…. 밖에는 거의 안 나가고 집에 틀어박혀서 게임만 해."

모리 치즈루의 집 베란다에는 작은 테이블과 벤치가 있었다. 두 사람은 거기서 술을 마시는 중이었다. 좀 쌀쌀한 날씨지만, 뺨에 닿는 바람의 느낌이 좋았다.

"아직 어린데 큰일이네."

"하지만 꽤 착해. 일요일에는 이케부쿠로까지 데리러 와줬고, 이것저것 조언도 해주었어. 준의 말로는 지금의 내 상태를 '빙의'라고 한다고 했어."

"신체와 영혼이 뒤바뀐다는 그거…?"

"응, 그런 것 같아."

신스케는 벌써 맥주를 두 캔째 마시고 있다. 카즈사 역시 감귤 탄산소주를 두 병째 마시고 있다. 카즈사가 3번째 탄산 소주에 손을 뻗으며 말한다.

"이 애, 나보다 술이 센 것 같아."

"그래도 무리하지 마."

카즈사가 말하는 '이 애'란 모리 치즈루를 말한다. 카즈사는 카즈사인데, 완벽한 카즈사가 아니다.

신스케는 혼란스러웠다.

"그러고 보니 재작년 연말 기억해?"

"기억해. 절에 가려다가 결국 못 갔잖아."

둘이서 절에 가려는 길에 갑자기 비가 억수같이 쏟아졌다. 이래서는 안 되겠다 싶어 둘은 카즈사의 집으로 돌아왔다.

"그날 집에 와서 텔레비전에서 틀어주는 영화를 봤지. 기억 안 나?"

"기억 나. 유명한 작품이었지. '사랑과 영혼'이었던가."

"그래. 사랑과 영혼. 지금 이 상황이 그 영화랑 비슷하지 않아?"

"하지만 그 영화랑은 좀 다르지. 영화에서는 죽은 사람이 남자였고, 남은 연인에게는 남자의 모습이 전혀 안 보였잖아."

"그래도 죽은 사람의 영혼이 현실 세계에 남아 있다는 설정이 비슷한 것 같아."

그때 카즈사가 스마트폰을 집어 무언가를 검색했다. 잠시 후에 카즈사의 스마트폰에서 음악이 흘러나온다.

"이거 무슨 노래야?"

"언체인드 멜로디. 꽤 오래된 곡이고, 여러 가수가 불렀는데 그중 가장 유명한 건 라이처스 브라더스의 곡이야. 그 영화에서도 이 곡을 썼다고 해."

"좋다."

두 사람은 잠시 음악에 귀를 기울였다. 깊이 있고 운치가 있는 음색이다. 곡이 끝날 때쯤 신스케는 카즈사에게 그동안 물어보고 싶었던 질문을 했다.

"…카즈사, 저기 혹시 범인으로 짚이는 사람은 없어?"

"전혀 없어."

카즈사가 원통하다는 듯 입술을 깨물고 대답했다.

"내가 살해당했다는 걸 알고부터 매일같이 그날을 떠올렸어. 사건이 일어난 날 나는 퇴근하고 음식을 준비하고 있었어."

요리를 하려고 할 때 인터폰이 울렸다. 택배기사일 거라고 생각했다. 그래서 현관으로 나가려던 순간….

"거기서 필름이 끊겼어. 정신을 차렸을 때는 병실이었고, 낯선 여자의 얼굴이 되어 있었어."

"야타베랑 원래부터 아는 사이였어?"

"얼굴만 아는 정도야. 이케부쿠로의 병원에서 일할 때 왔던 환자야. 딱 한 번 카페에서 우연히 만났고, 같이 차를 마신 적이 있어. 그게 다야."

"그 자식 집에 너를 몰래 찍은 사진이 있었던 것 같아. 집 주소도 알고 있었고. 놈이 스토커였던 것만큼은 틀림없어."

"그 남자는 정말로 자살한 걸까?"

카즈사의 질문에 신스케가 대답한다.

"경찰은 일단 그렇게 생각하는 것 같아. 하지만 일부 형사들은 타살 가능성도 배제하지 않는 듯해. 그래서 나도 생각해봤는데 성인 남자에게 억지로 약을 먹이는 건 매우 어려운 일이야. 그렇다면 죄책감에 시달리다가 스스로 독약 같은 것을 먹고 자살한 게 아닐까?"

"그러네. 치과의사인 신스케도 어렵다고 한다면 보통 사람들은 더더욱 어렵겠지."

"범인은 분명 야타베야. 나는 그러길 바라고 있어. 이것저것 생각하면서 더 괴로워지고 싶지 않아."

문득 무로후시 형사가 했던 말이 생각난다. 그는 지난주에 카메이도에서 발생한 여대생 살인사건과의 관련성도 포함해서 사건을 원점에서 재수사하겠다고 말했다.

"저기, 신스케. 그런데 나 왜 이렇게 되었을까?"

카즈사의 영혼이 어쩌다 낯선 여성의 몸에 들어갔을까, 신스케도 그것이 의문이었다. 하지만 적당한 대답은 떠오르지 않았다.

"나도 모르겠어. 그래도 나는 이렇게라도 카즈사를 다시 만나서 좋아."

"나도 그래. 그런데 내가 이렇게 된 데는 뭔가 이유가 있을 거야. 분명 내가 뭔가 해야 할 사명 같은 게 있을 거라고 봐."

자리에서 일어난 카즈사가 베란다 난간에 손을 짚는다. 신스케도 그녀 옆에 나란히 선다. 그들의 눈앞에 빌딩숲으로 뒤덮인 신주쿠의 야경이 펼쳐졌다. 그 빌딩 중 하나가 신스케와 카즈사가 함께 일했던 빌딩이다. 어쩌면 모리 치즈루도 여기서 이 야경을 바라봤을 것이다.

"카즈사, 안 추워? 안에 들어가자."

"알았어."

카즈사가 순순히 응했다. 신스케는 카즈사의 옆모습을 바라보았다. 얼굴은 다른 사람이지만 이렇게 혼자만의 생각에 잠겼을 때의 표정은 카즈사의 모습과 똑 닮아 있었다.

2일 전

새벽 5시, 잠에서 깬 카즈사는 침대를 빠져나와서 거실로 나갔다. 신스케는 거실 소파 위에서 아직 잠들어 있다.

소리를 내지 않도록 조심하면서 베란다로 나갔다. 차가운 아침 공기에 기분이 상쾌해졌다.

결국 어제 신스케가 모든 것을 알아버렸다. 다른 사람의 몸속에 자신의 영혼이 들어갔다는 그런 터무니없는 이야기를 그는 믿어주었다.

그가 다시 자신을 '카즈사'라고 불러줄 날이 올 줄은 꿈에도 몰랐다. 모리 치즈루가 아닌 와쿠이 카즈사로서 신스케와 대화를 나눈 것이다. 어쩌면 당연한 일인데도 그런 일을 할 수 있게 된 것이 무엇보다도 기뻤다.

신스케 역시 즐거워 보였다. 며칠 전의 신스케와는 완전히 다른 사람처럼 표정이 밝아졌다.

야타베가 범인이라고 신스케는 지금까지 믿고 있다. 그러므로 빨리 이 사건을 잊고 싶을 것이다.

카즈사는 손목시계를 보았다. 날짜 표시는 역시 숫자 『2』로 바뀌어 있었다. 이제 남은 시간은 앞으로 이틀뿐이라는 의미이다.

'살고 싶다….'

카즈사는 간절히 그렇게 바랐다. 설령 모리 치즈루의 몸이라도 좋다. 신스케와 쭉 함께 있고 싶다. 마음속에 그런 간절함이 피어나기 시작했다.

하지만 시곗바늘은 착실하게 시간을 새겨간다. 어쩌면 이 시계를 부숴버리면 되지 않을까, 잠깐 머릿속에 그런 생각을 떠올려봤지만 곧바로 지워버린다. 시계가 망가지는 순간, 그 즉시 '나'라는 존재가 아예 소멸해버릴 것 같은 불안감 때문이었다.

'살고 싶어…. 내 존재가 사라져 버리길 원하지 않아….'

신스케와 이전처럼 이야기하고 싶다. 조금이라도 이 상황을 지속하고 싶다. 보통 사람의 평생 같은 긴 세월을 원하는 것도 아니다. 1년, 아니 한 달만이라도 좋으니 신스케와 함께 있고 싶다.

카즈사는 손목시계를 풀었다. 모리 준은 이 시계가 '타임 리미트'와 관련이 있을 것 같다고 했는데, 그것이 사실인지 아닌지는 모른다. 그러나 냉정히 판단했을 때 타인의 몸을 빌린 상태가 계속 지속될 거라는 생각은 들지 않았다. 결국 이 시계가 타임 리미트를 의미한다는 생각은 타당하다고 느껴졌다.

카즈사는 왼쪽 손목에 다시 손목시계를 두르고, 오른손 집게손가락으로 태엽을 돌린다. 두렵지만 시험해볼 만한 가치는 있다. 카즈사는 숨을 크게 토하고 나서 다시 손가락에 힘을 주었다. 하지만 전혀 움직이지 않았다. 계속해서 더 세게 힘을 주지만 시곗바늘과 숫자는 꿈쩍도 하지 않았다.

그렇다면 이 시계는 고장이 났든지, 아니면 정체를 알 수 없는 힘이 이 시계에 담겨 있든지, 둘 중 하나일 것이다. 그리고 카즈사는 후자가 답일 거라고 생각했다.

'그런데 내 영혼이 모리 치즈루의 몸속에 들어간 건 무슨 의미일까? 신스케가 복수하려는 것을 막느라 노력했지만, 내가 없었더라도 결과는 같았을 텐데…'

카즈사는 새벽 거리를 살펴보았다. 아직 주위는 어둑어둑하고, 불이 켜진 집은 보이지 않았다.

"내일 죽는다는 것을 알면 무엇을 하겠습니까?"

예전에 누군가가 카즈사에게 그렇게 물었다. 그때는 아무런 생각 없이 먹고 싶은 것을 실컷 먹겠다는 둥의 시시한 대답을 했다. 그런데 지금 그 질문이 지독한 현실이 되어 카즈사에게 돌아왔다.

'내일 죽는다면 나는 오늘 무엇을 할까?'

답은 뻔하다. 신스케와 함께 보내는 것이다. 그런 다음 그에게 폐가 되지 않도록 조용히 사라질 것이다.

아직 각오는 되지 않았다. 살고 싶다는 욕심이 급격하게 밀려온다. 이런 상태로 내일 밤 0시를 맞을 수 있을까, 그런 불안함이 엄습한다.

그때 잠에서 깨어나 거실에 서 있는 신스케가 보였다. 카즈사는 베란다 문을 다시 열고 신스케에게 말했다.

"신스케, 언제부터 거기 있었어?"

"방금 일어났어. 그보다 카즈사, 너 정말 카즈사 맞지?"

"맞아. 어젯밤에 그렇게 얘기했잖아. 아직도 못 믿어?"

"아니, 혹시 꿈인지도 모른다고 생각했어."

"꿈 아니야. 아침 차릴 테니까 잠깐만 기다려."

카즈사는 그렇게 말하고 거실 안으로 들어갔다.

★

"신스케, 준비 다됐어."

주방에서 카즈사의 목소리가 들렸다. 카즈사가 구운 빵을 접시 위에 내려놓고 있었다.

"맛있겠다. 아침밥을 이렇게 제대로 먹는 거 정말 오랜만이야."

"대체 식사를 어떻게 하고 지냈던 거야?"

"아침에는 보통 커피랑 영양 드링크만 먹었지."

"그래서 그렇게 살이 빠졌구나. 쯧쯧, 잘 먹어야 해."

카즈사가 의자에 앉으며 말했다.

샐러드와 햄, 달걀 후라이, 수프와 빵으로 차린 간단한 메뉴다.

"오늘 일정은 뭐야? 일자리 알아보러 다닐 거야?" 카즈사가 물었다.

"실은 당신 아버님 치과에서 일해도 좋겠다는 생각을 하는 중이야."

그 말에 카즈사의 눈이 휘둥그레졌다.

"아버님도 그러라고 하셨어. 낯선 치과에서 일하는 것보다 아버님 병원에서 일하는 편이 나도 좋을 것 같긴 해. 카즈사 생각은 어때?"

"나는…." 카즈사는 허공을 바라보며 말했다. "나는 반대야. 아버지는 아직 젊고, 그 치과는 치과의사가 둘씩이나 필요하지 않아. 신스케는 어느 치과를 가더라도 인정받을 능력을 가지고 있어. 아주 훗날에는 모르겠지만, 지금은 아버지 치과에서 일할 타이밍이 아닌 것 같아."

역시 카즈사는 반대할 거라고 생각했다.

신스케는 토스트를 씹으며 말했다. "그래, 방금 한 얘기는 잊어줘. 하지만 앞으로 내가 와쿠이 치과에서 일할 마음이 있다는 것만은 알아줬으면 좋겠어."

"알았어. 분명 아버지도 기뻐하실 거야."

"그런데 카즈사는 어때? 일하지 않아도 괜찮아? 모리 치즈루는 그전에 빵집에서 일했다고 했는데."

"맞아, 그리고 이 아이 꽤 부잣집 딸 같아."

카즈사는 모리 치즈루가 이 원룸주택의 주인이라는 것을 설명했다. 또 가까운 미래에 자신의 빵집을 차리는 것이 모리 치즈루의 꿈이라는 것도 말했다.

신스케는 그제야 고개를 끄덕였다.

"그렇군. 그랬던 건가."

어쩐지 남매가 같은 원룸주택에 살면서도 각자 다른 원룸에 살고 있다는 것이 좀 이상하다고 생각했었다.

둘은 모두 깨끗하게 그릇을 비웠다. 카즈사가 테이블을 치우고, 커피를 탔다. 신스케는 다시 구인잡지를 펼쳤지만 딱히 마음이 끌리는 치과는 보이지 않는다.

'역시 닥치는 대로 면접을 볼 수밖에 없으려나.'

그때 소파 위에 있는 휴대폰이 진동했다.

"신스케, 전화 온 것 같아."

카즈사의 말에 신스케는 커피를 한 모금 마시고 대답한다.

"됐어. 모처럼 둘이 있는 시간이잖아."

"그래도 받아."

"안 받는다니까."

"됐으니까 받아. 중요한 전화면 어떻게 해."

신스케는 할 수 없이 자리에서 일어났다.

이미 전화는 끊겼는데, 발신자를 보니 우에스기였다. 재다이얼 버튼을 누르자 곧바로 전화를 받은 우에스기가 불쑥 용건부터 꺼낸다.

"신스케, 아침 일찍부터 미안하다. 너 오늘 시간 있어?"

"무슨 일입니까?"

"실은 어제 얘기했던 신입 말인데…. 내가 그 녀석한테 잔소리를 좀 했거든."

어젯밤 근무가 끝나고 우에스기가 신입에게 여러 가지 주의를 주었다고 한다. 그랬더니….

"아까 전화가 오더니만 오늘 쉬고 싶다는 거야. 정말 말도 안되지? 녀석은 당장 오늘 오전반이란 말이야. 가능하면 내가 나가고 싶은데, 실은 지금 하코네에 와 있어."

치과의사들끼리 하는 친선 골프 모임에 참가하느라 우에스기는 지금 하코네에 있는 골프장에 있다고 한다.

"신스케, 오늘 시간이 되면 오전 진료 좀 맡아줄 수 있어? 당연히 일당은 후하게 쳐서 지불할게."

나쁘지 않은 이야기다. 익숙한 치과에서 하루 대타를 뛰는 것도 몸 풀기에는 좋을 것이다.

"잠깐만요."

신스케는 휴대폰을 귀에서 잠깐 떼고는 우에스기의 제안을 카즈사에게 설명했다.

"잘됐네. 난 찬성이야." 카즈사는 고개를 끄덕이며 웃었다.

오전 진료를 맡겠다는 뜻을 전하자 우에스기가 기뻐하며 말했다.

"덕분에 살았어. 자세한 건 사에키 씨한테 말해놓을 테니까 모르는 게 있으면 사에키 씨에게 물어봐."

오전 진료는 아침 9시부터 오후 3시까지이다. 벌써 8시가 지났기 때문에 바로 나갈 채비를 해야 한다. 카즈사도 옆에서 분주히 준비를 시작했다.

"나도 갈 거야."

"카즈사도?"

"안 돼? 거긴 나도 전에 다닌 직장이야. 지바에서 놀러온 사촌동생이라고 얘기하자. 지각하겠어, 빨리 해."

카즈사의 재촉에 신스케는 자리에서 일어났다.

"치아는 표면이 에나멜질로 덮여 있고, 그 밑에는 상아질이라는 층이 있습니다. 현재 상태는 에나멜질 내부가 충치 때문에 녹은 상태예요. 사진으로 보면 두 번째 치아입니다."

환자는 삼십 대 직장인으로 최근에 이가 아파 병원을 찾았다고 했다. 신스케는 지금 환자의 상태를 설명중이다.

"거기 보이는 검은색 점이 치아에 구멍이 났음을 보여주는 것입니다. 그 안쪽에 충치가 퍼져 있지요. 일단은 충치를 완전히 제거하고 나서 수지를 흘려 넣어서 굳힙니다."

"죄송하지만 일이 바빠서 통원 치료를 자주 할 수가 없습니다. 치료에 어느 정도 기간이 필요한가요?" 환자가 물었다.

"3, 4번이면 끝날 겁니다. 밤 10시까지 진료를 하니까 퇴근길에 예약하셔도 됩니다. 그럼 오늘은 충치를 제거하는 치료를 하겠습니다. 좀 아플지도 모르지만, 국소마취를 할 정도는 아니라고 생각합니다. 치료를 시작해도 되겠지요?"

"네, 부탁드립니다."

벌써 다섯 번째 환자이다. 신스케는 이전의 감각을 완전히 되찾고 있었다. 지난 1년 동안 들여왔는지 못 보던 치료 도구도 많았지만, 그것들을 다루는 데에도 금방 익숙해졌다.

치료는 15분 만에 끝났다. 신스케는 컴퓨터에 진찰기록을 입력하고, 다음 환자의 진료기록을 본다.

"다음 분을 불러주세요."

★

"선생님, 정말 오늘 하루만 하시나요? 이 치과에 계속 계시면 좋을 텐데요."

"죄송하지만 그럴 수는 없어요. 저도 오늘 미야모토 씨를 진찰해서 좋았습니다."

신스케는 할머니 환자인 미야모토 세츠코와 함께 진찰실에서 나왔다. 미야모토 세츠코를 카즈사 역시 기억하고 있었다. 이전에 신스케에게 손수 만든 도시락을 주었던 환자였기 때문이다. 그녀는 환하게 웃는 얼굴로 신스케와 대화를 나누고 있었다.

"오늘 우에스기 선생님은 안 계신가요?"

"네, 골프를 치러 가셨어요. 그래서 갑자기 제가 불려 나왔습니다."

"호오, 그렇구나. 오늘은 날씨도 좋고 골프 치기 좋은 날이지요."

미야모토 세츠코 할머니가 오전 지료의 마지막 환자였다. 오후 진찰은 1시 반부터이므로 직원들은 점심 시간에 들어간다.

고작 하루뿐이다. 하지만 신스케가 이 치과에서 일하는 것이 카즈사는 기뻤다. 이것이 긍정적인 계기가 되면 좋겠다고 바랐다.

"점심 먹으러 갈까? 카즈사 뭐 먹고 싶어?"

신스케가 그렇게 묻자 접수대에 있는 사에키 씨가 의아한 시선으로 신스케를 쳐다보았다. 하지만 신스케는 사에키 씨의 시선을 눈치채지 못하는 모습이었다.

"기다려, 지갑 가져올게."

신스케가 안쪽에 있는 탈의실로 사라진다.

나중에 주의를 줘야지, 카즈사는 그렇게 생각하며 사에키 씨에게 다가간다.

"죄송합니다. 신스케 오빠가 아직도 저를 카즈사 언니 이름으로 부르네요. 사건이 난 지 벌써 1년이나 지났는데 말이에요."

"어쩔 수 없는 것 같아요. '벌써'가 아니라 '아직' 1년밖에 지나지 않았잖아요. 신스케 선생님 입장에서는 그래요."

"저는 오빠가 빨리 좋은 사람을 찾으면 좋겠어요."

"시간이 해결해주겠지만 당분간은 어려울지도 몰라요. 카즈사 씨는 무척 좋은 사람이었으니까요."

신스케가 계속해서 카즈사에게 얽매여 있어서는 안 된다. 카즈사는 신스케에게 새로운 연인이 생긴 모습을 상상하자 마음이 아팠지만, 어차피 자신의 영혼이 사라져버린 후일 테니 괜찮을 거라며 스스로를 달랬다. 물론 자신의 영혼이 사라지는 것 역시 그 자체로 슬프다.

"오래 기다렸지, 갈까?"

둘은 밖으로 나와 에스컬레이터로 걸어간다.

"자, 뭘 먹을까."

에스컬레이터를 타고 내려가면서 카즈사가 묻는다.

하지만 신스케는 대답 없이 휴대폰만 들여다본다. 그러더니 1층에 도착하자마자 신스케가 말했다.

"무로후시 형사한테 전화가 왔어. 잠깐만 기다려."

신스케가 무로후시의 전화를 받았다.

"여보세요, 신스케입니다. …네? 지금이요? 저는 괜찮습니다만…. 지금 신주쿠에 있습니다. …그렇습니다. 전에 일하던 직장입니다. 도착하면 연락 주세요."

통화를 끝낸 신스케가 카즈사에게 말했다.

"무로후시라고 카즈사 사건을 담당한 형사가 있어. 그 사람이 나한테 하고 싶은 이야기가 있대. 지금 여기로 오고 있어." 신스케가 휴대폰을 주머니에 넣으며 말했다.

"카즈사, 미안해. 지금 느긋하게 밥 먹을 시간이 없을 것 같아. 나는 형사랑 이야기를 하고 올 테니까, 카즈사는 다른 곳에서…."

"나도 같이 있으면 안 될까?"

"카즈사도?"

"응, 그게…, 내 사건이잖아. 나도 함께 이야기를 듣고 싶어. 조사가 어느 정도 진행되었는지 궁금하기도 하고."

"할 수 없네. 그럼 우선 무로후시 형사한테 말해보겠지만 거절당할지도 몰라."

"그래, 알겠어."

"그럼 일단 간단하게 때우자. 베이글 어때? 저 카페로 가자."

"좋아."

카즈사가 카페로 먼저 걸어가고, 신스케도 뒤를 따랐다.

"그런데 지금도 신스케한테 연락을 해주다니 좋은 형사님이네."

"뭐, 그렇지. 꽤 열심히 일하는 형사야. 그 사람은 내가 카즈사를 죽인 범인일지도 모른다고 의심했었어."

신스케가 커피를 한 모금 마시고 대답했다.

"신스케를 의심하다니, 말도 안 되잖아."

"보통 경찰이 젊은 여성이 살해당한 사건에서 가장 먼저 주목하는 건 남녀관계야. 치정에 얽힌 살인이 아니었을지 살피는 거지. 하지만 나는 알리바이가 있었어. 아, 왔다."

돌아보니 카페 입구에 회색 정장을 입은 사십 대 남성이 서 있다. 언뜻 보기에 멀쑥한 차림새의 직장인처럼 보였지만, 눈빛이 무척 날카로웠다.

신스케를 알아본 무로후시가 그들에게 걸어온다. 카즈사를 본 무로후시는 깜짝 놀라더니 그 자리에 굳은 얼굴로 서 있는

다.

"무로후시 씨, 왜 그러십니까?" 신스케가 물었다.

"아, 아니요." 무로후시는 고개를 흔들었다. "신스케 씨 혼자 있을 거라 생각해서 놀란 것뿐입니다. 그런데 이쪽 분은요?"

"제 사촌동생인 모리 치즈루라고 합니다. 도쿄를 구경하러 와 있습니다. 같이 있어도 될까요?"

무로후시는 당황한 듯했지만 아무 말도 하지 않았다. 그러다 겉옷 안주머니에서 사진 한 장을 꺼내며 말했다.

"사실 이분을 보고 많이 놀랐습니다. 안 그래도 사진 속 이 여성분을 찾고 있었거든요."

카즈사는 사진을 보았다. CCTV 영상을 확대한 사진인데, 거기에는 모리 치즈루의 모습이 찍혀 있었다. 야타베의 아파트에서 찍힌 사진이었다.

"야타베 사건 당일입니다. 자살일 가능성이 크지만, 타살일 가능성도 남아 있기에 CCTV 영상을 철저히 조사했습니다. 그 결과…."

아파트 주민과 야타베의 지인, 택배기사 등 CCTV에 찍힌 인물을 한 명씩 조사한 결과 정체불명의 여성이 용의자로 부상했다. 그것이 바로 모리 치즈루였다.

"모리 씨와 신스케 씨는 일요일에 같이 행동했다, 그런 겁니까?"

'어떻게 설명하면 좋을까.'

모리 치즈루가 안절부절못하고 있는데 옆에서 신스케가 대신 말했다.

"무로후시 형사님, 이 애는 예전부터 감이 좋았어요. 그래서 제가 엉뚱한 일을 계획하고 있다고 생각하고 그것을 막기 위해 저를 미행했던 겁니다. 그렇지, 치즈루?"

"경솔한 짓을 했습니다. 죄송합니다." 카즈사는 머리를 숙여 사과했다.

"그렇게 된 거군요. 알겠습니다."

무로후시는 그렇게 말하고는 커피를 한 모금 마셨다.

말로는 알겠다고 했어도 그의 속마음은 알 수 없다. 사실 지금도 카즈사를 의심하는 것처럼 보였다.

"그런데, 예를 들어 말입니다만, 두 분이 공범이라면 이야기는 달라집니다. 한 명이 뒤에서 야타베를 붙잡고, 다른 한 명이 야타베의 입으로 약을 먹인다면…? 자살로 위장할 수 있을 것 같은데 말이지요."

카즈사는 형사라는 직업이 참 무섭다고 생각했다. 그는 왜 이렇게까지 의심하는 것인가.

"저는 야타베가 자살했다고 생각하지 않습니다. 분명 누군가가 야타베를 살해했고, 그 범인이 카즈사 씨 사건에도 관여했다고 생각합니다."

무로후시는 야타베가 살해당한 것이고, 그를 죽인 범인이 카즈사를 죽인 진범이라고 말하고 있다.

무로후시는 이어서 말했다. CCTV 조회 결과 카즈사 말고도 두 명의 수상한 사람이 있는데, 두 명 다 남자라고 했다. 다만, 야타베가 살던 아파트가 회사 사무실로 쓰이는 경우도 있어서 그곳에 출입한 사람을 모두 조사하는 데에 난항을 겪고 있다고 했다. 무로후시는 그 두 명의 사진을 테이블 위에 놓았는데, 두 명 다 카즈사가 모르는 얼굴이었다. 신스케도 마찬가지인지 고개만 갸웃거렸다.

"협력해주셔서 고맙습니다."

무로후시가 사진을 겉옷 주머니에 넣었다. 그러고는 신스케에게 말한다.

"신스케 씨, 지금부터는 가능하면 둘이서만 이야기를 하고 싶습니다."

"아니, 이 애는 신경 쓰지 마세요. 입이 무거운 아이니까요."

"그렇지만…."

두 사람은 잠시 옥신각신하더니, 결국 무로후시가 양보했다.

무로후시는 느닷없이 엉뚱한 질문을 해왔다.

"그런데 신스케 씨, 오늘은 여기 왜 오셨습니까? 이전에 일하던 직장에 복귀하신 겁니까?"

"아닙니다. 이곳 의사가 갑자기 결근해서 오늘만 대타로 뛰는 겁니다."

"그렇습니까." 무로후시가 고개를 끄덕였다.

"실은 우에스기 스마일 치과 원장인 우에스기 씨 얘깁니다.

그가 와쿠이 카즈사 씨를 살해한 것이 아닐까…, 저는 그렇게 생각하고 있습니다."

카즈사는 자신의 귀를 의심했다. 신스케도 많이 놀랐는지 눈만 깜빡거렸다. 무로후시는 몸을 앞으로 내밀고는 속삭였다.

"카메이도에서 살해당한 여대생 말인데요…, 8개월쯤 전에 우에스기 씨의 치과에서 진찰을 받은 이력이 밝혀졌습니다. 피해자의 집에 있는 소지품을 다시 조사했는데, 우에스기 스마일 치과의 진찰 카드를 피해자의 책상 속에서 발견했습니다. 즉, 우에스기 씨는 와쿠이 카즈사와 지난주에 살해당한 여대생, 두 사람을 모두 알고 있었습니다."

카즈사 역시 카메이도에서 발생한 사건을 신스케에게 들어서 알고 있었다. 1년 전 자신의 사건과 유사성이 있기에 무로후시가 독자적으로 수사를 하고 있다는 얘기였다. 그렇지만 우에스기가 자신을 죽였을 거라고는 생각되지 않았다.

"저희 병원에는 의사가 4명입니다. 그러므로 우에스기 선생님이 그녀를 진찰했다고 단정할 수 없습니다."

"네, 물론 그런 점까지 포함해서 우에스기 씨께 여러 가지 이야기를 직접 들어볼 생각입니다. 신스케 씨, 우에스기 씨가 와쿠이 카즈사 씨에게 호감을 보였다는 사실을 알고 계십니까?"

"네? 아니요, 전혀…."

신스케가 그렇게 말하면서 카즈사의 얼굴을 살폈다.

사실 우에스기가 카즈사에게 식사를 같이 하자고 한 적이 몇 번 있었다. 하지만 그 이야기를 굳이 신스케에게 하지는 않았었다. 그럴 필요가 없다고 생각했기 때문이다. 이 일은 아무도 모른다고 생각했는데, 다시 생각해보니 동료 치위생사가 그 모습을 목격했던 기억이 났다.

"우에스기 씨가 와쿠이 카즈사 씨에게 일방적으로 마음을 품었을 거라는 것이 제 추측입니다. 그래서 빨리 우에스기 씨를 만나보고 싶습니다."

"1년 전 사건 때 우에스기 씨에게 알리바이가 있었나요?"

"네, 사건 당일에 그는 어떤 남녀 미팅 파티에 참가했다고 진술했습니다. 그가 파티에 참가했던 것은 사실로 확인되었습니다. 하지만 파티에 참가한 사람의 수가 백 명이 넘었기 때문에 중간에 몰래 빠져나오는 것도 가능했을 거라 생각합니다. 그런데 우에스기 씨는 지금 어디에 계십니까?"

"오늘은 오후 3시부터 출근할 예정입니다." 신스케가 심각한 표정으로 말한다.

"오늘 오전에 골프 시합을 하러 나갔습니다. 워낙 바쁜 분이라 사전에 미리 약속을 잡는 편이 좋을 거예요."

"그렇군요. 그런데 제 생각에는 미리 약속을 잡는 것보다는 내일 아침 일찍 약속 없이 집으로 들이닥칠 예정입니다. 아무쪼록 오늘 일은 비밀로 해주세요. 그럼 저는 이만 실례하겠습니다. 무슨 일이 있으면 연락드리겠습니다."

무로후시가 자리를 떠난다. 그가 가게를 나가는 모습을 끝까지 지켜보던 신스케가 숨을 크게 토하고 나서 말했다.

"믿을 수가 없어. 우에스기 씨가 범인일 수도 있다니… 카즈사, 우에스기 씨가 사귀자고 했다는 게 정말이야?"

"저 형사 허풍이 심해. 밥을 먹자고 한 적은 몇 번 있지만, 사귀자고 한 적은 없었어."

"흠, 게다가 네 사건이 일어났을 때 치과 관계자들은 모두 조사를 받았지만 모두 풀렸어. 그런데 이제 와서 갑자기 우에스기 선생님을 범인으로 지목하는 건 납득할 수 없어."

물론 그것은 새로운 연결고리를 찾았기 때문일 수도 있다. 카즈사, 그리고 지난주에 카메이도에서 살해된 여대생, 이 두 사람을 연결하는 사람으로 우에스기의 이름이 새롭게 부상한 것이다. 그래서 무로후시가 우에스기를 의심하는 걸 어느 정도 이해할 수 있지만, 그래도 여전히 납득하기는 힘들다.

시간은 벌써 오후 1시 20분이 되어갔다. 신스케가 치과로 돌아가야 하는 시간이다.

"슬슬 우에스기 선생님이 집에 돌아올 시간이 되었겠지? 내가 지금 선생님 댁에 가볼게. 주소는 안 바뀌었지?"

카즈사는 회식이 끝나고 귀가할 때 몇 번 택시를 같이 탄 적이 있기에 우에스기의 집 주소를 이미 알고 있다.

"어. 그런데 그 집에 가서 뭘 어쩌려고?"

"직접 얘기해볼 거야. 아무리 그래도 우에스기 선생님이 나를 죽인 범인이라는 생각은 안 들어."

"카즈사, 그건 위험해. 혹시 우에스기 선생님이 진짜 범인일 지도 몰라. 그러다 무슨 일이 생기면 어쩌려고."

"신스케, 우리 모두 우에스기 선생님한테 신세를 졌어. 분명 식사 제의를 거절한 건 사실이지만, 그런 이유로 나를 죽일 사람은 아니야."

모리 치즈루의 몸을 빌릴 수 있는 것도 오늘을 포함해 앞으로 이틀뿐이다. 우에스기가 카즈사를 죽인 범인일지도 모른다는 의심을 품은 채로 사라지기는 싫다. 카즈사는 자리를 박차고 일어났다.

"나, 갔다 올게."

"카즈사, 잠깐만."

신스케가 카즈사의 팔을 붙잡았다.

"지금 내가 말려도 소용없겠지. 하지만 말이야, 이것만은 약속해줘. 우에스기 선생님과 절대로 둘만 있지는 마. 그 사람이 살인자일지도 모른다는 걸 명심하라고."

"알았어."

카즈사는 고개를 끄덕이며 걸어갔다.

★

오후 진찰이 시작되었다.

하지만 신스케는 걱정스러운 마음에 도저히 집중이 되지 않았다.

"다 끝났습니다. 접수대에서 다음 진찰 예약을 해주세요. 조심히 가세요."

오후 첫 진찰을 끝내고 신스케는 진료실 책상에 앉았다. 그리고 컴퓨터에 '카메이도 여대생 살해사건'이라고 검색했다. 그러자 관련 기사가 몇 개 떴고, 그중 하나를 클릭한다.

살해당한 여대생의 이름은 '도츠카 마리코'였다. 이바라키현 출신으로 우에노에 있는 여대에 다녔다고 한다. 신스케는 뉴스 화면창을 닫고, 진료기록 화면창을 다시 열었다. '도츠카 마리코'라고 입력하자 해당 진료기록을 바로 찾을 수 있었다.

무로후시의 말은 사실이다. 그녀는 8개월 전에 이곳에서 충치 치료를 하러 와서 4번 진료를 받았다. 병원에서는 치료 후에도 정기 검진을 통해 충치 예방을 할 것을 권했지만, 그녀는 그 이후에 내원하지 않았다. 이 4번의 진찰은 전부 우에스기가 담당했다.

"화장실에 잠깐 다녀올게요."

신스케는 치위생사에게 그렇게 말하고 슬쩍 탈의실로 들어간다. 사물함에서 휴대폰을 꺼내 카즈사에게 전화를 걸지만 받지 않았다. 우에스기의 집은 이치가야에 있다. 어쩌면 카즈사는 지금 이치가야로 가는 지하철 안에 있을 것이다.

'어떻게 하지? 지금 나도 이치가야로 갈까? 그럼 오늘 예약 환자들은 어떡하지?'

탈의실을 나온 신스케가 곧장 접수대로 가서 사에키에게 물어본다.

"사에키 씨, 오후 예약 상황은 어떻게 됩니까?"

"어, 보자."

사에키가 컴퓨터 화면을 바라본다.

"오후에는 예약이 꽉 차 있네요. 왜 그러세요? 피곤하세요?"

"아니, 그런 건 아니에요."

"조금만 더 힘내세요, 신스케 선생님. 다음 환자분 진료실에 들여보낼게요."

"아, 네에. 그렇게 해주세요."

아무래도 이곳을 빠져나가기는 어려울 듯하다. 터덜터덜 진료실로 돌아가려는데 자동문이 열리더니 남자 둘이 들어왔다. 한 명은 무로후시, 다른 한 명은 처음 보는 젊은 형사였다.

"무로후시 씨, 이곳에 왜…?"

"빨리 우에스기 씨를 만나고 싶어서요. 여기서 기다릴 생각입니다." 무로후시가 태연한 얼굴로 말한다.

무로후시는 처음부터 그럴 생각이었다. 아까 신스케를 불러낸 것은 신스케에게 어설프게 수사 정보를 흘리는 것처럼 보였지만, 사실은 우에스기의 교대시간을 확인하고자 했던 것이다.

"잠시 이쪽으로 와주세요."

신스케가 무로후시에게 손짓했다. 그들은 밖으로 나와서 대화를 나눈다.

"저도 진료기록을 확인했습니다. 말씀하신 것처럼 우에스기 선생님이 그 사망한 여대생의 담당 의사였습니다."

"…그랬습니까?"

"실은 지금 아까 그 사촌 여동생이 우에스기 선생님을 만나기 위해 그의 아파트로 찾아가는 중입니다."

그 말을 들은 무로후시의 표정이 순식간에 변했다.

"함부로 그에게 접근하는 건 경솔하고 위험한 행동입니다. 우리 경찰에게 맡겨두면 될 일입니다."

"죄송합니다. 사촌 여동생 뜻이 너무 완강해서 말릴 수 없었습니다. 제 실수입니다."

"지금 당장 우리도 우에스기 씨의 집으로 가야겠습니다. 이치가야였지요?"

"네, 주소는 그대로입니다."

"알겠습니다."

그들은 빠른 걸음으로 사라졌고, 신스케는 초조한 마음에 입술을 깨물었다.

'야타베의 죽음으로 인해 사건이 이대로 막을 내리는 것이 아니었던가.'

신스케는 겨우 안정된 생활을 되찾았다고 생각했는데, 사건은 아직 끝나지 않은 듯했다.

신스케는 크게 숨을 토하고는 진료실 안으로 다시 들어갔다.

★

카즈사는 지금 이치가야에 있는 고층 아파트 앞에 서 있다. 지하주차장 입구로 진입할 수 있는 경사로 근처이다. 우에스기는 평소 자가용을 타고 움직이기에 반드시 이곳을 지나칠 것이다. 우에스기의 자동차가 들어오는지 지켜보기 시작한 지 벌써 10분이 지났다. 시간은 오후 2시 15분이 되어 간다.

'설마 우에스기가 그대로 신주쿠로 가버린 것일까.'

그때 회색 BMW 차량 한 대가 깜빡이를 켜면서 카즈사 앞을 지나갔다. 언뜻 운전석 창문 너머로 보이는 얼굴은 틀림없이 우에스기 나오야였다. 카즈사는 허둥지둥 주차장 경사로를 뛰어서 내려간다.

고급 차들이 즐비한 가운데 카즈사가 우에스기의 차량을 찾아 주변을 둘러보고 있을 때, 어디선가 희미하게 '삑' 하고 문 잠그는 소리가 들렸다.

카즈사가 그쪽으로 고개를 돌리니, 우에스기가 골프 가방을 메고 걸어오는 것이 보였다.

"우에스기 선생님!"

카즈사가 그의 이름을 부르며 뛰어갔다. 그러자 우에스기가 카즈사를 보고 말했다.

"당신은 신스케의…."

"네. 소다 신스케의 사촌 여동생입니다. 지난번에는 신세를 졌습니다."

"안 그래도 신스케에게 전화를 해서 당신 얘기를 했어. 신스케는 당신을 모른다고 하던데, 대체 당신은 누구지? 왜 신스케 주소를 나한테 물었지?"

카즈사가 입술을 깨문다. 우선 자신이 수상한 사람이 아니라는 것을 우에스기에게 증명해야 한다.

"아무튼 실례할게요. 지금 바빠요."

우에스기가 엘리베이터홀을 향해 앞으로 걸어갔다.

시간이 없다. 카즈사는 그의 뒷모습을 바라보며 말한다.

"거짓말을 한 건 죄송합니다. 오늘은 신스케 선생님의 심부름 때문에 이곳에 찾아왔습니다. 신스케 선생님이 전해달라고 부탁한 말이 있습니다."

그러자 우에스기가 돌아보았다.

"신스케가 부탁한 말…? 좀 있으면 그를 만날 거야. 금세 들통 날 거짓말은 하지 마."

"알고 있습니다. 신스케 선생님은 오늘 우에스기 스마일 치과에 오전 진료를 위해 출근했습니다. 그리고 우에스기 선생님은 골프를 치러 하코네에 갔다 오셨지요."

우에스기는 대답하지 않았다. 여전히 의심스러운 눈초리로 카즈사를 쳐다보았다.

"그런데 경찰이 와쿠이 카즈사 씨 사건의 용의자로 우에스기 선생님을 의심하고 있습니다. 실은 지난주에 카메이도에서도 여대생이 살해당하는 사건이 있었는데, 살해된 피해자가 원장님이 경영하는 병원의 환자였어요. 경찰은 1년 전 사건과 이번 여대생 살인사건이 동일범 소행이라 확신하고 있는데, 그 연결 고리가 우에스기 스마일 치과입니다."

엘리베이터가 도착했지만 우에스기는 타지 않았다.

그제서야 우에스기는 어깨에 멘 골프가방을 바닥에 내려놓고 카즈사에게 물었다.

"살해당한 여대생의 이름이 뭐지?"

카즈사가 피해자의 이름을 말하자 우에스기가 고개를 갸웃했다.

"도츠카 마리코? 처음 들어보는데…."

"8개월 전에 진료를 받은 것 같습니다."

"환자들이 워낙 많아서 말이지. 게다가 우리 치과에 의사가 나만 있는 것도 아니고…. 진료기록을 보면 생각날지도 모르겠지만…."

이런 식으로 이야기하다가는 우에스기가 범인인지 아닌지 알수 없다. 그래서 카즈사는 단도직입적으로 물어보기로 한다.

"우에스기 선생님, 물어볼 게 있습니다. 당신이 와쿠이 카즈사를 죽였습니까?"

우에스기가 눈을 깜빡이더니 황당하다는 듯이 웃었다.

"황당한 소리 말게. 나는 그녀를 죽일 이유가 없어!"

카즈사가 우에스기의 눈을 보니, 거짓말을 하는 것처럼 보이지는 않았다.

"경찰은 당신이 그녀를 좋아했었다고 말했습니다. 카즈사 씨가 계속 거절했지만 그녀에게 밥을 먹자고 제안했다더군요. 그러다 그녀에게 차인 분풀이로 살해했다, 경찰은 그렇게 짐작하고 있는 것 같습니다."

"어처구니가 없군. 내가 그녀에게 밥을 먹자고 한 건 다른 마음이 있어서 그런 게 아니야. 나는 그녀가 신스케와 사귀는 것을 이미 알고 있었네. 단지 그녀와 하고 싶은 얘기가 있었을 뿐이야."

"그렇다면 지난 일요일 오전에는 어디에 계셨습니까?"

"지난 주 일요일이라면 아들이랑 같이 있었어. 이혼한 전처가 아들을 키우고 있는데, 그날이 한 달에 한 번 아들을 만나는 날이었으니까."

"그걸 증명할 수 있나요?"

"이런 경우 내 아들의 증언은 가족의 증언이라 믿을 수 없다는 뜻인가. 그래, 아들이랑 같이 스포츠 용품점에 가서 배트와 글로브를 사줬어. 그 가게 직원이 우리를 기억할지도 몰라."

우에스기가 주머니에서 스마트폰을 꺼냈다. 그러고는 누군가에게 전화를 걸었다.

"여보세요? 아아, 자넨가. …음, 와 있어. 지금 얘기하는 중이야. 그녀가 하는 말이 정말인가? 경찰이 나를 의심하고 있다는 것 말이야."

아마도 신스케가 미리 전화를 넣어둔 모양이다. 우에스기는 잠시 신스케와 대화를 나누더니, 카즈사에게 스마트폰을 건넸다.

"신스케야. 자네와 이야기를 하고 싶대."

카즈사가 스마트폰을 받아서 귀에 대자 신스케가 말했다.

"카즈사, 괜찮아?"

"음, 현재까지는."

"그래서 우에스기 씨는 어때? 역시 수상해?"

"아니, 그렇지는 않아. 자세한 얘기는 나중에 할게."

"경찰이 그리로 가고 있어. 슬슬 도착할 때가 됐을 거야."

"알았어."

전화를 끊었다. 그때 마침 검은색 세단 한 대가 그들에게 다가왔다. 잠시 후, 차 문이 열리더니 남자 두 명이 내렸다. 한 사람은 좀 전에 만났던 무로후시라는 형사였고, 다른 형사는 처음 보는 사람이었다. 무로후시가 경찰 신분증을 꺼내 보이며 걸어왔다.

"우에스기 씨지요? 경찰입니다. 1년 전에 만났던 무로후시입니다."

"네, 형사님 얼굴은 기억합니다. 방금 전 이야기를 들었습니다. 제게 수상한 점을 발견하셨나 봐요?"

우에스기는 갑자기 들이닥친 형사들을 보고도 전혀 당황하지 않고 대답했다.

"지금부터 저희 병원에 가서 이야기를 나누시지요. 잠깐 시간을 낼 수 있을 겁니다. 저는 제 차로 갈 테니, 거기서 합류하지요." 우에스기가 제안했다.

"아, 괜찮으시면 저희 차로 치과까지 모시고 싶습니다."

"사양하겠습니다. 도망치지 않을 테니 걱정 마세요. 당신은 내 차를 타지."

우에스기가 카즈사에게 말했다. 카즈사는 우에스기를 뒤따라 회색 BMW로 향한다.

"아이고 이거 참, 샤워할 시간조차 없네."

우에스기가 한숨을 쉬며 말하고는 차에 시동을 걸었다. 창밖으로 무로후시 일행이 차에 올라타는 모습이 보였다.

"그런데 당신은 대체 누구야? 어쨌든 신스케랑 친한 사이인 것 같고, 사건에 대해서도 잘 아는 것 같은데…"

주차장 경사로를 오르며 우에스기가 물었다.

"그냥…, 그냥 사촌동생입니다."

★

남자는 어금니를 꽉 깨물었다. 지하주차장에 차를 세운 남자는 눈을 희번득거리며 앞 유리 너머를 쳐다보고 있었다.

계획은 순조롭게 진행되었다. 요즘 시대에는 모든 정보를 인터넷을 통해 쉽게 얻을 수 있다. 우에스기가 골프시합에 참가하는 것도 그 시합에 참가하는 사람의 블로그를 보고 알 수 있었다. 또 우에스기 치과 홈페이지에 그가 오늘 오후 진료를 맡는다는 일정표도 올라와 있었다.

따라서 우에스기가 골프를 치고 나서 이른 오후에 집으로 돌아올 것이라고 남자는 예측했다. 그래서 이곳에서 우에스기의 귀가를 기다렸던 것이다.

나머지는 간단하다. 아파트 주민으로 위장하고 우에스기와 같은 엘리베이터를 탄다. 그러면 그 다음부터는 남자 마음대로 할 수 있다. 그의 뒤를 쫓아가 문 앞에서 그를 덮친다. 그리고 집 안으로 끌고 들어가서 약을 먹여서 살해한다. 컴퓨터에 유서로 보이는 문서를 남기면 모든 게 완벽히 해결이다. 이번에야말로 모든 죄를 우에스기에게 뒤집어씌우고 완전범죄가 성립할 것이다.

그런데 우에스기가 탄 차량이 지하주차장으로 들어오고 나서부터 모든 계획이 틀어지기 시작했다. 운전석에서 내린 우에스기에게 어떤 여자가 달려갔다.

소다 신스케의 옆집에 사는 그 이상한 여자다. 얼마 지나지 않아 우에스기가 골프가방을 내려놓더니 여자와 본격적인 대화를 시작했다.

그 시점에서 남자는 계획을 포기했다. 방해꾼이 있으면 다음 기회를 노리는 수밖에 없다. 오늘 밤에 여기서 우에스기를 기다려도 될 것이다.

그런데 그때 또다른 검은색 세단 하나가 지하주차장에 들어오더니 그들 곁에 섰다. 잠시 후에 세단에서 남자 두 명이 내렸다. 그중 한 명이 신분증을 들어 보이는 걸 본 남자는 두 사람이 형사일 거라고 확신했다.

'왜 형사가 이런 곳에 나타난 것인가.'

남자는 조바심이 나기 시작했다.

잠시 후, 우에스기가 여자와 함께 걷기 시작했다. 남자는 의자를 더 뒤로 젖혀서 몸을 숨겼다. 곧, 남자의 귀에 차량에 시동을 거는 엔진소리가 들렸다.

몸을 다시 일으키자 우에스기의 차가 경사로를 타고 올라가는 것이 보였고, 그 뒤를 검은색 세단이 바짝 붙어서 쫓아가고 있었다.

우에스기와 경찰이 대면한 것은 예상밖이다. 우에스기를 처리하고, 그에게 모든 죄를 뒤집어씌울 계획이었는데, 모든 계획이 물거품이 되어버렸다. 남자는 신경질적으로 핸들을 몇 번이나 내리쳤다.

'냉정해지자.'

남자는 스스로를 타이른다. 아직 경찰에게 정체를 들킨 것이 아니다. 하지만 계획을 수정할 필요가 있다.

남자는 여자의 얼굴을 떠올렸다. 소다 신스케의 주위를 맴돌고 있는 수수께끼의 여자. 그 여자야말로 모든 계획을 틀어지게 만든 장본인이 아닐까. 아무래도 빨리 제거할 필요가 있을 것 같다.

와쿠이 카즈사와 도츠카 마리코처럼 화려한 미모의 여자는 아니지만, 그녀 역시 잘 가꾸면 빛날 스타일의 여자이다. 사냥

감으로 충분하다.

새로운 시나리오가 거의 다 완성되어 간다. 저 여자를 죽이고 마지막 마무리로 모든 죄를 소다 신스케에게 뒤집어씌우는 게 좋을 것이다. 나쁘지 않은 아이디어 같다.

남자는 시동을 걸고 차를 출발시켰다.

★

"우에스기 원장님한테 그런 깊은 뜻이 있었구나. 정말 고맙네."

신스케의 말에 카즈사가 고개를 끄덕였다.

우에스기 스마일 치과를 나온 신스케는 신주쿠 거리를 잠시 거닐다가 집으로 돌아왔다. 그러고는 슈퍼에서 장을 봐서 카즈사가 먹고 싶다고 했던 볶음국수를 만드는 중이다.

우에스기는 경찰 조사를 받는 내내 자신의 결백함을 주장했다. 형사들도 우에스기의 이야기를 어느 정도 믿는 눈치였다. 도츠카 마리코가 살해당한 시간에 우에스기에게 알리바이가 있었던 것이 확실했기 때문이다.

우에스기 차에 동승했던 카즈사는 그에게서 여러 이야기를 들었다. 그가 카즈사에게 밥을 먹자고 한 진짜 이유도 들었다.

우에스기가 카즈사에게 인간적인 호감을 가지고 있었던 것은 사실이지만, 식사를 하자고 한 건 전혀 다른 이유 때문이었다. 평소 우에스기는 신스케를 보면서 안타까워했다고 한다.

'이제 슬슬 독립해서 개업의가 되어도 좋지 않을까? 언제까지고 월급쟁이 의사인 페이 닥터로 있어서는 안 돼.'

우에스기는 카즈사를 통해 그런 뜻을 전하려고 했던 것이다.

"그래서 우에스기 원장님이 잘 아는 부동산을 통해 여러 치과 자리를 검토했었대. 거기서 두 번째 치과를 열 생각이었는데, 우에스기 선생님이 새로운 치과로 가고, 기존의 신주쿠 치과는 신스케에게 맡길 계획이었던 것 같아."

"그런데 그러면 어쨌든 페이 닥터인 것은 마찬가지잖아."

"하지만 원장이니깐 지금보다는 훨씬 직급이 높고 중요한 직책이지. 우에스기 선생님은 이런 남자가 어디가 좋은 건지…."

"어이, 말이 심하잖아."

신스케가 완성된 볶음국수를 접시에 담았고, 카즈사는 냉장고에서 캔 맥주를 꺼냈다. 그런 다음 그들은 나란히 테이블 앞에 앉는다.

"카즈사, 어때? 맛있어?"

"맛있어. 진짜 맛있다. 지금까지 만든 것 중에 제일 맛있는 것 같아."

볶음국수를 먹던 카즈사가 캔 맥주로 손을 뻗었다.

"어디, 나도 먹어볼까."

신스케도 볶음국수를 한 입 먹는다. 카즈사의 말처럼 놀랄 만큼 맛있다. 감칠맛이 도는 게 맥주가 절로 당기는 맛이다.

"새우랑 오징어 국물이 잘 우러났네. 그래서 이렇게 맛있나

보다." 예상보다 더 맛있는 이유는 어패류에서 감칠맛이 우러
난 덕분인 것 같다.

"신스케, 1인분 더 만들어줄 수 있어? 준에게도 먹여주고 싶
어."

"알았어."

둘은 순식간에 볶음국수를 다 먹고, 맥주를 두 캔 비웠다. 테
이블 위에는 카즈사가 만든 샐러드와 슈퍼에서 사온 어묵만
남았다. 신스케는 어묵 한 점을 더 집어먹고, 맥주를 한 캔 더
땄다.

"신스케, 사실은 할 얘기가 있어." 카즈사가 진지한 얼굴로 말
했다.

카즈사의 진지한 표정에 조금 놀란 신스케는 자세를 고쳐 앉
는다.

"내일 어디 맛있는 거라도 먹으러 가지 않을래?"

"뭐야, 그런 얘기야?" 신스케는 가슴을 쓸어내렸다. "그래, 맛
있는 거 먹으러 가자. 그런데 새삼스럽게 왜 그런 이야기를…?"

"모처럼 이렇게 둘이 다시 만났으니 말이야. 그 기념으로 어
때? 어느 가게로 갈지는 신스케한테 맡길게."

"알았어. 좋은 가게를 찾아놓을게."

"믿는다."

"좋아. 그럼 이제 준에게 줄 볶음국수 만들게."

신스케는 캔 맥주를 테이블에 내려놓고 자리에서 일어났다.

"신스케가 만들었어. 먹어봐."

신스케가 만든 볶음국수를 들고 준의 집을 찾았다. 오늘도 역시 준은 게임을 하고 있었다.

"고마워. 진짜 맛있어."

준이 볶음국수를 입 안으로 밀어 넣으며 말한다. 단숨에 절반 정도를 먹고 나서 준이 카즈사에게 말했다.

"그런데 누나, 앞으로 하루 남았네."

"응."

야속하게도 시곗바늘은 계속해서 착착 움직였다.

'앞으로 하루만 더 지나면 내 영혼은 영원히 사라지는 것일까'

그런 생각만으로도 카즈사는 공포가 엄습하고 마음이 찢어진다.

"나, 좋은 방법이 생각났어."

준이 입술에 묻은 기름을 티슈로 닦으면서 말했다.

"만약 누나가 이대로 살고 싶다면 그 시계를 부서뜨리는 건 어때?"

카즈사도 그 생각을 했었다. 하지만 시계를 망가뜨리는 것만으로 이 상황이 해결될 것 같지는 않았다. 카즈사가 침묵하자 준이 계속해서 설명했다.

"물론 잘된다는 보장은 전혀 없어. 하지만 영화 같은 데 흔히 나오잖아. 테러리스트가 핵폭탄 스위치를 들고 있는데 그걸 폭파하면 모든 게 해결되는 그런 거. 그거랑 똑같아. 그 시계를 부숴 버리면 타임 리미트 자체가 없어질 가능성도 있어."

"하지만…, 만약 그게 성공한다면 네 누나는 어떻게 되는데? 모리 치즈루의 영혼이 돌아올 곳이 없어져버려."

"하지만 지금 우리 누나의 몸 주인은 와쿠이 카즈사잖아. 만약 이대로 있고 싶다고 생각한다면, 그걸 막을 권리가 나에게는 없다고 생각해."

카즈사는 손목시계를 내려다본다.

날짜 문자판은 『2』가 되었다. 이 시계를 부수면 내 영혼은 계속해서 모리 치즈루의 몸 안에 머물 수 있다. 만약 정말로 그렇다면, 나는….

"그리고 사실은 시계를 부숴버린다고 해도 예상과 달리 아무 변화도 일어나지 않을 가능성도 있어. 그렇다고 나를 원망하지는 마. 하지만 만약 누나가 도저히 이 세상을 떠나기 싫다면, 그 시계를 부수어 보는 것도 시도해볼만한 방법이 아닌가 해서 그래. 큰 돌만 있으면 쉽게 부술 수 있을 거야. 그 다음에 기적이 일어날지도 몰라."

준은 그렇게 말하고 나서 남은 볶음국수를 마저 먹기 시작했다.

"목마르다."

준의 말에 카즈사는 말없이 냉장고를 열고 물이 든 페트병을 꺼내 준 앞에 놓았다.

"그런데 누나의 영혼이 남의 몸에 들어간 건 무슨 의미였을까?" 준이 페트병 뚜껑을 열며 말했다.

"이제 와서 보면, 사실 누나 애인도 직접 복수를 하려던 게 아니었잖아. 복수를 막으려고 누나 영혼이 이렇게 되었다는 건 우리의 착각이었어. 그렇다면 누나가 현세에 엄청 미련이 많아서 그랬던 걸까?"

"그럴지도 모르겠다."

하지만 카즈사는 지금 그런 것을 따지고 싶지 않았다. 그저 신스케와 다시 만난 것만으로도 행복했다. 어쨌든 자신에게 남은 시간은 단 하루뿐이다.

"그럼 나는 갈게."

"응. 누나 애인한테 잘 먹었다고 인사 전해줘."

"알았어."

카즈사는 밖으로 나왔다. 그리고 문을 닫고 잠시 그 자리에 우두커니 멈추어 서 있었다.

손목시계를 부수면 이대로 신스케와 쭉 함께 있게 될지도 모른다. 그것이 카즈사가 살기 위해 시도해 볼 수 있는 유일한 방법이다.

'살고 싶다. 다른 사람의 몸을 빌려서라도 좋으니 계속 살고 싶다.'

신스케에게 자신의 정체를 밝힌 후 그 마음은 점점 커져만
갔다.

이 손목시계를 부수면 기적이 일어날지도 모른다.

그것은 카즈사의 귓가에 울리는 악마의 속삭임이었다.

18시간 전

오전 6시, 카즈사는 선잠에서 깼다. 그녀는 침대를 빠져나와서 벽 쪽에 놓인 테이블로 갔다. 신스케는 거실 소파에서 자고 있었다.

카즈사는 스마트폰을 들고 인터넷에 접속했다. 만약 오늘이 인생의 마지막 날일 경우, 신스케에게 작별 인사를 직접 할 용기가 도저히 나지 않았다. 그래서 카즈사는 신스케에게 다른 방법으로 메시지를 남길 수 없을지 고민했다.

인터넷에서 이것저것 검색하고 있는데, 마침 딱 맞는 서비스를 찾았다. 카즈사는 그 이용방법을 꼼꼼하게 읽고 나서 앱을 닫았다.

침대 옆에 놓인 손목시계를 보니, 날짜 표시는 어느새 『1』로 바뀌어 있었다.

마침내 그날이 왔다.

살고 싶다, 사라지고 싶지 않다는 열망이 카즈사의 마음속에서 강하게 불타올랐다. 그렇다면 역시 이 시계를 부수고 타임 리미트를 멈추는 것에 운명을 걸어볼 수밖에 없을까.

그런데 만약 그것이 성공하면 모리 치즈루의 영혼이 돌아올 몸은 없어지게 된다. 또 손목시계를 부순다 해도 타임 리미트가 멈춘다는 보장도 없다. 물론 시도해 볼 가치는 있다.

스마트폰 내려놓으려는 순간 문자메시지가 도착한다. 이 스마트폰은 모리 치즈루의 것이다. 그녀에게 온 문자메시지를 마음대로 봐서는 안 된다고 생각하지만 저도 모르게 문자메시지함을 열어보게 되었다.

'치즈루, 안녕. 이렇게 이른 시간에 미안해. 유리한테 들었는데 의식이 돌아왔다면서? 정말 다행이야. 다들 치즈루를 걱정하고 있어. 마미도, 쿄코도, 안짱도 치즈루가 빨리 돌아왔으면 좋겠다고 했어. 건강해지면 꼭 가게에 들러줘. 기다릴게.'

보낸 사람 이름은 고나가이 미야비였다. 이런 메시지를 보내는 것으로 볼 때 이들은 분명 모리 치즈루와 친했을 것이다.

휴대폰에는 아직 확인하지 않은 문자메시지가 많았다. 이러면 안 되는데 하면서도 엿보기 심리가 발동하여 읽지 않은 문자메시지들에 손가락이 간다.

그때 그 문자메시지가 카즈사의 눈에 날아 들었다. 대략 1년 2개월쯤 전에 온 문자메시지로 그것은 이미 모리 치즈루가 확인한 것이었다. 이상한 점은 바로 그 문자메시지를 보낸 사람의 이름이었다. 망치로 머리를 한 대 얻어맞은 것처럼 카즈사는 큰 충격을 받았다.

'어떻게 된 거지? 왜 이 이런 문자메시지가 모리 치즈루에게 와 있지?'

문자메시지의 내용은 식사를 함께하자는 내용이었다. 이번 주말에 같이 밥이라도 먹자는 가벼운 말투로 쓰여 있었다. 답장을 보낸 기록이 남아 있기에 카즈사는 답장으로 보낸 문자메시지도 찾았다. 식사 권유를 거절하는 내용이었다.

도무지 어떻게 된 것인지 모르겠다.

'왜 이런 문자메시지가 여기 있는 거지?'

손이 덜덜 떨려 스마트폰을 테이블 위에 떨어뜨렸다.

'이것은 무엇을 의미하는 것일까? 내가 뭔가 착각하고 있는 것은 아닐까?'

카즈사는 멍하니 벽만 쳐다보고 있을 수밖에 없었다.

'어쩌면…, 내 사건은 아직 해결되지 않은 것일까? 내 영혼이 모리 치즈루의 몸으로 옮겨간 것은 나를 죽인 진범을 찾아내라는 하늘의 뜻이 아닐까?'

그러나 남은 시간은 앞으로 하루뿐이다. 카즈사는 아무것도 할 수 없다.

★

잠에서 깬 신스케가 소파 위에 누워 있다. 신스케는 하품을 하면서 크게 기지개를 켰다.

주방에 카즈사의 모습은 보이지 않았다. 하지만 희미한 국물 냄새가 감돌았다. 소파에서 일어난 신스케는 카즈사가 잠들어 있던 침실을 들여다보았다.

카즈사는 침대 옆 의자에 앉아서 심각한 표정으로 스마트폰을 들여다보고 있다.

"아, 깼어?"

신스케를 본 카즈사가 당황한 얼굴로 스마트폰을 내려놓았다.

"좋은 아침. 뭐 보는 중이었어?"

"음, 그냥 좀. 아침 바로 준비할게."

화장실에서 세수를 한 다음 주방으로 돌아오자 카즈사가 테이블 위에서 음식을 차리고 있다. 쌀밥에 된장국, 그리고 마른 반찬들이다.

"잘 먹겠습니다."

신스케가 된장국을 한 술 뜬다.

"맛있다. 카즈사가 만드는 된장국은 언제나 최고야."

"고마워."

그렇게 말하는 카즈사의 표정이 영 이상하다. 어딘가 축 처져 보이는 것은 괜한 생각일까. 신스케는 일부러 밝은 말투로 말한다.

"오늘 괜찮으면 영화라도 보러 갈까? 그리고 긴자에서 밥 먹자."

"첫 데이트를 재현하자는 거구나."

"맞아. 나쁘지 않지?"

"그래, 영화 보고 싶어."

카즈사가 살짝 미소 지었고, 그제서야 신스케도 안도했다.

카즈사가 계속해서 말한다.

"영화 본 지도 되게 오래됐어. 아침밥 먹고 바로 인터넷으로 검색해볼게. 요즘 재미있는 게 뭐가 있으려나."

그때 주방에서 스마트폰 진동소리가 들렸다. 모리 치즈루의 스마트폰이었는데, 카즈사는 그 소리를 무시하고 묵묵히 밥만 먹는다.

"안 받아?"

"괜찮아. 그냥 놔둬. 용건이 있으면 다시 걸겠지."

"받아봐. 중요한 용건이면 어떡해."

그러자 카즈사가 마지못해 일어난다. 카즈사는 뭔가 두려워하는 표정으로 스마트폰을 귀에 댄다.

"네, 모리입니다…."

전화를 받기는 했지만 "네."라는 답만 할 뿐 거의 침묵하며 상대의 말에 귀를 기울이고 있다.

이윽고 통화를 끝낸 카즈사가 돌아온다.

"누구야?"

"아르바이트 하는 곳의 점장님."

카즈사의 말로는 모리 치즈루가 의식을 되찾았다는 소식이 빵집까지 전해지자, 점장이 대표로 전화를 했다고 한다.

"오늘 가게에 오지 않겠느냐고 하셔. 정중하게 거절했더니 오늘밤에 문병을 오겠다고 해서…. 어떻게 하지?"

"그렇다면 오늘 일정을 변경하자. 오전에 모리 씨가 일했던 빵집을 찾아가보자. 그곳에서 빵을 사서 공원에서 먹는 것도 좋겠다."

신스케가 그렇게 제안했다.

하지만 모리 치즈루의 지인을 만나는 것이 영 두려운지 카즈사의 표정은 우울하기만 했다.

신스케는 카즈사의 심정을 충분히 이해할 수 있지만, 카즈사가 계속해서 무직으로 지낼 수도 없는 노릇이라 생각한다. 설령 빵집을 그만둔다 하더라도 함께 일했던 사람들에게 최소한의 예의는 지켜야 할 것 같다.

비슷한 생각을 했는지 카즈사도 고개를 끄덕였다.

"알았어. 그 빵집에 같이 가보자."

"역시 카즈사라면 그럴 줄 알았어. …그런데 나는 모리 씨를 육교에서 민 범인이 누군지 계속 신경 쓰여."

모리 치즈루가 육교 계단에서 떨어진 사건의 경위는 지금까지도 밝혀진 바가 없다.

"왜 신경이 쓰여? 그냥 사고일지도 모르잖아."

"어쩌면 모리 치즈루가 우리에게 특별한 은혜를 베풀어준 것 같아. 카즈사를 다시 만날 수 있었던 것도 그녀가 네게 몸을 빌려준 덕분이잖아. 이렇게 너를 만나지 못했다면 나는 어땠을까. 지금도 너를 죽인 범인만 찾아 헤매고 있었을지도 모르겠어."

신스케가 잠시 숨을 고른 다음 말했다.

"그래서 모리 치즈루에게 뭔가 해주고 싶어. 게다가 언제까지고 이 상태가 계속된다는 보장도 없잖아. 어쩌면 언젠가 모리 치즈루의 영혼이 되돌아올 날이 올지도 몰라. 그때 자기가 왜 육교에서 떨어졌는지, 그 이유를 알고 싶지 않을까?"

"그러네. 신스케 말처럼 이 상태가 계속된다는 보장이 없으니까. 만약 그런 일이 벌어지면 신스케는 바로 좋은 사람을 찾아."

"또 그 얘기야? 카즈사, 미안하지만 난 새로운 사람을 만날 마음이 전혀 없어. 이렇게 다시 너를 만났으니까."

"하지만 이 상태가 언제까지 계속될지 알 수 없잖아."

"왜 그래? 무슨 징후라도 있는 거야? 네가 사라질지 모른다는 징후 말이야."

"아직 그런 건 없어. 그리고 나도 신스케와 쭉 함께 살고 싶어."

"…"

"…"

무겁게 가라앉은 분위기도 전환할 겸 신스케가 화제를 돌렸다.

"그나저나 어떤 빵가게였을까. 오랜만에 카레빵이 먹고 싶네. 예전에 산겐자야에 있는 빵집에 갔던 거 기억하지? 그때 먹은 고로케는 정말 최고였어."

"아, 맞아! 기억나. 빵집하면 나는…."

카즈사가 겨우 활기를 되찾은 듯했다.

다시 안심하게 된 신스케는 카즈사의 재잘거림을 열심히 들어주었다.

고마고메 역에서 내린 것은 처음이었다. 모리 치즈루의 스마트폰에 빵가게 번호와 주소가 등록되어 있었다. 신스케는 카즈사와 나란히 상점가를 걸었다.

거리에는 세월의 흔적이 그대로 드러나는 양복점과 구둣가게, 그리고 정육점과 야채가게 등 식료품점들이 처마를 맞대고 있다.

"좋은 곳이네."

"그러게. 이 근처에 살면 편할 것 같아."

"저 가게 아니야?"

상점가를 막 빠져나간 곳에서 카즈사가 앞쪽을 가리켰다. 오전 11시가 다 되어 가는 시간이다.

외관은 흰색으로 칠해서 심플한 느낌을 주었고, 창문이 커서 가게 안이 훤히 보였는데 틀림없이 빵가게였다.

"카즈사, 알았지? 나는 네 사촌오빠야."

"알고 있어."

"너무 많이 말하지 않아도 돼. 내가 어떻게든 둘러댈게."

신스케가 나무문을 밀고 안으로 먼저 들어간다.

가게 안은 손님들로 북적였다. 가게 안에 감도는 향긋한 빵 냄새에 신스케는 배가 고팠다. 아침밥을 두 공기나 먹었는데도 말이다.

계산대 앞에 서 있던 여자가 카즈사를 보더니 입을 떡 벌렸다.

"치즈루…!"

여자는 재빨리 안쪽 주방으로 들어간다. 곧 신스케와 비슷한 연배의 남자가 주방에서 나왔다. 남자는 카즈사를 보며 환하게 웃는다.

"치즈루, 잘 왔어. 정말로 걱정 많이 했어."

"걱정을 끼쳐서 죄송했어요. 이쪽은 제 사촌오빠예요. 아직 몸 상태가 좋지 않아 같이 왔습니다."

"안녕하세요."

점장이 신스케에게 짧게 인사를 한 뒤, 카즈사의 팔을 붙잡았다.

"다들 걱정이 많았어. 모두에게 네 얼굴 좀 보여줘."

점장이 카즈사를 안으로 데려갔다. 주방은 매장 안쪽이었는데 통유리로 되어 있어서 그 안이 훤히 보였다. 흰색 유니폼을 입은 이삼십 대 여자들이 카즈사를 순식간에 에워쌌다.

그때 한 점원이 큰 쟁반을 들고 와서 바구니 안에 크루아상을 보충했다.

"저…, 혹시 미야비라는 분이 누구시죠? 아, 저는 수상한 사람이 아니고 치즈루의 친척이에요."

신스케가 그 점원에게 물어본다.

이곳으로 오는 도중에 카즈사가 모리 치즈루의 가장 친한 친구인 미야비에 대해 얘기했다.

"미야비라면 저 애예요. 맨 오른쪽에 있는 아이요."

점원이 주방 안쪽을 가리킨다. 카즈사는 아직 동료들에게 둘러싸여 있었다. 그 무리에서 좀 떨어진 곳에 있는 사람이 미야비인 듯했다.

"죄송하지만 미야비 씨를 불러줄 수 있을까요? 고맙다는 인사라도 하고 싶어서요."

"네, 잠시만 기다려주세요."

점원이 주방 안으로 사라졌고, 신스케는 다시 가게 안을 둘러보았다. 그때 미야비가 신스케에게로 걸어왔다.

"안녕하세요. 저기, 저한테 무슨 볼일이 있으세요?"

"아, 일하시는 도중에 죄송합니다. 저는 모리 치즈루의 친척인 소다 신스케라고 합니다. 치즈루에게 당신 이야기를 들었어요. 무척 친하게 지냈다고 하더군요."

"네, 치즈루가 건강해져서 다행이에요."

"그런데 실은…." 신스케가 약간 목소리를 낮추고 말했다.

"1년 전 치즈루가 사고를 당했을 때 머리를 부딪쳐서 그 전후의 기억이 사라졌습니다. 그래서 미야비 씨께 치즈루에 대한 이야기를 듣고 싶습니다. 잠깐이라도 좋으니까 시간을 좀 내줄 수 있을까요?"

"그런 거였군요. 낮에 교대로 휴식 시간이 있으니까 그때 시간을 낼 수 있을 거예요."

약속시간과 장소를 정하고 그녀는 다시 주방으로 돌아갔다. 그때까지도 카즈사는 사람들에게 둘러싸여 있었다. 모리 치즈루가 이 가게에서 사랑받는 존재였다는 사실을 그 모습 하나로 알 수 있었다.

신스케는 환하게 웃으며 다시 가게 안을 돌아보았다.

12시간 전

"신스케, 역시 우에스기 원장님이 하는 치과로 돌아가는 게 어때? 때마침 빈자리도 생겼고, 그게 가장 좋을 것 같아."

카즈사의 말처럼 우에스기 스마일 치과의 신입 의사는 결국 치과를 그만두었다.

"실은 아까 우에스기 선생님한테 복귀를 권유하는 내용의 문자메시지를 받았어."

신스케가 샌드위치를 우물우물 씹으며 대답한다.

두 사람은 고마고메에 있는 절 안에 있었다. 미야비와 정오에 만나기로 한 장소였다.

그들은 지금 이른 점심을 먹는 중이었다.

"그래서 답장했어?"

"다음 주부터 복귀하게 해달라고 했어. 이번 주말에는 늘푸른 빌라에서 짐부터 뺄 생각이야. 이참에 카즈사 집도 같이 해약하자. 어차피 거기는 안 돌아갈 거잖아."

"그래."

"그리고 모리 씨 집에서도 계속 살 수 없어. 가까운 시일 안에 다른 집을 찾자."

"알았어."

카즈사는 신스케의 제안에 고개만 끄덕였다. 신스케는 카즈사가 사라질 운명인 것을 아직 정확히 모른다.

슬슬 시간은 정오에 가까워지고 있고, 손목시계의 날짜 문자 판에는 『1』이라는 숫자가 보인다. 앞으로 12시간 후에는 카즈 사의 영혼이 이 세상에서 사라진다. 그렇다면 역시 그 방법에 운명을 걸 수밖에 없는 걸까.

하지만….

"오, 왔다."

신스케의 말에 카즈사는 고개를 들었다. 이쪽으로 걸어오는 한 여성이 보였다. 흰색 유니폼에 빨간색 재킷을 걸친 모습이 다. 아마 저 사람이 미야비일 것이다.

아까 너무 많은 사람들이 말을 거는 바람에 카즈사는 한 명 한 명의 이름을 기억하지 못했다.

"바쁜데 죄송합니다."

신스케가 미야비를 향해 머리를 숙인다.

"아니요, 괜찮습니다."

미야비가 카즈사와 신스케 사이에 앉았다.

"연락 못해서 미안해."

카즈사가 용기를 내어 그녀에게 말을 붙인다.

"그런 건 신경 쓰지 마. 그나저나 힘들었지?"

"그렇지, 뭐."

카즈사는 다시 침묵했다.

평소에 모리 치즈루가 미야비와 어떤 식으로 얘기했는지 몰랐기에 먼저 이야기를 꺼내기가 힘들었다. 그러자 신스케가 적절히 끼어들었다.

"미야비 씨, 아까 말한 것처럼 치즈루는 사고 전후의 기억이 없어요. 아마도 치즈루는 뭔가 깊은 생각에 사로잡혀 있다가 육교 위에서 굴러떨어진 것 같아요. 당시 치즈루한테 무슨 고민이라도 있었나요?"

"정말 아무것도 기억이 안 나?"

"응. 정말 아무 기억이 없어."

"그렇구나. …그날 특별히 평소와 다른 모습은 아니었던 것 같아. 단지…."

미야비가 턱에 손을 괴고 그때의 기억을 더듬었다.

"사고가 나기 이틀인가 삼 일 전이었던 것 같은데, 그때 치즈루가 우울해했어. 기억나?"

"아니, 안 나."

"준이랑 크게 싸웠다고 했어. 준의 미래를 생각해서 이것저것 조언을 하다가 그대로 말다툼을 했다고 했어."

처음 듣는 얘기였다. 준은 그런 얘기를 전혀 하지 않았다. 미야비가 계속해서 말했다.

"준을 그 집에서 쫓아낼 생각까지 했어. 그렇게 해야 준이 정신을 차리지 않을까 하고 말이야. 치즈루, 준이랑은 화해한 거지?"

"응, 뭐 그야…."

"다행이다. 두 사람 사이가 어떻게 됐을지 걱정했거든. 그런데 치즈루, 일은 언제부터 다시 나올 수 있어?"

"아마 조금 더 있다가."

카즈사는 마음속으로 미야비에게 사과한다.

'미안해. 다음에 만날 때는 진짜 모리 치즈루가 돌아와 있을 테니까 그때까지만 기다려줘.'

"아무튼 다시 치즈루를 만나서 다행이야. 1년만인 걸. 새로운 직원도 들어왔어. 치즈루가 돌아오면 환영회를 하자고 아까 다 같이 이야기했어."

미야비는 말이 많은 스타일인지 재잘재잘 잘도 떠들었다.

"큰일 났다."

그때 미야비가 자리에서 벌떡 일어난다.

"치즈루, 미안해. 이제 일하러 가봐야 해."

"아니야, 나야말로 미안해. 귀중한 휴식시간인데."

"아니야. 아무튼 복귀 결정되면 문자 줘."

"응, 꼭 문자 보낼게."

미야비가 황급히 발걸음을 돌렸고, 카즈사는 스마트폰을 꺼냈다. 스마트폰 앱에서 '오오츠카 도시락가게'를 검색하자, 여러 개의 점포가 나왔다.

"신스케, 오늘 일정 변경해도 돼?"

"괜찮아. 어디 다른 데 가고 싶은 곳 있어?"

"도시락가게에 가고 싶어졌어."

카즈사가 자리에서 일어났고, 신스케도 빵이 든 봉투를 들고 엉거주춤 일어났다.

"카즈사, 도시락이라니…? 아직 빵도 많이 남았어. 어이, 카즈사."

카즈사는 신스케의 말을 들은 체도 하지 않고 절을 빠져나왔다.

준은 여느 때처럼 컴퓨터 앞에 앉아 있었다. 컴퓨터 옆에는 과자봉지와 콜라 캔이 놓여 있다. 카즈사는 도시락을 준에게 건네며 말했다.

"이거 사왔어. 과자만 먹지 말고 밥 좀 챙겨먹어."

"아, 고마워. 그러고 보니 오늘이 마지막 날이지? 각오는 됐어?"

"뭐, 그렇지. 될 대로 되라고 생각 중이야."

신스케는 밖에서 기다리는 중이다. 준과 둘이서만 이야기하고 싶다면서 카즈사가 신스케에게 부탁했기 때문이다.

"이 도시락이지? 준이 좋아하는 도시락."

"맞아. 이따가 먹을게. 과자를 너무 먹었더니 지금은 배불러."

준은 근처에 있는 도시락가게에 가기 위해서 밖에 나갈 때가 가끔 있다. 카즈사는 이전에 준이 했던 얘기를 기억하고 있었다.

"그런데 요즘은 전혀 가지 않았던 것 같네. 도시락가게 아줌

마가 준을 기억하고 있었어. 근래 1년 동안 준의 얼굴을 못 봤다면서 무슨 일이 있는지 궁금해 하시더라."

"좀 멀어서 그래. 게다가 최근에는 편의점 도시락도 맛이 꽤 좋아졌거든."

"아까 치즈루 씨가 일했던 빵집에 다녀왔어. 거기서 이런저런 얘기를 듣던 중에 너와 누나가 크게 싸웠다는 걸 알게 됐어. 치즈루 씨가 육교에서 떨어지기 며칠 전에 말이야."

"싸움을 했다니 과장이 심하네. 그냥 말다툼을 좀 한 것뿐이야. 누나가 그런 얘기까지 남들에게 미주알고주알 한 건가. 정말 답답하네."

준은 표정 하나 변하지 않은 채 컴퓨터 화면만 들여다보고 있다. 그 말투에서도 초조해하거나 긴장하는 느낌은 전혀 느껴지지 않았다.

"너는 1년 전에 누나와 크게 싸웠어. 그래서 누나 기분을 풀어주려고 도시락가게에 들러서 누나에게 줄 도시락을 샀지. 그러다 퇴근하고 돌아오는 누나와 딱 마주친 거 아니야?"

카즈사의 질문에 준은 대답하지 않았다.

그가 밖에 나가는 건 보통 편의점에 갈 때뿐이다. 그런데 편의점은 이 원룸주택 1층에 입점해 있기 때문에 육교를 건너지 않고도 갈 수 있다.

그 도시락가게에 가기 위해서는 반드시 육교를 건너야 한다.

"그런데 육교에서 또 누나와 다툼을 벌이고 말았어. 그러다 너는 누나를 밀어버렸고, 모리 치즈루는 계단 아래로 굴러떨어졌지. 너는 두려움에 그 자리에서 도망쳤고, 그 후 도시락가게에는 가지 않게 된 거지. 그 육교를 보면 누나를 밀었던 그 사건이 생각나기 때문이지. 어때, 내 추론이…?"

"뭐야, 지금 나랑 탐정 놀이라도 하자는 거야?"

"비꼬지 말고 제대로 대답해. 네가 치즈루 씨를 밀어서 떨어뜨린 거 맞어?"

"그래. 하지만 일부러 그런 건 아니었어."

의외로 순순히 준은 자신의 죄를 인정했다.

"계단을 내려가던 중에 내가 누나한테 도시락을 건넸는데, 누나가 거절했어. 모처럼 사온 건데 말이야. 그래서 내가 억지로 누나 손에 쥐어주려고 했는데…. 그러다 누나가 균형을 잃고 계단에서 떨어지고 말았어."

"너는 잘못이 없었다고 말하고 싶은 거야?"

"응. 난 정말 잘못이 없으니까."

카즈사는 화가 치밀어 올랐다. 반성하기는커녕 준은 뻔뻔하게 시치미를 떼고 있었다.

"내일 누나가 깨어날지도 몰라. 그녀는 분명 네가 밀어서 떨어졌다는 걸 기억할 거야. 치즈루 씨에게 사과하고 제대로 용서받아야 하지 않겠어?"

"몰라. 누나 좋을 대로 하면 돼. 경찰에 고소하고 싶으면 그렇게 해.""날 똑바로 쳐다 봐!"

"싫어!"

"날 보라니까!"

"뭐야, 짜증나게…."

준이 돌아본 순간 카즈사가 손바닥으로 준의 뺨을 거세게 때렸다.

"뭐, 뭐 하는 거야."

준이 놀란 눈으로 카즈사를 쳐다보았다.

"치즈루 씨 대신 내가 너를 혼내는 거야. 누나는 너를 걱정했어. 널 진심으로 걱정하기에 이것저것 충고도 했을 거야. 그런 누나의 마음도 모르는 거니?"

"당신이 무슨 상관이야? 생판 남인 주제에 우리 일에 참견하지 마!"

"그래, 나는 분명 남이야. 일이 이렇게만 되지 않았어도 너와 우연히 마주칠 일도 없었을지 몰라. 하지만 말이야, 준아. 남이었던 너와 내가 지금 이렇게 이야기하고 있잖아."

일이 이렇게 되고 난 후 의지할 사람은 모리 준뿐이었다. 자신이 '모리 치즈루'가 아닌 '와쿠이 카즈사'라는 엉뚱한 이야기를 처음으로 믿어준 사람이 바로 준이었다. 준이 없었으면 카즈사는 지금 어떻게 되었을지 알 수 없다.

"너한테 정말 고맙게 생각해. 진짜 동생이 생긴 것 같아서 잠시나마 무척 즐거웠어. 그러니까 내가 사라진 후에 누나랑 제대로 얘기해보면 좋겠어."

"결정한 거야? 누나 정말 이대로 없어지기로 마음 먹은 거야?"

사실은 아직 어떻게 할지 결정하지 못했다. 그래서 카즈사도 선뜻 대답하지 못했다. 그녀는 솔직하게 자신의 속내를 털어놓기로 했다.

"사실은 지금도 고민 중이야. 나도 어떻게 하면 좋을지 모르겠어. 이 시계를 부수면 신스케와 계속 함께 살 수 있을지 몰라. 사실 오늘 아침까지만 해도 자정이 되기 전에 이 시계를 부술 생각이었어."

"흠, 이해해."

"하지만 아까 빵집에서 치즈루 씨 친구들이 나를 에워싸는 모습을 보고…."

카즈사는 차마 뒷말을 잇지 못했다. 모리 치즈루에게는 모리 치즈루의 삶이 있다. 그리고 그녀를 사랑하는 많은 사람들이 그녀가 돌아오기만을 기다리고 있다.

"그래서 망설이는 중이야. 당연히 이 몸은 네 누나에게 돌려줘야 한다고 생각해. 하지만 나도 살고 싶어. 죽기 싫어. 내 영혼이 소멸한다는 것이 무서워. 이대로 쭉 있고 싶어. 준, 가르쳐줘. 그건 내 이기심일까? 내가 이기적인 사람일까?"

카즈사는 자신도 모르는 새 울먹이고 있었다. 신스케에게는 조심스러워 말하지 못했던 것들이 모리 준에게만큼은 쉽게 나왔다. 그러자 준이 난처하다는 표정으로 콧등을 긁으며 말했다.

"누나는 이기적인 사람이 절대 아니야. 고민하는 건 당연해. 아니, 어쩌면 고민하는 것 자체가 대단해. 나라면 고민조차 하지 않고 내 생각만 할 거야."

"…그럴까?"

"응, 나라면 분명히 그랬을 거야. 아직 시간은 있어. 누나가 고민 끝에 낸 결론이라면 나는 그 결과가 무엇이든 따를게. 내일 아침에 일어나는 사람이 모리 치즈루든 와쿠이 카즈사든 나는 받아들일 각오가 되어 있어. 그리고 만약 내일 진짜 누나가 깨어난다면 누나 말대로 제대로 사과할게. 약속할게."

"그래, 알겠어. 어쨌든 너한테는 여러모로 도움을 받았어. 결과가 어떻게 될지 모르니까 미리 고맙다는 인사를 해둘게. 정말로 고마웠어, 준."

모리 치즈루의 몸을 빌리고 있는 동안 가장 기뻤던 것은 신스케를 다시 만날 수 있던 것이었고, 두 번째는 모리 준이라는 청년의 도움을 받은 것이었다.

카즈사는 억지로 준에게 웃어보였다.

"이만 나는 갈게."

현관을 향해 걸어가는데, 뒤에서 준의 목소리가 들렸다.

"누나, 잠깐만!"

카즈사가 다시 돌아보았다. 컴퓨터를 하고 있는 준의 뒷모습이 보였다. 그가 돌아보며 말한다.

"나야말로 고마웠어. 누나라는 사람을 알게 되어서, 나는…, 나는….

그 다음 말은 알아들을 수 없었다. 준은 책상 위에 엎드려 오열했다.

"준아, 또 보자."

카즈사는 흐르는 눈물을 손등으로 닦으며 애써 밝게 말한다.

그러고는 신발을 신고 집을 나왔다.

7시간 전

"이야, 꽤 재미있었지?"

신스케가 카즈사를 돌아보니, 그녀는 쓴웃음만 짓고 있다.

"신스케! 거의 자고 있었잖아!"

"그러는 카즈사도 잤잖아!"

오후 5시가 가까워지는 시간이었다. 둘은 지하철을 타고 유라쿠초역에서 내려 영화관으로 갔다. 영화는 딸을 유괴당한 싱글맘이 옆집에 사는 전직 해병대원과 함께 유괴범들을 소탕한다는 흥미진진한 내용이었다. 하지만 둘은 상영시간의 절반 이상을 꾸벅꾸벅 졸았다.

"그런데 유괴범의 동기를 이해할 수 없었어. 기왕 돈 때문에 아이를 유괴할 거면 더 유복한 가정의 아이를 노리는 설정이 더 낫지 않았을까."

"영화잖아." 카즈사가 짧게 답한다.

준의 집에서 나온 그녀는 울고 있었다.

아마도 준이 모리 치즈루를 육교 계단에서 밀었을 거라고 신스케도 짐작했다. 하지만 카즈사에게 자세한 이야기는 묻지 않았다.

"신스케, 부탁이 하나 있어."

"뭔데?"

"신스케가 꼭 사줬으면 하는 게 있어. 좀 비쌀지도 모르는데 괜찮을까?"

"좋아. 뭘 갖고 싶어?"

"그건 일단 보고 나서 말할게."

카즈사가 먼저 백화점 안으로 들어갔고, 신스케도 뒤따라 걸어갔다. 백화점 안은 젊은 여성들로 붐볐다. 그들은 에스컬레이터를 타고 3층 여성복 매장에서 내렸다.

"그럼 난 여기서 기다릴게."

신스케가 신용카드를 꺼내 카즈사에게 건넸다. 카즈사와 쇼핑을 할 때면 보통 이렇게 혼자서 기다릴 때가 많았다.

"고마워. 그럼 이따 봐."

카즈사는 발길을 돌려 어디론가 걸어갔다. 에스컬레이터 주변으로 벤치 몇 개가 놓여 있었는데, 신스케와 마찬가지로 여자 친구를 따라온 남자들이 지친 얼굴로 앉아 있었다. 신스케도 벤치 한구석에 자리를 잡고 앉았다.

잠시 후, 신스케는 아까 영화가 시작되기 전에 꺼두었던 휴대폰을 다시 꺼냈다. 전원을 켜자마자 동시에 휴대폰이 진동한다.

내일부터 출근할 수 있겠냐는 우에스기의 문자메시지였다. 신스케는 그렇게 하겠다는 답장을 보냈다.

꽤 시간이 흘렀다고 생각한 신스케는 주위를 잠시 둘러보다가 카즈사를 찾으러 벤치에서 일어난다.

그런데 매장 곳곳을 돌아다녀도 카즈사의 모습은 보이지 않았다. 이유를 알 수 없는 불안감이 밀려들었다.

신스케는 카즈사에게 전화를 걸었다. 열 번 정도 신호가 갔을 때 카즈사와 겨우 연결되었다.

"카즈사, 어디야?"

"신스케, 미안해. 실은 1층에 있어."

'언제 다른 층으로 내려갔던 것인가.'

신스케는 전화를 끊지 않은 채 에스컬레이터를 타고 1층까지 단숨에 내려갔다. 그런데 1층에도 사람이 너무 많아서 그녀의 모습을 찾을 수가 없다.

"카즈사, 어디쯤에 있어?"

"화장품 매장에."

신스케는 화장품 코너로 향했다. 거울 앞에서 메이크업을 하는 여성 손님들의 모습이 곳곳에 보인다. 그러나 아무리 주위를 둘러봐도 카즈사의 모습은 보이지 않는다.

"어디야?"

"바로 근처. 나는 신스케가 보여."

그러던 중 한 여성에게 시선이 멈췄다. 카즈사였다. 하지만 옷도 바뀌었고, 화장도 달라져 있어서 하마터면 못 알아볼 뻔했다.

"어때? 예쁘지?"

카즈사가 부끄러워하며 웃는다. 그녀는 연푸른 드레스에 검은색 볼레로를 입고 있었고, 손에는 인조 모피코트를 들고 있었다.

"왜 그래? 마음에 안 들어?"

신스케는 아무 말도 할 수 없었다. 카즈사, 아니 모리 치즈루의 변신한 모습이 너무나도 놀라웠기 때문이다. 옷과 화장만 바꿨는데도 이렇게까지 아름다워질 줄은 몰랐다.

"아, 아니, 예뻐. 무척 예뻐."

"다행이다. 이 애 잘 꾸미면 되게 예쁘더라고. 오랜만에 하는 데이트라서 예쁘게 꾸미고 싶었어. 괜찮지?"

카즈사가 그렇게 말하며 신용카드를 돌려준다.

"가자."

"어, 어어."

둘이서 나란히 백화점을 나왔다. 카즈사의 모습에 신스케도 기분이 좋아진다.

"그런데 밥은 어디서 사줄 거야?"

카즈사의 질문에 신스케는 점잔을 빼며 되묻는다.

"어디일 것 같아?"

"으음, 어딜까. 혹시 첫 데이트 때 갔던 가게 아니야? 이 근처에 있는 이탈리안 레스토랑 아니었나?"

"거기도 생각해 봤는데…. 다른 가게로 했어. 실은 긴자에 오스트리아 요리를 하는 가게가 있어서 거길 갈 생각이야. 예약은 안 했지만 평일이니까 대기시간 없이 들어갈 수 있을 거야."

"오, 좋다."

"오스트리아 빈 스타일의 커틀릿을 파는 곳이래."

카즈사가 신혼여행으로 가고 싶어 했던 오스트리아. 신스케가 인터넷으로 찾은 곳이다.

"신스케, 용케 그런 곳을 찾았네."

카즈사가 웃었다.

그런데 그 웃음이 어딘지 모르게 부자연스러웠다. 신스케가 어렵사리 카즈사에게 물어본다.

"카즈사, 어디 몸이 안 좋아?"

"아니, 괜찮은데."

카즈사는 신스케와 시선도 마주치지 않고 답했다. 그녀의 분위기에 압도된 신스케는 조용히 그녀의 속도에 맞춰 발걸음을 옮길 수밖에 없었다.

6시간 전

오랜만에 긴자 거리를 걸었다. 쇼윈도에 비치는 자신의 모습에 카즈사는 마음이 들떴다.

좀 아까 백화점에서 산 옷이다. 엷은 파란색 드레스와 검은색 볼레로, 그리고 인조 모피코트. 곰곰이 따져볼 시간이 없었기에 마네킹이 입고 있는 옷 그대로를 구매했다. 그런데 입어보니 모리 치즈루와 꽤 잘 어울렸다. 다만, 신발만 좀 더 높은 힐을 신으면 완벽할 것이다.

시간은 오후 6시 정각이다. 앞으로 6시간만 더 있으면 자정이 된다. 하지만 계속해서 살아갈 것을 택할지, 아니면 몸을 모리 치즈루에게 돌려줄지 아직도 결심하지 못했다.

"저기 신스케."

카즈사가 옆에서 걷는 신스케를 불렀다.

"부탁이 있는데 잠깐만 따로 행동해도 될까?"

"왜? 어디 가고 싶은 곳이라도 있어?"

"음, 뭐 그런 셈이지…. 2시간이면 돼."

그렇게 말했지만 실제 카즈사는 잠시 혼자 있고 싶었다. 운명을 좌우하는 결정이기에 누구로부터도 방해받지 않고 곰곰이 생각해보고 싶었기 때문이다.

"알았어, 좋아. 뭐 나도 긴자에 오랜만에 왔으니까 이곳저곳 돌아보고 있을게."

"신스케, 고마워."

"그럼 2시간 후에 보자. 아까 그 백화점 앞에서 만나면 되겠지?"

"응."

"그래."

신스케가 손을 흔들고는 뒤돌아 걸어갔다.

'속타는 내 마음도 모르고 참 태평하네. 내가 이렇게 고민하고 있는 걸 알아채지도 못하다니, 신스케가 이렇게 둔감한 남자였나?'

카즈사는 그렇게 생각하며 쓴웃음을 짓는다.

그때 가방 안에서 벨소리가 울렸다. 스마트폰을 꺼내보니, 소라를 맡긴 NY트리밍살롱에서 온 것이었다.

"모리 치즈루 씨 휴대폰인가요?"

"네, 그렇습니다."

"저는 NY트리밍살롱 신주쿠 지점의 직원입니다. 일전에 맡기신 소라 일로 전화를 드렸습니다."

"소라한테 무슨 일이 있나요?"

"소라의 건강 상태가 좋지 않습니다. 축 늘어져 있고, 밥도 거의 먹지 않는 상태입니다."

"알겠습니다. 지금 바로 찾아뵙겠습니다."

통화를 끝내고 주위를 둘러본다. 카즈사는 지금 긴자 5번가에 있다. 긴자 역에서 마루노우치선을 타는 편이 빠를 것이라 판단한 카즈사는 바로 뒤돌아서 걸어간다.

카즈사는 심장이 콩닥콩닥 뛰기 시작했다. 때마침 상대가 먼저 연락을 취해온 것이다. 그것이 다행이라면 다행이다. 카즈사는 남은 시간 동안 반드시 그 남자와 이야기를 나누어봐야 한다고 생각하고 있었다.

그렇지만 역시 혼자 거기에 가는 건 불안하기 때문에 신스케와 함께 가는 게 좋을 것 같다. 그래서 신스케가 사라진 쪽을 급히 살펴보지만 많은 인파 속에서 그의 모습을 찾을 수는 없었다.

할 수 없다. 혼자 갈 수밖에 없다. 단, 만일의 경우를 대비해서 보험을 들어놓아야 한다.

카즈사는 지하철 입구에 도착한다. 빠른 걸음으로 계단을 뛰어 내려 승강장으로 향한다. 퇴근 시간이라서 긴자 역 안은 혼잡했다. 직장인들로 보이는 수많은 사람들이 지하철이 오기만을 기다리고 있다.

그때 안내방송이 신주쿠 방면 지하철의 도착을 알렸다.

카즈사는 왼쪽 손목에 찬 손목시계를 보았다. 어쩌면 하늘에 운을 맡기는 방법도 있을 것이다. 예를 들어, 이 시계를 풀어서 다가오는 지하철을 향해 던진다. 그러면 시계가 부서질까, 안 부서질까. 해보지 않고서는 알 수 없다. 어떤 결과가 나오든 결정하는 것은 내가 아니라 하늘의 뜻이다.

시계를 풀어서 손에 든다. 지하철의 진동음이 점점 커지고, 멀리 불빛이 보이기 시작한다.

전철이 서서히 가까워진다.

'신이시여, 제발.'

간절히 기도를 한 카즈사는 그대로 시계를 던지려고 했다. 하지만 그 순간 팔이 굳어서 도저히 던질 수가 없었다. 이미 틀렸다. 지하철이 승강장으로 미끄러져 들어오더니, 문이 열리고 승객들이 타고 내린다.

이번 전동차를 그냥 흘려 보냈고, 카즈사는 빈 벤치에 앉아 있다. 숨을 크게 토하고는 손목시계를 다시 왼쪽 손목에 감았다.

역시 하늘에 운명을 맡길 수는 없다. 운명은 스스로 결정해야 한다.

카즈사는 한숨을 쉬며 자신의 처지를 저주한다.

'나는 왜 이렇게 되었을까. 범인은 왜 나를 죽였을까?'

카즈사는 살해당할 만큼 누군가로부터 원한을 산 기억이 없다.

'나는 왜 살해당했을까? 나를 죽여서 이득을 보는 사람은 누구였을까?'

카즈사는 곰곰이 생각해보았다.

그러다 불현듯 카즈사의 머릿속에 한 가지 생각이 떠올랐다. 그 무시무시한 생각에 카즈사는 저도 모르게 몸서리를 치지 않을 수 없었다.

5시간 전

"모리 치즈루입니다. 이틀 전에 토이푸들을 이곳에 맡겼습니다."

오후 7시, 신주쿠 NY트리밍살롱 접수대의 여직원이 카즈사를 응대해주었다.

"네. 와주셔서 감사합니다."

"당연히 제가 와야지요. 소라 상태는 좀 어떤가요?"

"죄송하지만 정확한 상태까지는 잘 모르겠습니다. 저는 현장 직원이 지시한 내용을 전달해드린 것뿐이라서요. 오늘 오후부터 상태가 나빠졌다고만 들었습니다."

"지금 바로 소라를 볼 수 있나요?"

"네, 물론이죠."

접수대 오른쪽으로 가면 트리밍살롱이고, 왼쪽으로 가면 펫 호텔이다.

"모리 님, 소라는 수의사 선생님이 보고 있기 때문에 그쪽이 아닙니다."

카즈사가 왼쪽으로 향하자 여직원이 말했다.

"그게 무슨 말인가요?"

카즈사는 여직원의 설명을 듣는다. 같은 건물 4층에 제휴 동물병원이 있다고 한다. 소라는 거기로 옮겼다고 했다. '누노이

동물병원'이라는 곳으로 트리밍살롱의 관계자가 운영하는 동물병원이었다.

"그럼 그쪽으로 가보겠습니다. 아, 그리고 부탁이 있는데요…"

"뭔가요?"

"혹시 제가 1시간이 지나도 돌아오지 않는다면 여기로 연락을 해주시겠어요?"

카즈사가 내민 종이 쪽지를 받아든 여직원이 고개를 갸웃했다.

"부탁드립니다."

카즈사는 여직원에게 꾸벅 인사를 하고 트리밍살롱을 나간다.

4층에 도착한다. 복도에는 아무도 없다. 회계 사무실과 부동산 사무실이 보인다. 막다른 곳에 이르러서야 '누노이 동물병원'이라는 간판을 찾았다. 하지만 벌써 진료 시간이 끝났는지 창문에는 블라인드가 쳐져 있었다. 그 틈으로 희미하게 빛이 새어나온다.

인터폰이 보이지 않기에 카즈사는 여닫이문을 노크했다.

"실례합니다."

그렇게 불러봤지만 안에서는 응답이 없다. 그래서 문을 밀어보니 쉽게 문이 열렸다.

"실례하겠습니다."

조심스레 안으로 발을 들였다. 안으로 들어가니 대기실 소파가 보였고, 라디오에서 클래식 음악이 흘러나온다. 안쪽에 '진찰실'이라고 적힌 문이 있다.

"실례합니다. 아무도 안 계신가요?"

목소리를 높여 말했지만 여전히 반응이 없다.

그때 진찰실 쪽에서 개의 울음소리가 들려 카즈사는 귀를 기울인다. 역시 소라의 울음소리다.

"소라야? 소라니?"

카즈사는 진찰실을 향해 걸어간다. 문은 잠겨 있지 않았고, 중앙에 있는 진찰대 위에 케이지가 놓여 있었다. 그리고 그 안에 소라가 있었다.

"소라야!"

카즈사는 케이지를 향해 뛰어갔다. 소라는 케이지 안에서 활발히 움직이고 있다. 겉보기에 큰 이상은 없는 듯했다. 그런데 케이지가 잠겨 있어서 열 수 없었다. 카즈사가 케이지 틈으로 손가락을 넣자 소라가 그 손가락을 핥는다.

'케이지 열쇠는 어디에 있을까.'

카즈사는 진찰실 안을 살펴본다. 벽 쪽에 있는 책상에 컴퓨터가 놓여 있고, 안쪽에 문이 있는 것이 보였다. 문손잡이를 돌려보지만 열리지 않았다.

방금까지 사람이 있었던 것이 분명하다.

'혹시 문을 열어놓은 채 외출한 것일까.'

그렇다면 여기서 수의사 선생님을 기다리는 것이 가장 좋은 방법일 것이다.

"소라야, 조금만 기다려."

그렇게 말하자 소라가 마치 답이라도 하듯 케이지 안에서 구슬프게 울어댄다.

카즈사가 소라와 함께한 시간으로 따지자면, 그 시간은 신스케와 함께 한 시간보다도 오래되었다. 이케부쿠로에 있는 치과에서 근무할 때부터 소라를 키우기 시작했다. 일과 인간관계 때문에 힘들 때에도 소라의 얼굴만 보면 자연스럽게 위로가 되었다. 카즈사에게는 소라 역시 소중한 가족이다.

"소라야, 어쩌면 이제 다시는 나를 못 볼지도 몰라. 미안해."

카즈사는 케이지 틈으로 손가락을 넣어서 소라의 이마를 쓰다듬는다. 소라는 기분이 좋은지 눈을 슬며시 감는다.

'소라와 헤어지는 건 괴로워. 나는 살고 싶어. 신스케와 소라와 함께 계속 살고 싶어.'

그것이 카즈사의 솔직한 심정이었다.

'모리 씨, 들려요?'

카즈사는 속으로 모리 치즈루를 불렀다.

'나는 어떻게 하면 좋을까요? 내가 살 길을 선택하면 모리 씨에게 분명 죄를 짓는 거겠죠? 하지만 나는 살고 싶어요. 사라지고 싶지 않아요. 모리 씨 몸속에 계속 있고 싶어요.'

그때였다.

카즈사의 뒤에서 희미한 소리가 들렸고, 카즈사는 뒤를 돌아보았다.

3시간 30분 전

오후 8시 반이 지난 시간, 신스케는 택시를 타고 있었다.

카즈사와 긴자에서 헤어진 뒤, 혼자 긴자 거리를 산책했다. 그러다 도착한 곳은 찻집이었고, 거기서 잡지를 읽으면서 시간을 때웠다.

오늘 아침부터 카즈사의 모습이 평소와 다른 것 같았다. 무슨 고민이 있는지 계속 심각한 표정을 하고 있다. 그래서 기분 전환 겸 영화를 보자고 제안했다.

카즈사와 약속한 오후 8시, 백화점 앞에서 카즈사를 기다렸지만 나타나지 않았다. 전화를 걸어도 받지 않았다. 무슨 일인지 속을 끓이고 있을 때 모리 준에게서 전화가 왔다.

준은 중요하게 할 얘기가 있다고 말했지만, 신스케는 지금은 카즈사가 없어져 곤란하다고 했다.

그러자 준이 진지한 음성으로 이렇게 말했다.

"그렇다면 더욱 이야기를 해야 해요! 카즈사 누나를 돕고 싶다면 한시라도 빨리 내 얘기를 들어줬으면 좋겠어요!"

준의 심각한 목소리에 압도된 신스케는 순순히 그 말을 따르기로 했다.

"기사님, 여기서 내려주세요!"

도쿄 도청 인근 게이오 플라자호텔 교차로였다.

모리 준과 만나기로 약속한 장소는 '신주쿠 포스타워'라는 건물 1층의 카페였다. 카페 안으로 들어가 둘러보니 창가 카운터 자리에 노란색 재킷을 입은 남자가 보였다. 신스케는 단숨에 가게 안을 가로질렀다.

준이 신스케를 발견하더니 안도의 한숨을 토했다.

"좀 더 기다렸다가 안 오면 그냥 가려고 했어."

준은 은둔형 외톨이로 집에서 거의 나오지 않는다고 들었다. 그 말인즉, 평소에는 이런 카페에 혼자 오지 않는다는 뜻이다.

"중요한 얘기라는 게 뭐지?"

준의 옆자리에 앉으며 신스케가 물었다.

"그보다 누나는 찾았어?"

"아니, 아직 못 찾았어. 전화를 계속 걸었는데 받지를 않아."

신스케는 택시 안에서도 계속 카즈사에게 전화를 걸었지만, 카즈사는 전화를 받지 않았다. 문자메시지도 벌써 3번 넘게 보냈다.

"그렇군."

준은 심각한 표정으로 앞에 놓여있던 태블릿 단말기를 들었다.

"우선 내 나름대로 누가 와쿠이 카즈사 누나를 죽인 건지 추정해 봤어."

"잠깐! 범인은 야타베야! 지금은 그런 걸 따질 게 아니라, 카즈사를 찾는 게 먼저야!"

"내 얘길 끝까지 들어봐. 희생자는 현재 2명이야. 와쿠이 카즈사 누나, 그리고 지난주에 살해된 도츠카 마리코라는 여대생이지. 그리고 어쩌면 야타베도 살해당한 건지도 모르겠고. 하지만 일단은 이 여성 두 명에게 초점을 맞춰서 생각해봤어. 범인은 어떻게, 왜 이 두 명을 표적으로 골랐을까."

두 사람의 공통점은 우에스기 스마일 치과이다. 카즈사는 그곳의 치위생사, 도츠카 마리코는 그곳의 환자로서 치과와 관련이 있다. 그러나 원장 우에스기에 대한 경찰의 의혹은 풀렸고, 다른 의사나 스태프들에게도 특별히 의심이 가는 점은 없었다.

"범인은 반드시 어딘가에서 두 사람을 본 거야. 거리에서 우연히 마주쳤다는 이야기가 아니라 제대로 그녀들의 모습을 관찰했을 거야."

준이 창밖을 쳐다보았다. 전면 유리창 너머로 거리를 걷고 있는 젊은 여성 두 명이 보였다. 준이 그들을 눈으로 쫓으며 계속 말한다.

"범인은 어딘가에서 그 두 명을 봤어. 그것도 한두 번이 아니고…. 어쩌면 대화까지 했을지도 몰라. 그런 장소가 어딜까 생각해봤어."

준이 태블릿 단말기를 테이블 위에 세운다. 준이 화면을 탭하자 여러 장이 사진이 떴다. SNS사이트였다.

"이건 도츠카 마리코 친구의 페이스북 페이지야. 본인 계정은 이미 정지되었지만 친구 건 남아 있더라고. 그리고 이건 지금으로부터 8개월 전에 올라온 거야."

친구와 함께 어울려 찍은 사진과 음식 사진 등이 있다. 준은 그 중에서 두 명의 여성이 각각 무릎 위에 강아지를 안고 있는 사진을 확대했다. 사진 밑에는 짤막한 글귀가 적혀 있었다.

'오늘은 마릴린과 외출. 살롱에 갔다가 그 후에 애견 카페에. 힐링의 시간이었다.'

준이 설명한다.

"오른쪽이 도츠카 마리코야. '마릴린'은 그녀가 쓰던 닉네임이었던 것 같아. 자, 이제 다른 페이지로 넘어가볼게."

준이 화면을 밀자 다른 페이지가 나왔다. 아까와 같은 사진이지만 글귀는 달랐다. 이건 5개월 전에 올라온 것이다.

'마릴린의 강아지 미르가 교통사고로 죽었어. 나도 슬프다, 흑흑.'

도츠카 마리코는 5달 전에 교통사고로 키우던 강아지를 잃었다. 신스케는 준이 무슨 말을 하려는지 어렴풋이 깨달았다.

"강아지가 두 사람의 공통점이었구나."

"응, 카즈사 누나도 강아지를 좋아하지. 무단으로 당신 집에 들어가면서까지 소라를 만나려고 했을 정도니까."

준이 다른 페이지로 이동했다. 이번 사진에는 거품을 잔뜩 묻힌 치와와가 보였는데, 받침대 위에 올라가서 애견 전용 샴푸 서비스를 받고 있었다. 그 사진에 치와와를 씻기는 남자의 손이 보인다.

'신주쿠의 살롱에서. 카리스마 점장님이 씻겨줘서 기분이 좋아진 내 치와와.'

준이 무덤덤한 표정으로 설명했다.

"신주쿠에 트리밍살롱이 40곳 정도 있는 것 같아. 그중 어떤 살롱에 도츠카 마리코도 다녔다는 뜻이지. 그곳에 다니면서 자연스레 남성 점장하고도 이야기를 했겠지. 애완동물 건강 상태 상담 같은 거 말이야. 음? 갑자기 왜 그래?"

신스케는 목이 타기 시작했다. 자기도 모르게 준의 컵으로 손이 뻗어졌다. 식은 커피를 들이켜고 나서 신스케가 말했다.

"카즈사도 트리밍살롱에 다녔어. 이 근처에 있는 NY트리밍살롱이라는 곳이야."

"역시 그렇군. 이제 다 알아낸 건지도 몰라."

준이 손가락으로 '탁' 소리를 울리고, 다시 화면을 탭했다. NY트리밍 살롱을 검색하자 홈페이지가 뜬다.

"누노이 요진! 이 자식이 경영자인 것 같네. 허어, 애견 관련 경연대회에서 우승한 적도 있어. 카리스마 점장이라는 건 이 사람을 말하는 것 같아!"

직원 소개 페이지에 누노이 요진의 사진이 올라와 있었다. 지난주에 가게에 갔을 때 강아지 털을 빗겨주던 남자였다. 귀에 귀걸이를 하고, 수염을 살짝 기른 잘생긴 남자였다.

신스케는 말없이 태블릿 화면만 쳐다보았다.

"카즈사 누나가 살해당했을 때, 경찰들이 CCTV 영상을 전부 체크했지?"

"어. 그때 택배기사로 변장한 남자가 찍혀 있었어. 그놈이 야타베였을 거라는 게 경찰의 견해였어."

"혹시 그 사람 말고 다른 수상한 사람은 없었어?"

"없었던 것 같아. 그리고 야타베가 죽었을 때도 그랬어. 야타베의 아파트에 출입한 모든 인물을 조사했지만, 수상한 인물은 없었던 것 같아."

엄밀히 말하면 야타베가 죽었을 때 신원을 알 수 없는 사람이 두어 명 더 있었다고 했다. 그러나 경찰은 그 사람들이 그 아파트를 사무실로 쓰는 회사들에 잠시 들른 손님들로 생각했다. 그 이야기를 준에게 하자 준이 고개를 끄덕이며 말했다.

"카즈사 누나가 살해당했을 때 범인이 왜 CCTV 영상에 찍히지 않았는지 이제야 그 수수께끼를 푼 것 같아."

"정말이야?"

신스케가 큰 소리로 물었다. 경찰이 그렇게 조사를 해도 알아내지 못했던 수수께끼를 이 청년이 단박에 풀었다니 믿기 힘들다.

"물론 이건 어디까지나 내 추측이야." 준이 그렇게 말문을 열었다.

"범인은 외부에서 침입한 게 아니라 애초에 내부에 있었던 거지. 즉, 범인은 카즈사 누나와 같은 아파트에 살았던 거야. 그렇다면 입구 CCTV에 찍힐 일이 없잖아."

논리적으로 성립할 수 있는 말이다. 하지만 경찰은 아파트 주민들도 철저히 조사했다.

준이 계속해서 설명했다.

"범인은 교활하고 용의주도한 인물인 거 같아. 그런 놈이라면 사건 몇 달 전부터 피해자와 같은 아파트에 집을 빌리는 계획도 충분히 세울 수 있었을 것 같아."

신스케의 심장이 벌렁벌렁 뛰기 시작했다.

"이 사실을 경찰에 알리는 게 좋겠어." 모리 준이 말했다.

신스케는 무로후시 형사에게 전화를 걸어 상황 설명을 시작한다.

"무로후시 씨, 신주쿠에 NY트리밍살롱이라는 애견 미용실이 있습니다. 카즈사가 생전에 키우던 강아지를 데리고 다녔던 살롱입니다. 거기 점장이 수상합니다."

하지만 무로후시는 잠시 침묵했고, 신스케가 물었다.

"왜 그러십니까?"

"아니, 실은 저도 지금 NY트리밍살롱에 가려던 참이었습니다."

"네? 그게 무슨 말씀인가요?"

"30분쯤 전에 경찰서로 전화 한 통이 왔는데, 그 장소로 와 달라는 것이었습니다. 제가 밖에 나가 있던 터라 직접 통화하지는 못했지만, 모리 치즈루 씨가 저에게 남긴 말이었던 것 같습니다."

그렇다면 지금 카즈사는 NY트리밍살롱에 있다는 뜻이다. 누노이가 카즈사를 유인했을 가능성이 크다.

"무로후시 형사님, 누노이라는 남자를 아십니까? NY트리밍살롱의 운영자입니다."

"알고 있습니다. 1년 전까지 와쿠이 카즈사 씨가 다녔던 가게지요."

역시 무로후시 형사는 그것까지 파악하고 있었다. 카즈사 사건을 수사할 때부터 경찰은 카즈사의 주변을 철저히 조사했을 것이다.

"지난주에 살해당한 여대생도 같은 가게를 다녔던 모양입니다."

"아니, 그, 그런…."

무로후시가 탄식했다. 그 사실까지는 미처 몰랐던 듯하다.

신스케가 계속해서 설명했다.

"범인은 야타베를 살해하기 위해서 그 아파트에 미리 집을 빌렸던 게 아닐까요? 카즈사의 아파트와 야타베의 아파트를 동시에 빌린 인물이 있는지 조사해보는 건 어떨까요?"

"알겠습니다. 바로 알아보겠습니다."

통화를 끝내고 보니, 준이 태블릿 단말기를 가방에 넣고 있었다.

"집에 가는 거야?"

"아니, 그럴 리가 없잖아."

준이 고개를 옆으로 흔들며 대답했다.

"내가 뭣 때문에 당신과 하필 신주쿠에서 약속을 했겠어? NY트리밍살롱은 여기서 금방이야."

"알았어. 그런데 경찰도 이쪽으로 오고 있어. 무턱대고 나서지 말고 경찰이 도착하기를 기다리자."

준이 잠시 동안 신스케를 물끄러미 쳐다보더니 곧 입을 열었다.

"몰라? 누나한테 아무 소리 못 들었어?"

"무슨 소리야?"

"오늘이 마지막 날이야! 내일이 되면 카즈사 누나는 사라져! 누나의 영혼이 이 세상에서 없어진다고!"

신스케는 아무 말도 나오지 않았다.

'오늘…, 오늘이 지나면 카즈사가 사라진다고?'

"타임 리미트야. 와쿠이 카즈사가 누나의 몸을 빌릴 수 있는 시간은 단 열흘간이었던 것 같은데, 오늘이 그 마지막 날 밤이야. 오늘 자정이 지나면 카즈사 누나의 영혼은 사라져버린다고."

곰곰이 생각해보니, 신스케도 그런 징후를 느꼈다. 오늘도 하루 종일 마음이 콩 밭에 가 있는 것 같다고 느꼈고, 뭔가 중요한 말을 할 것처럼 주저하는 기색이 있었다.

"아무튼 가자."

"아, 알았어."

신스케는 비트적비트적 일어나서 준과 함께 가게를 나왔다. 시간은 밤 9시를 지나고 있었다. 날짜가 바뀌기 전까지 앞으로 3시간밖에 남지 않았다.

3시간 전

카즈사는 눈을 떴다. 이곳은 여전히 누노이 동물병원 진료실이다. 주변에는 아무도 없다. 오른손 손목에는 수갑이 채워져있었는데, 그것이 진찰대 다리 부분에 연결되어 있었다. 진찰대는 너무 무거워서 힘을 줘도 꿈쩍도 하지 않았다.

카즈사는 아까 이 곳에 와 남자와 맞닥뜨린 뒤 목덜미에 강렬한 전기 충격을 받고 쓰러졌다.

지금 깨어나 손목시계를 보니, 벌써 오후 9시가 넘은 시간이었다. 그렇다면 2시간 가까이 의식을 잃고 있었다는 얘기다.

문이 열리는 소리에 카즈사는 긴장한다. 남자 하나가 진료실로 들어오더니 카즈사에게 말했다.

"이제야 겨우 눈을 떴네."

"당…, 당신…!"

누노이 요진. NY트리밍살롱의 미용사이자 운영자이다. 이전에 소라의 미용도 종종 해주었던 남자다.

"어 보자, 모리 치즈루였지? 나는 누노이 요진이라고 해."

누노이는 그렇게 말하고는 의자에 앉았다. 베이지색 바지에 흰색 셔츠를 입고 있다. 살롱에서 볼 때와 비슷한 차림이다. 섬세하고 온화한 표정으로 그는 특히 여성 손님들에게 인기가많았다.

"역시 당신이었구나. 당신이 와쿠이 카즈사를 죽였어!"

그러자 누노이가 허를 찔린 표정으로 카즈사를 쏘아보았다. NY트리밍살롱의 누노이를 의심하게 된 것은 어제부터이다. 지난주에 사망한 도츠카 마리코에 대해 인터넷으로 이것저것 알아보다가 그녀의 사진에 강아지가 함께 있는 것을 발견하였고, 그 때문에 NY트리밍살롱이 떠올랐다.

'어쩌면 누노이가 범행에 관련된 것이 아닐까.'

카즈사는 그런 의문이 떠올랐지만 경찰이 피해자 주변을 이미 샅샅이 조사했다고 신스케가 말했기에 근거 없는 추측에 지나지 않는다고 의심을 거두었다.

하지만 오늘 NY트리밍살롱에서 연락이 왔을 때 뭔가 느낌이 이상했다.

"어떻게 나를 알고 있지?"

누노이가 물었고, 카즈사가 떨리는 목소리로 되물었다.

"왜 와쿠이 카즈사를 죽였어?"

"내가 그 질문에 대답해야 하나?"

"꼭 대답해줘, 대체 무슨 이유로 죽였어?"

하지만 누노이는 대답하지 않았다.

'이 남자가…, 이 남자가 나를 죽였다. 이 남자가 내 모든 것을 빼앗은 사람이다.'

"역시 네가 위험한 존재였어." 누노이가 한숨을 쉬며 말했다. "어제 우에스기의 아파트 지하주차장에서도 널 봤어. 너는 우에스기의 차를 타고 사라졌지. 그때 불길한 예감이 들었어. 아무래도 그 예감이 현실이 된 것 같군."

'왜 그 아파트 지하주차장에 누노이가 숨어 있었을까.'

카즈사는 그 대답을 듣지 않아도 알 수 있었다. 우에스기 역시 희생양이 될 뻔했던 것이다. 그는 우에스기에게 모든 죄를 뒤집어씌울 계획을 가졌던 것이 분명하다.

"네 목적은 뭐야? 어떻게 나를 아는 거야?"

말투에 조바심이 묻어난다. 누노이는 당연히 모리 치즈루를 모른다. 그에게 지금의 나는 전혀 알 수 없는 존재인 것이다.

"입 다물고 계시겠다…? 그렇다면 내게도 생각이 있어."

누노이는 책상 서랍을 열고 안에서 칼과 주사기를 꺼냈다. 그러고는 카즈사를 위협한다.

"원하는 방법을 택해! 만약 네가 아는 걸 순순히 얘기한다면 이 주사기를 쓰지. 개를 안락사시킬 때 쓰는 독극물이 들어 있어. 이 독극물 하나면 괴롭지 않게 죽을 수 있지. 그러나 만약 아무것도 말하지 않는다면 이 칼로 네 몸을 잘근잘근 잘라줄 거야. 네가 모든 걸 털어놓을 때까지 말이야. 어떻게 할래?"

카즈사는 힐긋 손목시계를 보았다. 오후 9시 15분이었다. 카즈사가 NY트리밍살롱 여직원에게 남긴 쪽지는 무로후시 형사에게 연락을 취해달라는 내용이었다. 쪽지를 남긴 시간으로부터 딱 1시간이 지난 오후 8시, 오후 8시에 그 여직원이 무로후시 형사에게 제대로 연락을 해주었기를 바랄 뿐이었다.

"알았어. 아는 걸 전부 얘기할게."

시간을 벌기 위해 카즈사가 천천히 중얼거린다.

"당신은 1년 전에 와쿠이 카즈사라는 여성을 살해했어. 그리고 지난주에는 도츠카 마리코라는 여대생을 죽이고, 야타베 아키라까지 자살로 위장해서 죽였어. 어때? 아니야?"

"흐음. 꽤 정확하게 알고 있네."

느긋한 그의 대답에 카즈사는 분노가 치민다.

'이 남자만큼은 절대 용서할 수 없다. 어떻게 해서든 이 남자가 죗값을 치르게 할 것이다.'

"가르쳐줘. 왜 그렇게 사람을 죽인 거야?"

"왜일 것 같아?"

카즈사로서는 이해할 수 없었다. 살면서 사람을 죽이고 싶다는 생각을 한 번도 해본 적이 없기 때문에 살인자들의 심리를 짐작조차 할 수 없었다.

"나는 태어나면서부터 남성으로서의 기능이 없었어. 그래서 여성을 멀리하고 살아왔지. 그런데 3년 전, 이런 나를 사랑해주는 여성을 만났어. 하지만 얼마 지나지 않아서 그녀는 내게서 떠나갔어. 그녀는 내게 거짓말까지 했지. 피가 거꾸로 솟은 나는 그녀의 집에 침입했고, 잠들어 있는 그녀의 몸에 올라타 목을 졸랐어. 그녀가 죽는 순간 나는 이제까지 느낀 적 없는 강렬한 쾌감을 느꼈지. 죽음은 영원한 거야. 죽음으로써 나는 그녀를 영원히 손에 넣을 수 있었어."

역시 이 남자는 정상이 아니다. 카즈사는 점점 두려워졌다. 이곳에서 당장 도망치고 싶었지만, 수갑이 진찰대에 연결되어 있어서 꼼짝도 할 수 없었다.

"나는 그녀의 시체를 렌터카 트렁크에 넣고 야마나시 현에 있는 산속에 묻었어. 아직까지도 그녀의 사체는 발견되지 않았어."

담담히 이야기하는 누노이의 얼굴에서 그 어떤 감정도 읽을 수 없다.

"그러다 1년 반 전에 나는 다시 사랑에 빠졌어. 그녀가 바로 와쿠이 카즈사야. 나는 그녀를 손에 넣을 계획을 짰지."

딱 1년 반 전이었다. 카즈사는 친구의 추천으로 NY트리밍살롱에 다니기 시작했다.

"계획을 짜는 건 즐거웠어. 원래는 산에 묻으려고 했지만, 그러던 중 와쿠이 카즈사를 스토킹하고 있는 남자가 있다는 걸 알게 되었지. 그래서 그 남자에게 죄를 뒤집어씌울 생각을 하게 된 거지. 내가 생각해도 내 계획은 정말 완벽했어. 1년 전 그날, 나는 그녀의 아파트 안에 이미 숨어 있었어. 경찰이 CCTV를 조사해도 아무 소용이 없었지. 나 역시 그 아파트 주민이었으니까."

카즈사가 퇴근해서 저녁밥을 준비하고 있을 때 인터폰이 울렸다. 카즈사는 인터폰을 누른 사람이 택배기사라고 생각했었다. 그래서 현관으로 가려는 순간이었다. 거기까지는 기억이 나지만, 그 이후 갑작스럽게 정신을 잃었다.

'그렇다면 이 남자가 미리 집 안에 들어와 있다가 갑자기 나를 뒤에서 덮쳤다는 것인가. 그런데 이 남자는 어떻게 집 안으로 들어올 수 있었을까? 만약 여벌의 열쇠를 사용했다면 그것을 입수하게 된 경로는…. 그렇다면….'

"공범이 있었다는 거야?"

하지만 누노이는 카즈사의 질문을 무시하고 제 말만 했다.

"나는 와쿠이 카즈사를 손에 넣게 되었고, 경찰은 야타베를 용의자로 지목했어. 전부 내가 원하던 대로 되었지. 도츠카 마리코 사건도 마찬가지였어."

지난주에 살해된 여대생 사건도 수사는 마찬가지 방향으로 흘러갔다. 근처에 사는 아르바이트를 하는 청년이 범인으로 체포되었지만, 그는 범행을 부인하고 있다고 한다.

누노이는 잠시 뜸을 들였다가 말했다.

"도츠카 마리코에게 우에스기 치과를 소개한 것도 나야. 그녀와는 살롱에서 만나 제법 친해진 사이였거든. 그래서 우에스기가 마지막 희생양이 될 예정이었는데, 그걸 네가 전부 망쳤어."

카즈사는 한 가지 의문이 떠올라 누노이에게 물었다.

"야타베는 다 큰 성인 남자야. 필사적으로 저항했을 텐데 어떻게 그를 죽일 수 있었지?"

"간단해. 이래 봬도 나는 어릴 때부터 격투기를 배웠어. 어릴 때부터 콤플렉스가 심했기 때문이야. 요령만 있으면 성인 남자에게 약을 먹이는 것도 간단해. 그 사람의 뒤에 서서 입을 벌리고 알약을 투여하지. 그런 다음 소량의 물을 흘리고 목을 위에서 아래로 눌러. 그렇게 하면 알약이 꾸역꾸역 식도를 타고 넘어가."

누노이가 그렇게 말하면서 자기 목을 쓰다듬는다. 이런 식으로 야타베를 죽였다고 재연하는 것처럼. 카즈사는 온몸이 떨렸다.

"소름 끼치니까 그런 짓 하지 마! 어쨌든 당신은 끝이야!"

"무슨 뜻이지?"

"이제 슬슬 경찰이 도착할 거야!"

"경찰이라고? 경찰한테 연락을 했다고?"

"어어. 경찰이 도착하면 당신은 바로 체포될 거야!"

손목시계를 본다. 오후 9시 20분이다. 이 몸을 빌릴 수 있는 시간이 이제 3시간도 채 남지 않았다.

"정말 쓸데없는 짓을 했군."

누노이가 카즈사 앞에 섰다. 이윽고 카즈사는 배에 강렬한 아픔을 느끼며 그대로 쓰러진다. 누노이가 카즈사의 배를 발로 걷어찬 것이다.

'경찰은 아직 안 왔나? 그 여직원이 연락을 안 한 걸까? 역시 신스케에게 연락을 했어야 했어.'

다시 배를 걷어차인 카즈사는 바닥을 향해 기절하듯이 엎어졌다. 너무 아파서 숨을 쉴 수가 없었다.

'미안해요, 모리 씨.'

카즈사는 두 번째 죽음을 각오했다.

2시간 40분 전

"아무도 없는 것 같네."

유리창에 얼굴을 바짝 붙인 준이 가게 안을 둘러보았다. 영업시간이 끝난 NY트리밍살롱 안은 캄캄했다.

"그러게. 하지만 안쪽에 펫 호텔이 있으니까 사람이 아예 없지는 않을 거야."

신스케와 모리 준은 초조함이 더해진다. 한시라도 빨리 카즈사를 찾아야 한다. 그녀에게는 남은 시간이 얼마 없다.

신스케는 여기에 오는 도중에 준에게 모든 이야기를 들었다. 모리 치즈루의 손목시계가 타임 리미트를 알리고 있고, 날짜가 바뀔 때마다 문자판의 숫자가 하나씩 줄어든다고 했다. 그녀가 흰색 G-SHOCK를 왼쪽 손목에 차고 있다는 건 이미 알고 있었다.

그런데 이렇게 중요한 비밀을 전혀 드러내지 않고 혼자서 조용히 사라지려 했던 점이 역시 카즈사다웠다.

"전화를 해볼까?"

준이 스마트폰을 꺼내 전화를 걸었고, 곧 스마트폰을 신스케에게 넘긴다. 신스케가 스마트폰을 귀에 대자 한 여성의 목소리가 들렸다.

"여보세요? NY트리밍살롱입니다."

"밤늦게 죄송합니다. 거기에 강아지를 맡긴 사람입니다. 좀 확인하고 싶은 것이 있어서 가게 앞에 와 있어요."

"아, 그러세요? 그러면 지하로 이어지는 계단이 있을 텐데 보이시나요?"

신스케는 주위를 둘러보았다. 그녀의 말대로 약간 떨어진 곳에 지하로 내려가는 계단이 있었다.

"찾았습니다. 바로 가겠습니다."

전화를 끊고 발길을 돌렸다.

"이쪽이야!"

신스케가 계단으로 먼저 향했고, 준도 뒤를 따라온다. 계단을 내려가자 철문이 열리더니 젊은 여성이 얼굴을 내밀었다.

"무슨 일로 오셨나요?"

"저는 소다 신스케라고 합니다. 와쿠이, 아니 모리 치즈루라는 이름으로 강아지를 맡겼는데요."

여성이 손에 든 종이를 몇 장 넘긴다. 문틈으로 안을 슬쩍 보니 엷은 조명 속에 케이지 몇 개가 보였다.

"소라라면 오늘 오후에 상태가 갑자기 나빠져서 수의사 선생님께 보냈어요."

"네? 그게 정말입니까?"

"네. 그래서 여기에는 없습니다. 이 건물 4층에 있는 누노이 동물병원이라는 곳으로 옮겼습니다."

"누노이 동물병원이요? 이곳 주인인 누노이 씨와 관련이 있는 곳입니까?"

"네, 누노이 씨의 큰아버지가 운영하시는 동물병원입니다."

'소라를 그 동물병원으로 옮겼다는 것인가.'

"여기에 모리 치즈루라는 여성이 찾아오지 않았습니까?"

"글쎄요, 저는 야간 당직이라서 잘 모르겠습니다."

"그렇습니까…."

여기에는 카즈사도 소라도 없다. 신스케는 고맙다는 인사를 하고 계단을 올라온다.

"사람도 없는 야심한 밤에 동물병원 진료라…, 뭔가 수상해."

계단을 다 올라오자마자 준이 말했다.

"거기에 카즈사가 있을 거라는 말이야?"

"잘 모르겠어. 하지만 뭔가 수상하다는 생각이 들어."

그때 신스케에게 전화가 한 통이 걸려왔다. 무로후시였다.

"아까 얘기했던 도츠카 마리코 사건에 대해 알아봤습니다. 그녀의 친구 얘기로는 신주쿠의 NY트리밍살롱에 다녔던 것이 틀림없다고 합니다."

예상했던 일이다. 수화기에서 사이렌 소리가 웅웅 들린다. 지금 무로후시가 탄 순찰차가 이쪽으로 오고 있는 모양이다. 무로후시가 이어서 말했다.

"또 야타베가 살았던 아파트에 'NY애니멀드림'이라는 회사가 두 달 전부터 임대를 얻었는데, 알고 보니 누노이가 운영하는 회사라고 하네요. 와쿠이 카즈사 씨 사건은 지금 제 부하 직원이 좀 더 알아보고 있습니다. 직원 명의나 가명으로 아파트를 빌렸을 가능성도 있어서 시간이 좀 걸릴 듯합니다."

"알겠습니다. 이곳까지 도착하는 데 앞으로 얼마나 걸리겠습니까?"

"10분 정도 걸릴 것 같습니다. 신스케 씨, 우선 그 자리에서 대기해주세요."

"알겠습니다."

통화를 끝낸 신스케가 준에게 말했다.

"경찰이 이쪽으로 오고 있어. 10분 정도 뒤에 도착할 것 같아."

"다행이다. 그런데 누나는 정말 동물병원에 있을까?"

시계를 보니 벌써 밤 9시 20분이 되어간다. 카즈사에게 남은 시간은 앞으로 2시간 40분뿐이다. 신스케는 동물병원에 누가 있는지만이라도 확인하고 싶었다.

"안을 살펴보고 오자!"

"진짜? 경찰을 기다리는 게 낫지 않겠어?"

"시간이 없어. 그리고 너도 누나가 걱정되잖아."

신스케가 엘리베이터로 성큼성큼 걸어가자 준도 마지못해 뒤를 따라왔다.

4층은 고요했다. 발소리를 죽이고 복도 안쪽으로 들어가자, 막다른 곳에 불 꺼진 간판의 누노이 동물병원이 있었다.

유리창에는 블라인드가 처져 있다.

'아무도 없는 걸까.'

그때 뒤에서 준이 말했다.

"안 들려?"

"뭐가?"

"희미한 음악소리가 들려. 클래식 음악이야."

하지만 신스케는 귀를 기울여도 잘 들리지 않았다.

"분명히 들리는 거지?"

"응. 확실해."

"알았어, 그럼 내가 확인해보고 올게. 너는 여기서 대기해. 무슨 일이 있으면 바로 경찰에 연락해."

"알겠어. 그런데 정말 혼자서 괜찮겠어?"

사실 신스케도 두려웠다. 카즈사가 인질로 잡혀 있는지도 알 수 없었다. 하지만 카즈사에게 남은 시간이 얼마 없다.

"금방 돌아올게."

신스케는 크게 숨을 토하고 문 앞까지 나아갔다. 문은 잠겨 있지 않았다. 그래서 문을 아주 살짝 열고 안을 들여다본다. 어두워서 잘 보이지 않지만, 사람의 모습은 보이지 않는다. 그러나 이제 신스케의 귀에도 클래식 음악이 뚜렷하게 들린다.

신스케는 문을 더 열고 엉거주춤한 자세로 안으로 들어갔다. 그곳은 대기실인데, 긴 소파가 하나 놓여 있다. 정면에 진료실 문이 보였고, 음악은 거기서 흘러나왔다. 그렇지만 빛은 새어나오지 않는다.

신스케는 진료실 쪽으로 가까이 다가갔다. 문에 귀를 가까이 다가가자마자 갑자기 문이 활짝 열렸다. 몸을 뒤로 빼며 재빨리 문에서 비켜섰지만, 신스케는 누군가의 손길에 의해 붙잡혀 안으로 끌려 들어갔다. 신스케가 바닥에 쓰러진 것과 동시에 실내에 불이 켜졌다.

남자가, 그러니까 누노이 요진이 서 있었다.

"너…, 카즈사는 어디 있어?"

"카즈사? 무슨 소리야. 와쿠이 카즈사는 1년 전에 죽은 사람이잖아…?"

그때 진료실 한구석에 사람이 보였다. 카즈사였다. 축 늘어진 모습으로 바닥에 주저앉아 머리를 숙이고 있었다. 아마도 의식을 잃은 듯하다. 오른쪽 손목에는 수갑이 채워져 있고, 그것이 진찰대 다리 부분에 연결되어 있다.

"카…, 괜찮아?"

카즈사에게 다가가려고 하자 누노이가 신스케의 머리채를 붙잡았다.

"경찰이 여기로 오고 있다는 게 사실이야?"

'이 남자가 카즈사를 죽인 범인이다!'

신스케는 누노이를 올려다보며 달려들었다. 하지만 누노이는 가벼운 몸놀림으로 신스케에게 연달아 주먹을 날렸다.

"어이, 질문에 대답해. 경찰한테 내 얘기 했어?"

"그래, 경찰이 곧 이곳에 도착할 거다."

"그렇다면 할 수 없지. 너희들은 죽어줘야겠다. 두 눈 뜨고 멀뚱멀뚱 경찰에 붙잡히는 멍청한 짓을 내가 할 것 같아? 이렇게 되었을 때를 대비해 계획해 둔 게 있어."

누노이가 신스케에게 칼을 들이대면서 말했다.

"이 여자도 금방 네 뒤를 따를 테니까 걱정하지 마."

신스케는 뒷걸음질 친다. 이러지도 저러지도 못하는 이 상황이 답답하기만 하다.

그때 책상 위에 있는 유선전화가 울렸고, 누노이의 시선이 그곳으로 향했다. 신스케는 그 틈을 놓치지 않고 일어나서 누노이의 오른손을 붙잡았다. 누노이에게 얼굴과 배를 맞았지만, 온 힘을 다해서 누노이의 손목을 붙잡고 늘어졌다.

그제야 겨우 누노이의 손에서 칼이 떨어졌다. 신스케의 머리가 누노이의 턱에 부딪쳤고, 누노이는 턱을 부여잡고 비틀거렸다. 곧바로 칼을 주워든 신스케가 누노이에게 돌진했다.

"너, 너…"

충격이 꽤 컸는지 누노이의 눈이 완전히 풀렸다.

'지금이라면 이 자식을 죽일 수 있지 않을까? 이 자식을 죽인다 하더라도 나는 정당방위로 풀려날 거야.'

신스케는 칼을 손에 꽉 쥐었다.

"신스케, 안 돼!"

그때 카즈사가 외쳤다. 고개를 돌리자 눈을 뜬 카즈사가 고개를 절레절레 흔들고 있다.

"그러면 안 돼. 경찰에 넘기자."

"하지만 이 자식은 너를⋯."

"절대 안 돼. 이 사람을 꼭 죽이고 싶다면 차라리 내가 죽일 게."

카즈사의 눈빛은 진지했다. 신스케는 누노이를 흘깃 돌아보았다. 누노이는 정신을 잃고 축 늘어져 있다.

"제발 정신 차려. 이런 남자 때문에 네 손을 더럽힐 필요 없어."

그 말은 맞다. 어차피 이 남자는 카즈사를 죽인 범인으로 법의 심판을 받게 되면 사형이 집행될 테니, 굳이 내가 죽일 필요는 없다.

"⋯알았어, 카즈사."

그제서야 신스케는 손에 들고 있던 칼을 내려놓았다.

"신스케, 다행이야."

무너지듯 카즈사가 다시 바닥에 드러누웠다. 신스케는 그녀에게 뛰어가서 그녀의 얼굴을 살핀다.

"카즈사, 괜찮아?"

의식을 잃은 것뿐, 숨은 멀쩡히 쉬고 있다.

그때 밖에서 여러 명의 발소리가 들리더니, 무로후시와 몇 명의 형사들이 진료실로 들어왔다.

"신스케 씨, 괜찮습니까?"

"저는 괜찮습니다. 그보다 그녀를 빨리…"

"네, 걱정 마세요. 구급차가 금방 도착할 겁니다."

형사들이 누노이에게 수갑을 채웠다.

신스케는 숨을 크게 토했다. 손등으로 코밑을 닦고 나서야 자신이 코피를 흘리고 있다는 걸 깨달았다.

40분 전

잠에서 깼을 때 주위는 이미 어둑어둑했다.

'이곳은 어디일까? 나는 분명⋯.'

카즈사는 힘겹게 몸을 일으킨다. 아무래도 이곳은 병원인 듯하다. 신스케가 동물병원에 왔던 것까지는 어렴풋이 기억한다. 하지만 그 다음부터는 기억이 모호했다.

'신스케는 어떻게 됐을까.'

바닥에 발을 디디고 일어나자, 배에 묵직한 통증이 느껴졌다. 카즈사는 어느새 하얀색 환자복을 입고 있었고, 옷을 젖혀보니 복부에 파스가 붙어 있었다.

시계를 본 카즈사는 순간 할 말을 잃는다. 밤 11시 20분이 되어가는 시간이다. 모리 치즈루의 영혼이 돌아올 때까지 1시간도 남지 않은 것 같다. 여기서 멍하니 시간을 낭비할 수는 없다.

의자 위에는 백화점에서 산 옷이 있다. 카즈사는 환자복을 벗고 그것으로 갈아입는다. 그런 다음 손목시계를 차고 핸드백을 들었다. 스마트폰을 찾았지만 스마트폰은 보이지 않았다. 손목시계 날짜를 확인하자 문자판의 숫자는 아직 『1』이었다.

앞으로 40분. 심장이 마구 뛰기 시작했고, 공포가 거센 파도처럼 밀려온다.

똑똑.

노크소리가 나더니 젊은 경찰관 하나가 병실로 들어왔다.

"모리 씨, 깨어나셨네요. 아픈 곳은 없습니까?"

"네, 괜찮습니다. 그보다 소다 신스케 씨는 무사한가요? 대체 무슨 일이 있었던 건가요?"

"신스케 씨라면 무사합니다. 누노이 요진은 가까운 경찰서로 연행되었습니다. 폭행 및 살인 혐의로 구속될 것 같습니다."

카즈사는 가만히 고개를 끄덕였다. 그러자 경관이 카즈사 앞을 막아서고 말했다.

"모리 씨, 오늘 밤에는 푹 쉬시는 것이 좋겠다고 담당 의사가 말했습니다. 제가 오늘 밤새도록 모리 씨를 경호하겠습니다. 내일 아침부터 조사에 협력해주시면 고맙겠습니다. 아, 그리고 남동생 분이 밖에서 기다립니다."

모리 준이 와 있다는 말에 마음이 한결 가벼워졌다.

경찰관이 병실에서 나갔고, 준이 안으로 들어왔다.

"준, 와줬구나."

"어쨌든 남동생이잖아. 애인은 곧 올 거야."

준이 퉁명스럽게 말했고, 카즈사는 뛰어가서 준을 끌어안았다.

"하지 마, 왜 이래!"

준이 필사적으로 저항한다. 카즈사는 준을 놓아주고 진지한 얼굴로 말했다.

"나 여기서 나가고 싶어. 좋은 방법이 없을까?"

"없지는 않지. 그나저나 누나 결정했어?"

카즈사는 다시 침묵했다.

그러나 카즈사의 표정을 보고 뭔가를 눈치챘는지 준이 고개를 끄덕였다.

"알았어, 누나. 지금부터 내가 연기를 할 테니까, 그 사이에 누나는 도망가."

그때 마침 준이 들고 있는 가방이 카즈사의 눈에 들어왔다.

"태블릿 가져왔어?" 카즈사가 준에게 물었다.

"응, 왜?"

"잠깐만 좀 빌려줘."

준이 가방에서 태블릿 단말기를 꺼냈다. 카즈사는 급히 전원을 켜고 자판을 치기 시작했다. 터치 패널식이라 입력하는 데 시간이 꽤 걸렸다.

"누나, 서둘러야 하는 거 아니야?"

"하지만 꼭 해야 하는 일이야. 잠깐만 조용히 해 봐."

준이 힐긋힐긋 병실 밖의 모습을 살폈다.

이제 모든 일이 다 끝났다. 시간은 오후 11시 35분을 지나고 있었다. 카즈사는 태블릿의 전원을 끄고 준의 가슴에 밀어붙이며 말했다.

"이 안에 내 솔직한 마음과 그 사용법이 들어 있어. 너한테 맡길게."

"뭐야, 꼭 유언 같잖아."

카즈사는 준을 다시 끌어안았다. 이번에는 준도 저항하지 않고 얌전히 안겼다. 카즈사는 준의 등을 두 번 두드리고는 말했다.

"그럼 부탁해."

"알았어, 누나."

준이 갑자기 헛기침을 하더니 그 자리에 쓰러졌다. 그러더니 배를 누르고 날뛰면서 괴성을 지른다. 그러자 병실 밖에 대기 중이던 경찰관이 헐레벌떡 뛰어 들어온다.

"무슨 일입니까?"

"아, 제 동생이 최근 위염이 있었어요. 그런데 오늘따라 증세가 심하네요. 바로 의사를 불러주세요. 부탁드립니다."

"알겠습니다. 바로 불러오겠습니다."

경찰관이 빠른 걸음으로 병실을 나갔다. 그가 병실을 나가자마자 준이 카즈사에게 살짝 윙크했다.

"준아, 고마워."

카즈사는 작게 속삭이고는 병실을 뛰쳐나왔다. 복도 중간에 계단이 있었고, 카즈사는 그 계단을 통해 1층으로 내려갔다. 1층에 도착한 카즈사는 병원 현관을 향해서 달리기 시작한다. 밤이라 고요한 병원에 카즈사의 발소리가 울려 퍼진다.

카즈사는 병원 안내판을 본다.

'어디로 나가면 될까.'

"카즈사!"

그때 로비에 있는 의자에서 신스케가 일어났다.

카즈사는 신스케에게 뛰어갔다.

"신스케, 나…."

"됐어. 카즈사, 그보다 시간이 없어. 여기서 빨리 나가자."

신스케가 카즈사의 손을 잡았다. 둘은 복도를 뛰어 야간 출입구를 통해 밖으로 나갔다.

"여긴 신주쿠야. 너는 병원으로 옮겨졌어." 신스케가 말했다. "그리고 아까 준한테 들었어. 이제 조금 있으면 모리 씨의 영혼이 돌아오는 거지?"

주위는 정적으로 감싸였고, 지나가는 사람 하나 없었다. 그때 이마에 차가운 물방울이 떨어졌다. 어느새 하늘에서 약한 빗줄기가 내리고 있었다.

"카즈사, 어떻게 할래?"

"뭘?"

"그 손목시계 말이야. 그걸 부수면 카즈사는 계속 살 수 있어. 분명 기적이 일어날 거야."

이것도 분명 준이 말했을 것이다. 주변을 둘러본 신스케가 이어서 말했다.

"내가 도와줄게. 저기에 벤치가 있어. 저 벤치의 다리를 이용해서 시계를 부수자. 위에서 눌러서 찌부러트리는 거야."

그러나 카즈사는 손목시계를 풀지 않았다. 그 대신 카즈사는 신스케의 얼굴을 물끄러미 쳐다보고 말했다.

"신스케, 나한테 하고 싶은 말 없어?"

"어? 그게 무슨 소리야? 카즈사, 지금 시간이 없어."

"됐어. 진짜 나한테 할 말 없어?"

"할 말은…. 나는 너를 사랑해. 쭉 함께 있고 싶어. 그러니까 그 시계를 빨리 줘."

신스케가 손을 내밀었다. 하지만 카즈사는 그 손을 뿌리치고 큰 한숨을 토한 뒤 말했다.

"나 결정했어. 모리 씨에게 이 몸을 돌려줄 거야."

8분 전

카즈사가 무슨 말을 하고 있는지 신스케는 이해할 수 없었다.

"이 몸은 모리 씨에게 돌려줄 거야. 그러니까 신스케, 우리는 오늘로 작별하는 거야."

그 말에 신스케는 침묵했고, 카즈사가 이어서 말했다.

"나도 고민 많이 했어. 고민에 고민을 거듭해서 낸 결론이야. 나는 이 몸을 모리 씨에게 돌려줄 거야. 그리고 나는 사라질 거야. 그게 최선의 선택이야."

카즈사, 그러니까 모리 치즈루의 표정은 지금까지와 달랐다. 팽팽한 활시위처럼 차가웠고, 가까이 다가가기 힘든 분위기였다.

"오늘 빵가게에 갔었잖아. 모리 씨의 동료들이 나를 에워쌌을 때, 모리 씨에게는 그녀만의 인생이 있다는 걸 깨달았어. 이 몸은 모리 씨의 것이니까 그녀에게 돌려줘야 해. 게다가…."

카즈사가 머뭇거렸고, 신스케는 다음 말을 재촉했다.

"게다가, 뭐?"

"아냐, 말 안 할래. 언젠가 신스케가 내 마음을 이해해줄 날이 올 거라고 생각해."

무언가를 깨달은 사람처럼 카즈사는 온화한 미소를 지었다.

그런데 모든 것을 내려놓은 사람의 미소처럼도 보였다.

"카즈사, 정말 괜찮겠어?"

"응. 이미 그렇게 결정했어."

카즈사가 고개를 끄덕였다. 그녀는 각오를 굳혔고, 그녀의 고집을 꺾을 수 없다는 걸 신스케는 알고 있었다.

신스케가 크게 한숨을 쉬고 말했다.

"카즈사, 알았어. 네 뜻은 잘 알았어."

주머니에서 휴대폰을 꺼내어본다. 밤 11시 52분이었다. 카즈사가 돌아가기까지 앞으로 8분이 남았다.

"그러면 앞으로 나는 어떻게 하면 돼? 자정에 모리 씨가 돌아오는 거지? 내가 그녀 곁에 있어도 되는 거야?"

"안 돼, 그러니깐 신스케는 내게서 떨어져. 그냥 멀리서 그녀를 지켜봐줘."

"아, 알았어."

"신스케, 미안해." 카즈사가 고개를 떨군 채 말했다. "끝까지 이기적으로 굴어서 미안해. 설마 이런 식으로 두 번이나 헤어질 줄은 몰랐어. 나로서는 이런 결정을 내릴 수밖에 없네…. 미안해."

카즈사의 눈에 눈물이 고였다. 그 모습에 신스케도 눈물이 날 것 같았다.

"나는 행복한 사람이야." 신스케가 코를 훌쩍이고 말한다. "당신이랑 다시 만날 수 있어서 정말 좋았어. 지난 이틀 동안 정말 행복했어. 죽은 줄만 알았던 카즈사가 살아 돌아왔잖아. 당신이랑 함께 한 이 시간을 나는 평생 잊지 않을 거야."

'내일이 되면, 앞으로 몇 분만 지나면 나와 그녀는 생판 남인 사이가 된다. 이제 두 번 다시 만날 일은 없을 것이다.'

"지금 몇 시야?"

카즈사가 물었고, 신스케는 카즈사에게 시간을 알려주었다.

"11시 57분."

"슬슬 자리에서 일어나야겠다."

"…그래."

"신스케, 잘 지내. 좋은 사람 꼭 만나."

카즈사는 그렇게 말하고 다시 미소짓는다. 신스케의 눈에 비치는 것은 모리 치즈루의 웃는 얼굴이지만, 그 모습에 와쿠이 카즈사의 미소도 포개졌다.

"나 갈게."

"어? 어어."

발길을 돌려 걷던 카즈사가 갑자기 균형을 잃고 쓰러졌다. 신스케는 그녀에게 뛰어가서 그녀를 안아 일으켰다. 신스케의 품에 안긴 카즈사가 살짝 눈을 뜨고 신스케를 바라보았다.

"왜 이러지? 몸에 힘이 안 들어가."

카즈사는 미세하게 떨고 있었다. 그리고 그녀의 몸은 뜨겁게 달아오르고 있었다.

"카즈사, 괜찮아? 많이 아파?"

"아니, 전혀 안 아파." 카즈사가 고개를 흔들었다.

"그런데 머리가 멍해져. 두둥실 몸이 뜨는 느낌이야."

'모리 치즈루의 영혼이 돌아오려는 전조 증상일까.'

신스케의 숨이 막혀온다.

카즈사는 다시 눈을 감았고, 신스케는 그녀의 몸을 흔들었다.

"카즈사, 괜찮아?"

그러나 대답이 없다. 신스케는 휴대폰 화면을 보았다. 시간은 밤 11시 59분이었다. 신스케는 다시 카즈사의 이름을 부른다.

"카즈사! 카즈사!"

그 소리에 카즈사가 다시 눈을 떴다. 그리고 천천히 오른손을 들어 신스케의 뺨에 댔다. 그 손은 작게 떨리고 있었는데, 놀랄 정도로 뜨거웠다.

"신스케, 안녕."

"카즈사!"

다음 순간 카즈사가 다시 눈을 감았다. 뜨거웠던 그녀의 몸이 차갑게 식어가는 게 느껴졌다.

신스케는 혹시나 싶은 마음에 코밑에 손가락을 대보았는데, 다행히 숨은 쉬고 있었다. 바닥에 떨어진 휴대폰을 주워서 보니 자정이었다.

카즈사의 몸을 천천히 누이는데 불쑥 그녀가 눈을 떴다. 놀란 신스케가 그녀에게 말을 걸었다.

"카, 카즈사?"

그녀는 대답하지 않는다. 그러다 곧 그녀가 눈을 부릅뜨고 떨리는 목소리로 물었다.

"누, 누구세요?"

그녀는 신스케를 보고도 완전히 낯선 사람을 보는 것 같은 시선이다.

신스케는 조용히 자리에서 일어나 흔들리는 발걸음으로 걷기 시작한다. 그러다 서서히 발걸음이 빨라지기 시작했고, 정신을 차렸을 때는 이미 뛰고 있었다.

아까 지나왔던 병원 출입구가 보였다. 신스케는 병원 안으로 뛰어 들어가서 수위에게 말했다.

"실례합니다. 여기서 동쪽으로 백 미터 떨어진 곳에 한 여성이 쓰러져 있습니다. 도와주세요."

신스케는 그 말만 전하고는 병원에서 재빨리 나왔다.

거리에는 여전히 비가 내리고 있었다. 신스케는 천천히 그 빗속을 걸었다.

1년 후

열쇠로 문을 열고 집 안으로 들어갔다. 신스케는 완전히 지쳐 있었다. 빨리 집에 들어가서 맥주를 마시고 싶었다.

거실로 들어가자 욕실 가운을 입은 미사키가 소파에 앉아 있다.

"뭐야, 와 있었어?"

그러자 가지야마 미사키가 부루퉁한 얼굴로 대꾸한다.

"문자 보냈잖아."

"미안해. 바빠서 몰랐어."

미사키가 신스케 곁으로 다가왔다. 그녀의 가는 손가락이 신스케의 와이셔츠 단추를 푼다.

"잠깐만, 미사키. 일단 좀 씻을게. 뭐 먹을 것 좀 있어? 배고파."

"그럴 줄 알고 백화점에서 먹을 걸 좀 사왔어. 와인도."

미사키가 주방으로 걸어간다.

매일매일이 너무 바빴다. 신스케는 2달 전에 우에스기 스마일 치과의 원장이 되었다. 그리고 우에스기는 하타가야에 새로 개업한 치과의 원장이 되었다. 그런데 원장이 되었다고 해도 이전과 크게 다를 것은 없었다. 그저 이전보다 더 성실하게, 환자가 불안해지지 않을 치료를 하자고 다짐할 뿐이다.

또 신스케는 주말마다 요코하마에 있는 와쿠이 치과에 가서 치료를 하고 있다. 카즈사의 아버지, 와쿠이 마사유키는 신스케를 여전히 사위처럼 아낀다. 신스케는 조만간 와쿠이 치과를 이어받을 듯하다.

옷을 갈아입는데 휴대전화가 울렸다. 무로후시 형사였다. 신스케는 약간 긴장하며 전화를 받는다.

"네, 신스케입니다."

"무로후시입니다. 신스케 씨, 시간 괜찮으십니까?"

"네. 혹시 누노이에게 무슨 일이 있습니까?"

사건으로부터 1년이 지났다. 누노이 요진은 살인죄 등으로 기소되어서 현재까지 재판이 진행 중이었다. 카즈사와 도츠카 마리코, 그리고 야타베 아키라를 죽인 죄다. 누노이가 처음으로 살해한 여성의 시체는 끝내 발견되지 않아서 기소를 유예했다고 한다. 누노이는 단지 익명의 의뢰를 받고 살인을 저질 렀다며 혐의를 일부 부인하고 있는데, 현재까지도 법적 다툼을 계속할 거라 말했다고 한다.

신스케는 검찰 측의 중요 증인으로 3번 정도 증언대에 섰다. 사실 그것 때문에도 시간을 많이 뺏겨서 사적인 시간이 거의 없는 상태였다.

"실은 제 앞으로 편지가 한 통 왔습니다." 무로후시가 말한다. "신스케 씨 앞으로도 똑같은 편지가 왔을 겁니다. 그런데 좀…, 이것저것 신경이 쓰이는 편지예요."

하지만 신스케에게 편지 같은 건 오지 않았다. 무슨 일일까, 신스케는 고개를 갸웃거렸다.

"신스케 씨에게 사정을 여쭙고 싶어서 지금 댁으로 가는 중입니다."

신스케가 방에서 나왔다. 주방에서는 미사키가 접시에 음식을 담고 있었다. 앞부분이 벌어진 욕실 가운 사이로 가슴이 들여다보였지만, 그것을 보아도 신스케는 아무런 감흥이 일지 않았다.

"알겠습니다. 기다리겠습니다."

전화를 끊고, 테이블 위에 놓인 가방 속을 들여다본다. 그러고 보니 퇴근을 하려는데 접수대에서 사에키 미즈코가 편지봉투 하나를 주었다.

신스케는 봉투를 꺼내서 서재로 향했다. 봉투를 뜯자 그 안에 여러 장의 편지지와 첨부서가 들어 있었다. 첨부서에는 이렇게 쓰여 있었다.

『이 편지는 타임캡슐 레터 서비스입니다. 과거에서 미래로 보내는 편지입니다.』

아무래도 도착 날짜를 지정할 수 있는 서비스인 듯했다.

첨부서를 읽어보니 보통의 우편 서비스와 다른 점은 도착 날짜를 최대 10년 후까지 지정할 수 있다는 점이었다.

편지지를 펴본 신스케의 손이 부들부들 떨리기 시작했다.

소다 신스케 님, 잘 지내나요.

당신이 이 편지를 읽을 무렵에는 내가 사라진 지 벌써 1년이 지났을 것입니다.

나는 지금 병실에 있습니다. 타임 리미트인 12시 정각까지 이제 한 시간도 남지 않았습니다.

당신이 이 편지를 읽고 있다는 것은 이 세상에서 내가 사라졌다는 뜻이겠지요. 이 편지를 당신에게 보내는 내 마음은 착잡하기만 합니다.

나는 1년 전(당신이 편지를 읽는 시점에서 보면 2년 전이겠네요)에 누군가에게 살해당했습니다. 순식간에 일어난 일이었고, 나는 아무것도 기억나지 않았습니다. 그런데 놀랍게도 내 영혼이 모리 치즈루라는 여성 안에 들어갔습니다. 이런 일이 일어난 건 신이 나를 가엾게 여겨 누가 범인인지 알아보라고 마지막 시간을 준 것이라고 생각했습니다.

그저께 일이었습니다. 당신이 마침내 내가 카즈사라는 걸 알아주었지요. 당신이 내 눈을 보며 이름을 불러주는 것이 이렇게 기쁜 일일 줄은 이전에는 미처 알지 못했습니다.

지난 이틀 동안 당신과 함께 있을 수 있어 무척 즐거웠습니다. 당신과 많은 이야기를 나눌 수 있어서 기뻤습니다. 당신이 만들어주는 특제 볶음국수를 다시 먹게 될 줄 몰랐어요. 정말로 맛있었습니다.

'할 수 있으면 이 상태가 조금이라도 오래 지속됐으면 좋겠어.'

나는 간절히 바랐습니다. 그때 준이 내게 가르쳐주었습니다. 손목시계를 부수면 내 영혼이 계속 이 세계에 머물 수 있을 거라고요.

나는 고민했습니다. 당신과 함께 있고 싶다는 욕심이 들었기 때문입니다. 이 몸의 주인인 모리 치즈루 씨에게 몸을 돌려주는 것이 당연한 일이었지만, 살고 싶다는 마음에 나는 손목시계를 부수자고 생각했습니다.

그렇지만 나는 지금 망설이고 있습니다. 그래서 당신에게 결단을 맡기려고 합니다. 당신이 진실을 알려준다면 나는 손목시계를 부수고 당신을 용서할 생각입니다. 그리고 당신 옆에서 당신과 함께 살면서 모리 치즈루의 몸을 돌려주지 않은 죄를 속죄하고자 합니다.

그러나 만약 당신이 진실을 나에게 고하지 않을 경우, 나는 사라질 겁니다. 그리고 당신이 가장 안심할 순간에 당신의 죄를 고할 생각입니다.

그렇습니다. 와쿠이 카즈사, 나를 죽인 건 바로 당신 소다 신스케입니다.

오늘 아침, 모리 씨의 휴대폰에서 문자메시지 하나를 보았습니다. 당신이 모리 씨에게 보낸 문자메시지로, 모리 씨에게 식사를 하자는 내용이었습니다. 모리 씨가 그 문자메시지를 받은 것은 1년 2개월 전, 그러니까 우리가 약혼을 했던 무렵입니다. 그런 시기에 다른 여자에게 데이트를 하자고 하다니…, 문자메시지를 읽은 나는 당신의 진심을 의심하기 시작했습니다.

'나는 왜 살해당했을까? 내가 죽어서 득을 보는 사람이 누굴까?'

그렇게 생각을 거듭해 나갔을 때, 내 머릿속에 떠오른 사람은 단 하나, 바로 당신이었습니다.

지금이라도 이 약혼을 취소하고 싶다, 그것이 당신의 속마음이었나 봅니다. 나로서는 정확한 이유를 알 수 없습니다. 어쩌면 단순히 내게 질렸는지도 모르지요. 아니면 다른 사람이 좋아졌는지도 모르고요. 아무튼 당신이 나와 헤어지려고 결심했다면 내가 죽는 편이 가장 당신에게 득이겠지요. 왜냐하면 내가 죽을 경우 난 외동딸이기 때문에 당신은 나와 굳이 결혼하지 않더라도 요코하마에 있는 내 아버지의 치과를 손에 넣을 수 있었을 테니까요.

나는 누노이가 여벌 열쇠를 이용해 우리 집에 침입한 사실에 주목했습니다. 그렇다면 누노이에게는 그의 범행을 돕거나 사주한 사람이 있었으리라 생각합니다. 그 사람은 결국 여벌 열쇠를 가지고 있던 당신이라고밖에 생각할 수 없지 않겠습니까?

당신은 똑똑합니다. 모든 증거는 전부 지웠겠지요. 그런데 경찰이 이 편지를 읽으면 어떻게 될까요? 지어낸 얘기라고 웃을까요, 아니면 검토할 가치가 있다고 생각할까요? 그 무로후시라는 형사가 당신의 곁을 쭉 맴돌았던 것은 당신을 의심했기 때문이 아니었을까요? 그래서 당신은 그를 완전히 속이기 위해서 기를 쓰고 사건을 해결하려고 했고, 다른 범인을 진범으로 만들어 법정에 세

우려고 했습니다.

이는 나만의 착각일까요?

신스케, 지난 1년 동안 행복했습니까?

내가 사라져서 후련해졌나요?

이제 모든 일이 끝났다고 안심하지 않았나요?

하지만 당신의 예상은 틀렸어요. 지금부터 모든 이들이 당신의
실체를 파헤치기 시작할 거예요. 나는 당신의 가면 속 얼굴이 이
세상에 밝혀지기를 바라고 있습니다.

마지막으로 소다 신스케 님, 당신이 저지른 그 비열한 죄에 상응
하는 벌이 꼭 내려지기를 진심으로 바랍니다.

와쿠이 카즈사

설마….

편지를 다 읽은 신스케의 온몸에서 땀이 비 오듯 흘렀다.

신스케는 편지를 구겨서 벽으로 내던졌다.

그때 인터폰이 울렸고, 덜컥 놀란 신스케는 숨을 멈췄다.

옮긴이 김성미

일본 출판물 기획 및 번역가. 번역작으로 《돌이킬 수 없는 약속》, 《상냥한 저승사자를 기르는 법》, 《기다렸던 복수의 밤》, 《도지마 저택 살인사건》, 《스마트폰을 떨어뜨렸을 뿐인데》, 《보호받지 못한 사람들》, 《진범의 얼굴》 등이 있다.

가면의
너에게 고한다

초판 2019년 5월 1일 2쇄
저자 요코제키 다이
옮긴이 김성미
ISBN 978-89-98274-40-5   03830

출판사 도서출판 북플라자
주소 경기도 파주시 파주출판단지 문발동 638-5
전화 070-7433-7637
팩스 02-6280-7635
홈페이지 www.book-plaza.co.kr

영화 판권, 오탈자 제보 등 기타 문의사항은 book.plaza@hanmail.net으로 보내주세요.
잘못된 책은 구입하신 서점에서 교환해 드립니다.